中公文庫

特捜本部

刑事の挑戦・一之瀬拓真

堂場瞬一

中央公論新社

目次

登場人物紹介

一之瀬拓真（いちのせたくま）…………警視庁捜査一課の刑事
宮村（みやむら）……………………捜査一課の刑事。一之瀬の先輩
若杉（わかすぎ）……………………捜査一課の刑事。一之瀬の警察学校同期
岩下（いわした）……………………捜査一課係長
水越（みずこし）……………………捜査一課長
春山（はるやま）……………………江東署の刑事

原田若菜（はらだわかな）…………ＩＴ雑誌のライター。陽光大学ＩＴ研究会ＯＢ
鳥井学（とりいまなぶ）……………ＩＴ研究会ＯＢ
坂上（さかがみ）……………………日本ＮＫＴ社員。ＩＴ研究会ＯＢ
立花樹（たちばないつき）…………『月刊ウェブマスター』副編集長
高瀬さおり（たかせ）………………ネット証券会社社員。ＩＴ研究会ＯＢ
清水春香（しみずはるか）…………主婦。ＩＴ研究会ＯＢ
永谷信貴（ながたにのぶたか）……ＳＳウィンド社員。ＩＴ研究会ＯＢ
中江亜紀良（なかえあきら）………ＪＵＢ社長。ＩＴ研究会ＯＢ

藤島一成（ふじしまかずなり）……警視庁刑事総務課員。千代田署では一之瀬の教育係を務めた
深雪（みゆき）………………………一之瀬の恋人
城田（しろた）………………………福島県警捜査一課の刑事。一之瀬の警察学校同期

これまでのあらすじ

警視庁千代田署で刑事として一歩を踏み出した一之瀬は、教育係・藤島のもとで経験を積み、巡査部長への昇任試験に合格。晴れて警視庁捜査一課へ異動となった。新天地で一之瀬を待ち受けているものは――？

特捜本部　刑事の挑戦・一之瀬拓真

〈1〉

霞が関は昼食砂漠だ──千代田署から警視庁捜査一課に異動する際、一之瀬拓真は、先輩たちからそう忠告されていた。まさに日本の中心の中心である官庁街なのに、食事を摂る場所が絶対的に足りないというのだ。もちろん警視庁にも食堂はあり、その気になればそこで三食食べられるのだが、毎日ともなると飽きてくる。一之瀬は最近、近くの農水省の食堂──〝農林水産〟だけあって美味い──に足を運ぶことが多かった。

今日も、農水省の蕎麦屋にお世話になることにした。味はそこそこ、安いし時間もかからない。

「春だねえ」正面玄関から内堀通りに出た瞬間、先輩刑事の宮村が大きく腕を突き上げて伸びをした。三月末──既に冬は遠ざかり、このところ、日中はコートのいらない陽気が続いている。

「確かに暖かいですね」何だか心も体も緩んでしまう。このところ事件がない、暇な日々が続いているせいもあった。

「お、筋肉馬鹿のお出ましだぜ」

宮村の皮肉っぽい台詞で、一之瀬は何が起きたのか悟った。毎日、昼の恒例行事……同期で、捜査一課で一之瀬と同じ強行班に属する若杉が、本格的なランニングウエア姿で出て来たのだ。

「よ」

若杉が一之瀬に向かって手を上げて見せる。先ほどまで隣の席に座っていたのに、久しぶりに再会したような態度。その場でストレッチを始めたのを無視して、一之瀬は歩き出した。

「しかしあいつも、よく続くよな。毎日だろう?」呆れたように宮村が言った。

「だいたいそうですね」

「皇居一周か」

「ええ、五キロです」皇居ランを楽しむ人を狙った通り魔事件の捜査のために、一之瀬もジョギングをやらされたことがある。あれがもう、一昨年……思わず身震いした。基本的に体育会系でない一之瀬は、走るのが苦手だと改めて認識しただけだった。

「俺なんか、五キロ走ったら死んじまうな」

「あいつ、週末には二十キロぐらい走るらしいですよ」

「げ」宮村が目を見開く。「毎週ハーフマラソンかよ。そんなに鍛えてどうするつもりなのかね」

「それは、仕事に備えて……じゃないでしょうか」

「阿呆だねえ」宮村が吐息を漏らす。「刑事の仕事に走力は関係ないぞ。あいつ、昔の刑事ドラマの見過ぎじゃないか？」

「そうかもしれません」言いながら、それはあなたでしょう、と一之瀬は内心思った。三歳年上の宮村は、筋金入りの刑事ドラマファンである。子どもの頃から刑事ドラマを見て育ち、長じて刑事になったタイプなのだ。自分で給料を稼ぐようになってからは、生まれる前に放映されていたドラマまで、ＤＶＤを買い揃えているという。ＤＶＤのコレクションを見に来い、と盛んに誘われているのだが、一之瀬は何とか断っていた。日々本物の事件と向き合っているのに、どうしてわざわざフィクションなんか……。

ちらりと振り向くと、若杉が走り出したところだった。体をきっちり締めつけるウエアのせいで、大きく発達した広背筋が目立つ。綺麗な逆三角形の背中なのは認めざるを得ないが、あれはいくら何でも鍛え過ぎだ。朝は柔道の稽古をすることも多く、さらに仕事が終わった後はスポーツジムにも通っているらしい。

それに比べて宮村は……三十代前半にして、既に体形が崩れかかっている。腹はぽっこりと丸く、歩くのすら面倒臭そうに見える時があった。

もしかしたら、若杉のように時間を無駄なく使うのが正しいのかもしれない。何というか……捜査一課は、一之瀬が想像していたよりも暇だったのだ。殺人事件の捜査を担当する強行班は九つあり、事件が起きる度に順番に現場に投入される。ただし、所轄レベルで解決してしまう事件も多く、出動はそれほど頻繁ではない。実際、去年の秋に捜査一課に異動してきてから、殺人事件の現場に出たのはわずかに三回だけだった。しかし特捜本部が立つまでもなかった——犯人はすぐに捕まり、その後始末を含めても、目が回るような日々にはならなかった。いや、もちろん、そんなに忙しい毎日を期待していたわけではないのだが。今のところは、「これぞ公務員」という日々である。

一之瀬はこのところ、二つのことを考えている。一つが、もうすっかり長いつき合いになった深雪との結婚。もう一つが数年先に控える警部補への昇任試験だ。深雪との関係は安定しているせいか、どちらからも「結婚しよう」という話が出ない。一種の膠着状態だ。昇任試験の方は、去年巡査部長になったばかりで、警部補の試験を受けられるのは来年以降なのだが、今から準備を始めておいても早過ぎることはない。やはり試験は大変なのだ……そう考えていても、家に戻ると、つい趣味のギターを弾いて時間が潰れてしまうことが多い。今更ギターの腕が上達しても、特にメリットはないのだが、やめられない。警察官になる前からずっとギターを弾いていて、生活の一部になっているのだから。

何か……こんなことでいいのかな、と思うこともある。捜査一課といえば、警視庁の顔だ。交代した時に顔写真入りで新聞に記事が掲載されるのは、警視総監と捜査一課長だけである。マスコミがポストの重要性を決めているわけではないが、都民に注目される存在なのは間違いない。

しっかりしないとな、と自分を奮い立たせる。しかし、何もない時に目標を決めるのは難しいものだ。


一之瀬は毎朝、六時には目覚める。真冬でもシャワーを浴びて意識をはっきりさせ、コーヒーと野菜ジュースだけを飲んで出かけるのが決まりきった日課だった。

それが一時間前倒しになっただけで、一日が長くなる。

枕元で鳴るスマートフォンの着信音で叩き起こされ、電話に出る前に時刻を確認した。午前四時五十五分……「勘弁してくれよ」と思わず声に出して言ってしまう。電話してきたのは宮村——当然、仕事の話だ。

「出番だぜ」宮村は気楽な調子だった。

「何ですか」一之瀬はようやくベッドから抜け出し、空いた右手で顔を擦った。

「腕」

「はい？」何のことかさっぱり分からず、一之瀬は間抜けな声を出してしまった。

「腕だよ、腕」宮村が急に不機嫌な口調になった。「今まで、バラバラ殺人の捜査を経験したことは？　ないだろうな。千代田署じゃ、こういう事件は滅多に起きない」

「バラバラって……」思わず唾を呑む。粘っこい感じで、呑み下すのに少し苦労した。

「人の腕は、勝手に体から離れてその辺に落ちない。こいつは大事だぞ」

「すぐ向かいます……現場はどこですか？」

「江東海浜公園。分かるか？」

「いえ……」名前からして江東区だろうが、一之瀬はあの辺の地理には疎い。東京生まれ東京育ちでも、二十三区の東半分に関しては未踏の地と言ってよかった。

宮村が、一之瀬の住む下北沢から現場への行き方をすらすらと説明した。やけに詳しい……一之瀬は思わず「宮さん、どうしてその辺にそんなに詳しいんですか？」と訊ねた。

「一課に三年もいると、都内の公共交通機関のことは何でも分かるようになるんだよ。バス路線だって、ほぼ完璧に頭に入ってるんだぜ」

恐れ入りました、と言う代わりに、一之瀬は「すぐに行きます」と答えた。シャワーは飛ばし、顔だけ洗って準備を進めよう。家を出て駅へ向かう頃には、もう電車は動き出しているはずだ。

「じゃあな……ああ、飯は食わない方がいいぞ」

「どうしてですか？」駅前にある二十四時間営業のマクドナルドで何か詰めこもうと思っていたのだが。

「腹一杯の状態で、切り落とされた人の腕なんか見たいか？」

一之瀬は再び唾を呑んだ。酸っぱいものが喉元にこみ上げてくる。

〈2〉

宮村の忠告を無視して、一之瀬は駅前のマクドナルドに入った。ソーセージエッグマフィンを腹に詰めこみ、まだ熱いコーヒーをそのまま電車に持ちこむ。

下北沢の駅は延々と改築中だが、小田急線の地下化は一足早く、去年に完了している。地下ホームはやけに深く、コーヒーを持って降りるには慎重な足運びが必要だった。

さすがに朝五時台だと乗客は少なく、ゆったりと座れた。コーヒーを飲みつつ、スマートフォンでニュースをチェックする。当然この事件は、まだニュースになっていなかった。

しかし、バラバラ殺人か……考えるだけで気が重い。警察官になって六年、これまでに遺体はいくつも見てきたが、バラバラの遺体は初めてである。片腕だけしか見つかっていないのか、あるいは他の部分は……考えると鼓動が速くなってきた。宮村から聞いた一報だけでは、詳しい事情が分からないのが痛い。遺体——遺体の一部と対面する前に、できるだけ詳細に情報を知っておきたいのだが。

電車を乗り継ぎ、ほぼ一時間。最寄り駅から現場の公園までは、歩いて十分ほどかかるようだ。途中、パトカーが通りかかったので手を挙げて停めようとしたが、すぐに引っこめる。同乗させてもらうのも情けない。

公園に着くとすぐに、まず広大な駐車場が目に入った。駅から遠いので、車で遊びに来る人が多いのだろう。空は既に明るくなっていたが、風は冷たい。三月ももうすぐ終わり、昼間は暖かい日が続いているのだが、朝晩はやはり冷えこむ。裏地つきのコートで正解だった、と一之瀬は自分の判断を褒めた。

公園の一角にブルーシートを見つけた。近くの道路は、既に警察車両で埋め尽くされている。他の刑事たちと合流する前に、一之瀬は現場の様子をざっと観察した。かすかに潮の香りがする……海がすぐ近くなのだ。実際、公園脇の道路の奥にはかすかに海が見えている。しかし遺体遺棄現場そのものは、鬱蒼とした木立の中だった。公園は、夜間に入り口がシャットアウトされるわけではなく、誰でも簡単に出入りできる。車もすぐ近くまで乗りつけられるから、遺体を運んで来るのも難しくはなかっただろう。

さて、深呼吸……初めてのバラバラ事件だから、どうしても気合いが入る。もっともそれ以上に、嫌悪感と恐怖を感じていた。

一之瀬は、公園に足を踏み入れた。木の板に「江東海浜公園」と白い文字で刻まれた看板の脇に、エナジー系ドリンクのまだ新しい空き缶が落ちているのに気づき、無意識のうちにハンカチを使って拾い上げる。ゴミ箱は……と探したが見当たらない。仕方なく、持ったまま歩き出し、ブルーシートで覆われた一角に足を踏み入れた。風が遮られて空気が淀んでいるのだが、予想していたような死臭はなかった。それで少しだけほっとして、人だかりがしている方へ向かう。宮村の姿を見つけ、声をかけた。

「宮さん」

「よお」

宮村が顔を上げて手を振る。妙に陽気な仕草に訝りつつ近づき、彼が地面に向けて指を向けたので、誘導されるまま視線を落とした。

腕。

確かに腕――右腕だった。一瞬激しい吐き気がこみ上げたが、自分でも分からない理由ですぐに引っこんでしまう。人の腕には見えない。切断面だけは生々しく組織が見えているが、全体には真っ白で滑らか……マネキンのパーツにも見える。指全体はかすかに丸まり、握っていたボールを奪われてそのままになっているようだった。

「女だな」宮村がぽつりと言った。

「……ですね」指の太さなどを見れば一目瞭然だ。「他には見つかってないんですか?」

「ああ。これから公園の中を捜すんだ。他に何が出てくるかねえ」

宮村のさらりとした言い方に、一之瀬は思わず唾を呑んだ。他のパーツ……自分が見つけることを考えると、ぞっとした。

「ところでそれ、何だ？」宮村が、一之瀬の持つ缶に目を留めた。

「ああ、入り口で拾ったんです」

「そんなもの、あったかな？」宮村が首を傾げる。

「ゴミ箱がなかったので……」

「阿呆、犯人のものかもしれないぞ」

確かに……一之瀬は指摘された途端に血の気が引くのを感じた。言われてみれば、確かにまだ新しい。遺体を遺棄した犯人が、自分が飲んだドリンクの缶を捨てていくとは思えなかったが。

「鑑識に渡してきます」

「そうしろ。だいたい今、ゴミ箱は使えないぞ」

「どうしてですか？」

「鑑識の連中が調べてるから」宮村が肩越しに振り返った。「右腕は、そこのゴミ箱に入ってたんだよ。それこそゴミを捨てるみたいに」

「ひどい話ですね……」一之瀬は思わず缶をきつく握り締めた。

「そう、ひどい話だよ」宮村がうなずく。「で、こういう捜査の最優先事項は？」

「被害者の身元の確認」

「正解」宮村が一之瀬に太い人差し指を突きつける。「バラバラ殺人の場合、被害者と犯人は大抵顔見知りだ。だから、被害者の身元さえ分かれば、交友関係のチェックで必ず犯人に辿り着く……ただし稀に、サイコ野郎が犯人っていうケースもあるから、慎重に――」

「遅れました！」

若杉の声が響く。無闇に声がでかいのもこの男の特徴で、慣れているはずの宮村も苦笑した。

「大して遅れてねえよ」

「でも、すみません。ちょっと走ってたので……」

そう言う若杉の額には汗が浮かんでいる。走ってたって……こんな朝早くから？　こいつはいったいいつ寝ているんだ、と一之瀬は不気味になった。昼休みも走って、早朝にもランニング――刑事を辞めてマラソン選手にでも転向するつもりだろうか？　それならそれでいい。とにかく暑苦しく、隣にいるだけで鬱陶しい男なのだ。辞めるなら、送別会ぐらいは開いてやろう。

「こんな朝早くから走ってたのか？」一之瀬が抱いたのと同じ疑問を宮村も口にした。

「五時から……いつも一時間ぐらい走るんですけど」

「ああ、それで電話に出なかったのか」

「すみません！」若杉が大声で謝って頭を下げる。額に浮かんだ汗が、しずくになって地面に落ちた。「失態でした！」

「まあ、別に集合時刻が決まってたわけじゃないから……今の段階で分かってる情報を教えるよ」宮村が、ブルーシートの外に向かって顎をしゃくる。

外へ出ると、急に陽射しの暖かさを感じた。ブルーシートは、木立を支柱にして、巨大なテントのように張り巡らされていたのだと改めて意識する。上から覗きこむ人間がいるとは思えなかったが。

「第一発見者は誰ですか」若杉はすでに手帳を広げてボールペンを構えていた。

「カップル」

「は？」若杉が大袈裟に目を見開く。「何時頃だったんですか？」

「三時……三時半かな」宮村が左腕を挙げて腕時計を確認する。

「そんな時間にですか？」一之瀬も疑問を感じた。

「どんな時間だろうが、関係ない」宮村が胡散臭そうな視線を一之瀬に向けた。こいつ、何も分かってないな、とでも言いたげな表情を浮かべている。

「しかし、そんな時間じゃ、寒いでしょう」一之瀬は思わず反論してしまった。

「寒いも暑いも関係ないんだよ。ああ、ちなみにカップルっていうのは、男同士だからな」

「何ですか、それ」若杉がまた、大声を張り上げる。「男同士なんて、ふざけた話だ……」

「阿呆！」呆れたように宮村が罵った。「お前の性的嗜好は知らないが、他人のことをとやかく言う権利はないんだぜ。事件を通報してくれた、大事な証人だろうが。何だったら、お前が詳しく事情聴取するか？」

「いや……」若杉の声が途端に大人しくなった。

まったくこいつは、と一之瀬は苦々しい思いを味わっていた。そのうち、舌禍事件を起こして問題になるかもしれない。容疑者に罵詈雑言を浴びせたり、被害者に無神経な一言を投げかけたり……しかし、忠告してやる気にもなれない。同期とはいえ、気が合わないのは間違いないのだから。自爆するなら勝手にしろ。

「とにかく、だ」宮村が咳払いした。「そのカップルが公園に入って来て、ゴミを捨てようとしてゴミ箱を覗きこんだら、変な包みを見つけたわけだ。一見、フランスパンが捨てられているんじゃないかと思ったそうだが」

確かに。バゲットなら、肘から先ぐらいの長さはありそうだ。

「それをわざわざ、持ち上げて確認したんですか？」一之瀬は訊ねた。

「ああ。嫌な予感がしたんじゃないかな。そういう時、あるだろう」

「ええ」

「持ち上げてみたらずっしりと重い……これは明らかに変だと思って、包みを剝がしてびっくりってわけだ。それで慌てて一一〇番通報して、所轄の当直の連中が駆けつけた。確認して本部に連絡、俺たちに出番が回ってきた、と」

「腕は、何で包まれていたんですか？」一之瀬も手帳を広げる。

「ビニール袋でぐるぐる巻きにして、その上から新聞紙。さらに買い物袋を何枚か使って、完全に封をしていた。でも、入念に準備した感じじゃないな。その辺にあるもので間に合わせたんだろう」

「だったら、計画的な犯行とは言えませんね」一之瀬は相槌を打った。

「その辺は犯人を逮捕してみないと分からないな。とにかくまずは、被害者を特定することだ。パーツ捜しだな」

「パーツ……」若杉が疑わしげに言った。

「他の腕なり脚なりだよ」宮村が厳しく指摘する。「腕一本だけを置いて逃げる奴はいないだろう。バラバラにして、他の部分は別の場所に捨てたと考えるのが自然だ。この公園にもあるかもしれないぞ——いや、あるんじゃないかな」

「どうして断定できるんですか？」一之瀬は思わず訊ねた。

「お前が言った通りで、計画的犯行の感じがしない。行き当たりばったりで人を殺して、バラバラにして捨てたみたいな……だから、遺棄の仕方もいい加減だと思う。取り敢えずこの公園を一回りして、その辺のゴミ箱にどんどん捨てていった可能性があるぞ」

ちらりと若杉を見ると、日焼けした顔が珍しく蒼褪めていた。普段は血色がよく、常に元気そうに見えるのだが。

「若杉、被害者はちゃんと見ておかないと」少し意地悪してやろうと思い、一之瀬は言った。

「被害者？」

「被害者っていうか、被害者の体の一部。見たか？」

「ああ、いや……まだだけど」

「ちゃんと拝んでこいよ。被害者を見ないと、捜査は始まらないだろう」

「……分かった」

ふらふらした足取りで、若杉がブルーシートの中に入って行く。

「何だよ……あいつ、あんなに気が小さかったかな」宮村が首を傾げる。

「慣れてないんだと思います」

「慣れてないのはお前も同じだろう？　でも平気だったじゃないか」

「何か、人間の腕じゃないみたいでした。マネキンのように見えました」

「確かにな」宮村がうなずく。「だからと言って、被害者に対する気持ちを忘れたらいけないけどな。だいたい――」

宮村の説諭は、若杉の激しい嘔吐（えず）きによって邪魔された。それに重なるように、「馬鹿野郎！」と誰かの怒声が響く。

「駄目だねえ、あいつは」呆れたように宮村が首を横に振る。「被害者に失礼だ」

「ですね」

「さて、左腕を探しに行きますかねえ」

呑気(のんき)な口調で言って、宮村が歩き出す。一之瀬も後に続いた。

「身元、割れますかね」

「どうかなあ。頭が出てこないと、何とも言えない……」宮村が自分の首の後ろを手刀で叩いた。

「頭部も……切断されていると思いますか?」

「だろうね」さりげない口調で宮村が答える。「そうじゃないと、バラバラにする意味がない。犯人は大抵、被害者の身元を分からなくするために、遺体を切り刻むんだから」

ぞっとして、一之瀬は思わず唾を呑んだ。四肢、そして頭を切断するのに、どれぐらいの時間がかかるのだろう。犯人が、自宅の風呂場でぎりぎりとノコギリを使っている様を想像すると、頭から全ての血液が引いていくようだった。

「新聞、ねえ……」宮村がぽつりと言う。

「腕を包んでいた新聞のことですか?」

「ああ。昭和の刑事ドラマなら、その新聞から犯人を割り出すところだ。新聞は、地域によって版が違うのは知ってるか?」

「ええ」確か、都内でも三つか四つの版に分かれているはずだ。二十三区東部と西部、そして多摩地区とか……ローカルなニュースが載る地域版だけが差し代わっている。一之瀬が自宅で取っている新聞は、「新宿版」だった。

「どの地区で配達されている新聞かは、見れば分かるかもしれない。それで購入者を一人ずつ当たって、怪しい人間を割り出す——時間がかかってしょうがないだろうな」

「でも、昭和の刑事ドラマなら、それで上手くいくんですよね」

「ドラマだから上手くいくんだ——あのな、俺が今刑事ドラマを見るのは、昔と違って、突っこむためだからな」宮村が少しむっとした口調で言った。「本当に考証しているのかしていないのか……どれだけ適当な作りか、びっくりするよ。一番嘘臭いのが、本部と所轄の対立、みたいな話だな」

「ああ」一之瀬も思わず苦笑してしまった。上から押さえつけようとする本部、それに反発して独自に暴走して捜査する所轄——分かりやすい対立構図だからドラマにしやすいのかもしれないが、実際にはそんなことはあり得ない。警察には人事異動がつきもので、対立していた人間同士が、ある日突然同じセクションの同僚になることもあり得るのだ。だから警察官は、内部で敵を作らないのが一番——これは、千代田署で一之瀬の教育係だった藤島の教えである。ただし藤島は、その教訓に続けて「お前さんみたいにひょろひょろした奴が、敵を作るとは思えないけどな」と皮肉っぽく言った。

「ま、地道にやるしかないよ」宮村が、ズボンの尻ポケットからラテックスの手袋を引き抜いた。少しサイズが小さいようで、かなり苦労しながら両手にはめる。「こいつは持ってるか？」

「ええ、ちゃんと」宮村に教えられた通りに。捜査一課に来て、まず言われたことだ。証拠品を汚染しないと同時に、自分の手を汚染から守るためにも、手袋は必ず携行——一之瀬も手袋をはめた。

「よし、じゃあ、まずはゴミ箱のチェックだ」宮村がずんずんと歩き出す。「——しかし、今日もいい天気だよなあ」

確かに、と思わずうなずく。明け方は少しひんやりしていたが、陽が高くなるに連れ、このところ連日続いていた暖かさが蘇（よみがえ）っている。今日はコートは余計だったと後悔しながら、一之瀬はゴミ箱を探して歩き回り始めた。

三十分後、一之瀬は思わず声を上げていた。

フランスパン——いや、明らかに人の腕。最初に発見されたのと同じように、買い物袋を何枚も使ってくるまれた細長い物体を、ゴミ箱で見つけたのだ。触らないようにして——触る気にもなれなかったが——鑑識を呼ぶ。

「お前、案外鼻が利くな」宮村が変な褒め方をした。

「別に臭いはしませんでしたけど……」

「言葉通りに取るなよ。さて、確認するのにちょっと時間がかかるぞ」宮村が周囲を見回した。散歩やジョギングに訪れる人が増えてきたので、公園全体を封鎖してしまったのだが、それでも覆い切れるものではない。心配そうに公園の中を覗きこむ顔がいくつもあった。この包みを開けるには、ブルーシートのテントまで持って行かなくてはならない。

「俺はちょっと、鑑識さんと一緒に確認してくるから。お前はここを警戒していてくれ。誰も近づけないように、な」

宮村の言葉に少しむっとしながら、一之瀬は「分かりました」と答えた。現場の保存は、制服警官の仕事なのだが……だいたいスーツ姿の自分は、「捜査」の腕章以外には、一目で警察官と分かる印をつけていない。しかし、切断された腕と対面するよりはましだろう。自分でも意外なほどショックは受けていなかったが、何度も見たいものではない。

少し暑くなってきた。コートの前を開け、鑑識課員と一緒に遠ざかる宮村の背中を見詰める。宮村よりも、鑑識課員が気になった。彼は、腕を運んでいるのだ。トレイの上に置いてあるとはいえ、腕の存在をほぼ直に感じているだろう。女性の腕一本は、どれほどの重みがあるのか……ふいに、先ほど見た右腕を思い出す。贅肉がなく、ほっそりしていた。ただし、トレーニングなどで絞っている感じではなかったから、若い痩せ形の人だろう。そうそう、爪にはマニキュアが綺麗に塗られていた。ということは、普段から身だしなみに気を遣う、お洒落な人でもある。被害者は、それなりに金を持っている若い女性ではないかと一之瀬は想像した。実家暮らしの女性会社員とか……やはり働いていて、しかも実家に住んでいる恋人の深雪も、給料は全部小遣いというタイプだ。彼女はほとんど無趣味で、服を買い漁るようなこともしないのだが。

「お前、よく平気だな」若杉が近づいて来た。まだ何となく、足取りがふらふらしている。

「平気じゃないよ」吐き気をすぐに克服できただけだ。実際、今晩夢に出てくるかもしれない……被害者のことをあれこれ想像すると、嫌な気分が膨れ上がる。

「平気じゃないか」若杉は引かなかった。自分が誰かに――特に一之瀬に負けるのが我慢ならない様子である。「……で、ここで何してるんだ?」

「今、もう一本の腕らしき物を見つけたんだよ」

「お前が?」若杉が目を見開く。

「たまたまだ」自分を妙にライバル視する若杉を、あまりカリカリさせてもいけないと思い、一之瀬は控え目に言った。実際、宮村が言ったように、臭いを嗅ぎつけたわけではないのだし。ゴミ箱を順番に見ていったら発見しただけである。若杉が見つけていても、おかしくはなかった。たぶん、大騒ぎになっただろう。

「まさか、むき出しか?」

「いや、くるまれてたよ」

若杉が長々と吐息をつく。そんなに嫌悪感があるのだろうかと、一之瀬は首を捻(ひね)った。体が大きい割に、気は弱いのかもしれない。これまで、死体とは何度も対面したことがあるはずだが、バラバラの遺体となると、また事情が違うということか……。

「服がないな」一之瀬はぽつりと指摘した。

「ああ？」

「だから、最初に見つかった腕は、裸だっただろう？」

「そりゃそうだろう」若杉がからかうように言った。「服を着たままじゃ、切断できない」

「裸にして切断か……現場は風呂場かな」

「だろうな」若杉が一之瀬から目を逸(そ)らす。両手をきつく握っているのが分かった。緊張感を握(にぎ)り潰(つぶ)すように……どうやら、そういう場面を想像しただけでも駄目なタイプらしい。

「お前さ……変な弱点があるのな」一之瀬は思わずからかった。

「煩(うるさ)いな」若杉が口を尖(とが)らせる。「そういうのが平気な人間は、どこかおかしいんだよ」

「だけど死体が苦手じゃ、刑事としては厳しいだろう。ホラー映画でも観て、慣れたらどうだ」

「映画と本物は違う」

それはそうなのだが……もう少しからかってやろうかと思ったところで、携帯が鳴った。宮村だった。

「おい、手がかりかもしれないぞ」宮村の声は弾んでいる。

「何か見つかったんですか」切断されたむき出しの腕に、何か手がかりがあるとは思えないが……。

「指輪だよ、指輪」

「見られますか？　すぐに行きます」

若杉が、食い入るように自分を見ていることに一之瀬は気づいた。どうしてこいつに情報が入ってきて、自分は置いてきぼりなのか、とでも考えているのだろう。それはもちろん、遺体の一部を直視できないからだが……。

電話を切り、「手がかりらしいよ」と若杉に告げる。

「よし、確認しよう」若杉の声が急に大きくなる。

「見られるのか？」

「手がかりがあるのに、見ないわけにはいかないだろう」顔色は蒼かったが、若杉の目つきは真剣だった。

「分かった、吐くなよ」

「煩いな」

吐き捨て、若杉はブルーシートの方へ大股で歩いて行った。一之瀬は笑いを嚙み殺しながら後に続く。何というか……この男とのつき合いも結構長いのだが——警察学校からだ

——ようやく弱点を見つけたことになる。もっとも、それをやたらと振りかざすのは馬鹿馬鹿しい。いざという時のために取っておこう。

むき出しの左腕を見た瞬間に、一之瀬はまた軽い吐き気を覚えた。しかし何とか呑みこみ、入念に観察していく。若杉も二本目となると多少は慣れたようで、顔色こそ蒼いものの、今度はしっかり腕を直視している。

「こいつだ」

宮村がズボンのポケットに両手を突っこんだまま、顎を突き出して言った。そう言われても何を指しているのか分からないのだが……しかしすぐに、一之瀬はたった一つの装飾品に気づいた——指輪。中指にはめられているので、結婚指輪、あるいは恋人の存在を示すものではないだろう。だいたい、結婚指輪にしてはごつ過ぎる。左手は、手の甲を下にして置かれているので、見えるのは指輪の半分だけなのだが、かなり太い——関節の三分の一ほどの幅がありそうだった。色はくすんだシルバー。

宮村がひざまずき、手首を摑んであっさり指輪を外した。手袋はしているものの、ごく薄いラテックス製なので、その感触ははっきりと感じられるだろう。自分にはまだ、そこまでは無理だな……と思いながら、一之瀬は宮村の動きを見守った。

宮村がゆっくり立ち上がり、右手の上で指輪を転がした。「ずいぶんでかい指輪だな」

と簡単な感想を漏らす。

「そうですね……」

「こんなでかい指輪、普通するか？」

「こういうのしてるジイさん、時々いますよね」若杉が割って入った。「印鑑が入ってるようなやつ」

「いや、これはカレッジリングだよ」一之瀬は反論した。

「カレッジリング？」宮村が顔を上げた。指輪が転げ落ちないように、掌（てのひら）をお椀の形に丸めている。「何だ、それ」

「大学の卒業記念なんかで作るやつです」

「お前、何でそんなこと知ってるんだ？」

「何でって言われても……」たまたま記憶に残っているだけだ。大学の生協で、毎年卒業シーズンが間近になると売り出されていた——要するに、卒業記念などに作るものだろう。実際、深雪も作っていて、一度見せてもらったことがある。ただ、彼女が実際にそのリングをはめていた記憶はない。やはり、普通に使えるものではないのだろう。

「お前、そんな洒落た大学の出だっけ？」宮村がからかうように訊ねた。

「違いますよ。どこの大学でも、こういうのはあるんじゃないですかね」

「若杉はどうだ？」宮村が、若杉に話を振る。宮村は高卒だから、大学の事情は知る由もないだろう。

「俺は知らないですね。うちの大学では見たこともないです」

「自分に興味のないことは、視界に入ってなかったんじゃないか？」一之瀬はついからかってしまった。

「普通、男はそういうのは気にしないだろう」むっとして若杉が言い返した。

「観察力の差だよ」一之瀬は自分の右目を指さした。とはいえ、カレッジリングが実際にどういうものだったかは自信がない。「ちょっと見せてもらっていいですか」と言って宮村に向かって右手を差し出す。

宮村が、宝石――カレッジリングなので宝石というには大袈裟だが――を扱うように慎重に、リングを一之瀬の右手に落とした。予想していない重さに、一瞬どきりとする。一之瀬は指輪などしたことはないが、それこそ結婚指輪などは、これよりずっと軽いだろう。遺体の指にはまっていた指輪だということは、まったく気にならなかった。今はむしろ、慎重に扱うことだけを考える。何しろ現段階で、唯一の貴重な証拠なのだ。

「あれ」一之瀬は思わず声を上げていた。

「どうした」若杉が詰め寄って来る。自分が知らない証拠を一之瀬が見つけた、と思ったのかもしれない。

「いや、このリング……」

「リングは分かってるんだよ。何か気づいたのか」若杉がさらに一歩近づいて来る。

「まあまあ、穏便に、な？」

宮村がうんざりしたような口調で言った。突っかかる若杉といなす一之瀬——後輩たちの無意味なやり取りに飽き飽きしているのだろう、と一之瀬は想像していた。もちろん一之瀬自身もうんざりだった。

「で、どういうことなんだ、一之瀬」宮村が落ち着いた口調で訊ねる。

「これ……うちの大学のカレッジリングなんですよ」


〈3〉


一之瀬は、自分の母校・陽光大（ようこう）にそれほど愛着を感じてはいないが、卒業して十年も経たないのに校章のデザインを忘れるほど冷たくもない。木の葉のような枠の中に、デザインされたアルファベットで大学名が入っているので、シンプルで分かりやすい。

「間違いないか？」宮村が念押しする。

「自分の大学の校章は見間違えませんよ」言って、一之瀬はさらにリングを検（あらた）めた。校章を正面から見た場合、右側に「２００９」、左側に「ＷＡＫＡＮＡ」と刻んである。これは大きい。絶対的な手がかりだ。おそらく「２００９」は卒業年、「ＷＡＫＡＮＡ」は本人の名前だろう。この年に大学を卒業した「わかな」という名前の人物を捜せば、被害者は特定できる。

それを説明すると、宮村がにやにやと笑った。明らかに、死体遺棄現場に似つかわしくない態度である。

「よしよし」宮村は、揉み手せんばかりの喜びようだった。「被害者が特定できれば、事件は解決したも同然だ。一之瀬、この線を当たってくれ。大学に聞けば、すぐに分かるだろう」

「そうですね……でも、ちょっと待って下さい」

「どうした」一転して、宮村が不満げな表情を浮かべた。

「一応、こういうリングを持っている人に確認してみます。知り合いがいるので……その後で、大学に当たります」

「そうか」宮村は急に関心をなくしたようで、腕の検分に戻ってしまった。

一之瀬はその場を離れ、スマートフォンを取り出した。七時半……深雪は朝食を摂っている時間である。一之瀬は、彼女のスマートフォンではなく、家の電話を鳴らした。深雪は実家暮らしで、食事時には近くにスマートフォンを置かない。

深雪の母親が電話に出た。もうつき合いは長く、何度も彼女の家にも行っているのだが、やはり家族が電話に出ると少しだけ緊張する。

「あら、お久しぶりね」母親が快活な声で言った。今朝は機嫌がよさそうだ。

「朝早くにすみません」

「こんな早い時間に珍しいわね」

「ええと……」

「深雪？ ちょっと待ってね」

がさがさと音がして、深雪を呼ぶ声が聞こえてきた。すぐに、深雪が電話口に出てくる。

「おはよう」深雪はどこか不機嫌だった。

「ああ……食事中だよね」

「夕べ遅かったのよ」食品メーカーの研究職である深雪は、時々夜が遅くなる。基本的に、「寝ないと駄目な人」なので、十分な睡眠が取れなかった翌朝は、てきめんに機嫌が悪くなるのだ。

「ごめん」しかしこっちは早かったのだと思いながら、一之瀬は素直に謝った。その後で早速話に入る。「君、カレッジリングを持ってたよな」

「うん。持ってるだけで全然使ってないけど。それが何か？」

「ちょっと事件の証拠品の関係で……カレッジリングが出てきたんだ」

「うん……」深雪は歯切れが悪くなった。まだ目が覚めていないのかもしれない。

「それが、うちの大学のリングなんだよ」

「ああ」

一之瀬は、リングの特徴を説明した。深雪は無言で聞いていたが、一之瀬が話し終えると「確かにうちのリングね」と言った。

「たぶん、既製品……私のリングも同じようなデザインだったと思うけど」

「既製品？」

「ほら、出来合いのやつに、名前や卒業年とかだけ刻みこむようなものよ。一から作ると高くなるでしょう」

「ああ、そういうことか……指輪のこと、大学に聞けば分かるかな」

「あれって、大学というより生協の話じゃないかな。それに、業者が入ってやってるんじゃないかしら。指輪には、専門の業者がいるでしょう？」

「そうか……」ストレートに線はつながらないわけか。ただ、途中で途切れるとは思えない。誰かが指輪を注文したのは間違いないわけで、業者側にはデータが残っているはずである。

「卒業年と名前が分かってるなら、持ち主は分かるでしょう」深雪が言った。

「そうだね」

「何なの？　カレッジリングが証拠品なんて、珍しくない？」

遺体の指にはまっていたのだ、とは言えなかった。深雪は基本的に怖がりで、一之瀬が事件の話をするのを嫌がる。特に死体が出てくる話は厳禁だ。

「確かに珍しいね」一之瀬は無難に答えた。

「それに、こんな朝早くから？」

「そういう時もあるよ……それと、しばらく連絡しにくくなるかもしれない」被害者の身元が分かっても、即座に犯人が捕まる保証はない。

「うん、分かってる」

もう慣れたもので、深雪はさらりと言った。それもちょっと寂しいのだが……会えない、連絡が取れない状況を、もう少し寂しがって欲しいとも思う。深雪には深雪の仕事もあるから、しょうがないのは分かるのだが。一之瀬が、彼女との結婚に踏み切れない理由の一つがそれである。子どもができればまた変わるかもしれないが、そうでないと、二人の関係は単なる「同居人」になってしまう恐れがある。

会話を終え、一之瀬はブルーシートの中に戻った。いつの間にか人が増えている。捜査一課長の水越（みずこし）の姿も見えて、一之瀬はにわかに緊張した。バラバラ殺人ともなれば、一課長が現場に顔を出すのは当然だが、一之瀬にとっては未だに「雲の上の人」である。水越は中肉中背、今年五十八歳で、一之瀬から見れば父親の世代である。普段はそれほど威圧感のない男なのだが、係長、管理官から説明を受けている姿を見ると、はっきりとオーラが感じられた。険しい表情で、うなずきもせずに話を聞いている——一之瀬は、事件の重みを改めて意識した。

「一之瀬！」

管理官の小野沢（おのざわ）が声を張り上げた。慌てて駆け出し、幹部三人の前で直立不動の姿勢を取る。

「指輪の件、間違いないのか」水越が低い声で訊ねる。

「確認は必要ですが、自分の出身大学のリングでほぼ間違いありません」

「よし、よくやった。あとは確認をしっかり頼む。いい手がかりになりそうだな」

「了解です」緊張したまま答える。

「早速動いてくれ。出身大学なら、聞き込みもやりやすいだろう」

「分かりました」

一礼して踵（きびす）を返す。走り出しながら、「調子に乗るなよ」と自分に言い聞かせた。正直、舞い上がりかけていたが、指輪の正体に気づいたのは単なる偶然である。簡単に浮かれないぐらい、自分は成長したのだ——そう思いたかった。

陽光大へ足を踏み入れるのは、実に卒業以来だった。用事がないから来ないのは当然だが……一之瀬は、キャンパスに入った瞬間、妙な居心地の悪さと緊張感を覚えた。春休み中で学生はそれほど多くないのだが、それでも時々すれ違う学生たちの若さと、自分に刻まれた経験と年齢をつい比較してしまう。もう若くないうえに、嫌な経験も積んできたと思うと、何だか惨めだった。人のために仕事をし、少しは社会に役立ってきた自負はあるが、そうではない人生もあったはずで……そういう思いは、学食に近づいた瞬間に頂点に達した。

スネアの軽快なフィルイン。速いエイトビートでリズムを刻むベースの重低音。何の曲かは分からないが、スピード感とリズムから、パンクバンドが練習中だと分かった。ギターの音は残念ながらよく聞こえないが、これはよくあることだ。一之瀬も所属していた軽音楽部の部室は学食の地下にある。近くならともかく、少し離れると、ギターの音は届きにくくなるのだ。ドラムとベースの重低音だけが遠くまで流れる。

もしもバンド活動を続けていたら、と今でも考えないこともない。もちろん、プロになれるような腕前ではなかったのだが、警察官にならなければ、もっと熱心な趣味として続けていたかもしれない。平日は普通に仕事をして、週末には仲間とスタジオで練習し、時にはどこかでライブに出演する——不規則になりがちな警察官の生活に、バンド活動を組みこむのはまず無理だ。それでも時間が許す限り、毎日寝る前にギターの練習はしている。人前で演奏する機会があるわけでもないのに。

馬鹿馬鹿しい。時間は巻き戻せないし、今更転職するのも不可能だ。

それにしても、春休みにわざわざ練習しているこの後輩たちは、そんなに上手くないな、と苦笑する。ドラムのリズムはもたつきがちだし、ベースはエイトビートでルート音を刻んでいるだけなのに、時々音が外れる。君たち、時間と電気代の無駄だ、と皮肉に考えた。

さて——一之瀬は本部棟の前に立った。実は、ここへ来るまでに、あまりにも変わってしまった光景のせいで道に迷っていたのだ。都心部のキャンパスはそれほど広くないのだが、一之瀬が卒業してから、大規模な改築を行ったようである。正門左側にあった本部棟は、キャンパスの一番奥に場所が変わっていた。以前の建物は、それこそ戦前からあったという古めかしい四階建てだったのだが、今や何と十階建てである。大学はそんなに儲かるものだろうかと、一之瀬は思わず首を傾げた。

しかし、変わったのは建物だけだった。中に入るのにチェックもされないし、誰かとすれ違っても怪しむ視線を投げかけられることもない。こんなに警備が緩くて大丈夫なのだろうかと、他人事ながら心配になる。

エレベーターの横に、棟内の案内板があった。学生課は四階。よし、と小声を出して気合いを入れ、ネクタイの結び目を直す。鏡で確認できないのが残念だったが、きちんとした格好をしていると信じたかった。ＯＢはきちんとやっていると、職員にも見せつけないと。だいたいだらしない格好だと、相手も真剣になってくれない。

エレベーターを下りると、思わず「何だこれ」とつぶやいてしまう。廊下は全面ガラス張りになっていて、その向こうが中庭らしい。陽光が燦々と入ってくるので、真冬でも暖房は必要ないだろう。一之瀬は思わずコートを脱いで腕にかけた。中庭とは豪勢なことで……こういう作りも無駄だよな、と思う。建物は真四角が一番効率がいいはずなのに。

建物の奥の方へ歩いて行くと、廊下の両側に事務スペースが開けている。役所によくある造りだ。廊下と事務スペースを隔てるのはカウンターやファイルキャビネット。一之瀬は、カウンターの一番手前に、様々なカタログや書類が積み重ねられているのに気づいた。そうそう、こういう具合に大学は書類で溢れている。講義の関係だったり就職の関係だったり、様々だが。

さて、受付はどこだろう。連絡をせずに来てしまったことを悔いたが、躊躇している暇はない。結局、カウンターの一番近くにいた若い女性職員に声をかけ、「学生さんのことで話を伺いたいんですが」と訊ねた。不審気な表情を浮かべたので、バッジを示して「警察です」と言った。女性職員が顔を引き攣らせ、「少々お待ち下さい」と言い残して部屋の奥に引っこんでいく。

見ていると、窓側に向かって並んだデスクの一番奥――この係の一番偉い人が座っている席だろう――に向かってダッシュしていく。身を屈めて何か相談していたが、なかなかこちらに戻って来ない。何事かと、一之瀬は少し場所を変えて、様子をうかがった。女性職員が報告した相手——四十歳ぐらいの男性職員だった——は受話器を耳に押し当て、真剣な表情で話している。さらに上司へと話が回っているのかもしれないが、ちょっと大袈裟過ぎないだろうか。仮に、現役の学生が何か犯罪にかかわっているとしたら大変だが、今回は被害者、しかもOBの可能性が高い。現場から出て来る時に、宮村から受けた忠告を思い出す。「大学ってのは面倒なところだから、気をつけろよ」と。「何が面倒なんですか」と聞き返すと、「スキャンダルが大嫌いなんだよ」という答えだった。面倒なことにならずに話を聴くにはどうすればいいのか——思わず訊ねそうになったが、何とか質問はせずに済んだ。「そんなことぐらい自分で考えろ」と突き放されるのがオチだし、実際自分で何とかしなくては、とも思う。刑事になってまる三年、いつまでも先輩に頼って、常にマニュアルを欲しがるわけにもいかないだろう。俺だって日々成長しているんだ、と自分を励ます。

ようやく女性職員が戻って来た。男性の職員も一緒である。一之瀬は今度はバッジではなく名刺を示すことにした。この方が、相手を緊張させないだろう。

「捜査一課、ですか」男性職員が恐る恐る名刺を受け取りながら言った。

「ええ。こちらに在籍していた学生さん——OBの方の関係で、確認させていただきたいことがあるんです」

「現役の学生のことではないんですか」

それで、男性職員の緊張が少しだけ緩んだ。同じように犯罪に関与していたとしても、現役とOBでは天と地ほどの差があるわけだ。

「身元の確認が必要です」

「身元？」

「こちらに在籍していた学生さんかどうかだけでも、確認させていただければ……記録は残っていますよね？　恐らく、二〇〇九年の卒業なんです」

「五年前ですか……記録はありますけど、申し訳ないんですが、ちょっと課長に会っていただけますか？　直接説明してもらわないと」

何なんだ、と一之瀬は一瞬むっとした。何度も同じことを繰り返さなくとも、今の説明をそのまま伝えてくれればいいではないか。そんなに面倒な話ではないのだ……自分が名前を告げる、相手がそれを学籍簿のデータベースと照会する——一分か二分で確認が取れるはずだ。

しかしここは、我慢、我慢……相手の懐に潜りこんではいるのだから、焦ることはない。課長と会って話が終わるなら、無駄になる時間は十分かそれぐらいだろう。一之瀬は何とか穏やかな表情を浮かべて、男性職員にうなずきかけた。向こうもほっとした表情になり「ちょっとお待ちいただけますか」と告げると、また事務スペースの奥に消えた。一之瀬は、廊下の隅にあるベンチに腰を下ろして待つことにした。手帳を広げて情報を整理しようとしたが、整理しなければならないほど情報があるわけではない、と気づく。問題は、この段階でどこまで事情を明かすか、だ。「WAKANA」という人物が二〇〇九年にこの大学を卒業しているとしても、それが確認できただけでいいのか。バラバラにされ、公園のゴミ箱に無惨に捨てられていた事実を、明かさなくていいのだろうか。

少し事実関係を調べてから決めればいい、と思った。「WAKANA」がまだ大学に関わっている可能性もある――助手や職員として、大学に籍を置いているかもしれない。それなら事情は変わってくる。

急に眠気が襲ってきた。朝早かったから仕方がない……とはいえ、居眠りするわけにはいかない。一之瀬はバッグの中を引っ掻き回し、いつも持っているガムとタブレットの両方を取り出した。ガムは噛み終えるのに時間がかかるからダメだ。タブレットを二粒口に放りこんだ瞬間、強烈なミント味で一気に目が覚める。息を吸いこむと、喉の粘膜が凍りつくようだった……眠気覚ましに「ストロングタイプ」を買っておいたのだと思い出す。口の粘膜全体がひりひりするが、取り敢えず頭はすっきりした状態で事情聴取できるだろう。

「一之瀬さん」

呼ばれて立ち上がる。先ほどの男性職員が、カウンターを回って廊下に出て来たところだった。手にはノートパソコンを抱えている。

「課長がすぐにお会いします」さらりと言って頭を下げる。

「では、こちらへ」

案内されるまま、廊下を歩き出す。細長い建物のかなり奥の方まで来て、会議室に通された。ドアを開けた瞬間、中にいた女性と目が合う。課長は女性だったのか……。

立ち上がり、素早く目礼する。一之瀬もうなずき返し、早速名刺を交換した。土岐恵津子、学生課課長。四十代後半ぐらい、と見た。襟が丸いブラウスは女性的だが、紺色のスーツはかっちりしたデザインで、男っぽい感じすらする。顎の下までくるボブカットのせいか、顔の形は鋭角に見えた。眼鏡をかけ直して、一之瀬の名刺をじっくりと確認する。

「失礼ですけど、あなた、うちのOBじゃないですか」

「ええ」何となく黙っていたのだ。この大学の卒業生だからと言って、捜査に有利になるとは思えなかったから。何となく気恥ずかしい気持ちもあった。

「珍しい名前だから、すぐ分かりましたよ」

「名前で検索をかけたんですか？」

「そういうことです」ごく当然といった様子で恵津子が答える。「うちの職員で、あなたの名前を薄ら憶えていた人がいて」

学生課に名前を知られるようなことがあっただろうか、と一之瀬は訝った。すぐに気を取り直して話を進める。

「大変なことが起きたんです」

恵津子が男性職員と顔を見合わせる。一之瀬に視線を戻した時には、わずかに顔色が蒼くなっていた。

「どういう……ことですか」

「遺体が発見されました」バラバラ殺人、とはっきり言う必要はないだろうと判断した。いずれニュースで分かることで、自分の口から言わなくてもいい。相手にこれ以上のショックを与えたくなかった。「遺体の指に指輪が——この大学のカレッジリングがはまっていました。二〇〇九年卒業で、名前は『ワカナ』と見られます」

「カレッジリングですか……」恵津子が顎に手を当てた。「それは、大学では分からないと思いますよ。業者が生協で販売していて、大学側は直接関わっていませんから」

「ただ、二〇〇九年卒業で、下の名前が『ワカナ』という条件で検索はできるんじゃないですか？　私の名前もすぐに検索できたぐらいですから」

恵津子の耳が瞬時に赤くなる。何というか……こちらの正体を探るのは結構だが、その結果をわざわざ本人に告げることはないだろう。大学の人というのは、あまり常識がないのかもしれない。あるいは用心が足りない。あまり責めても意味はないと思いながら、一之瀬は話を元に戻した。

「どうですか？　今は在校生や卒業生の名前もデータベースで管理しているんですよね？　ことは殺人事件ですから、一刻も早く被害者の身元を特定したいんです。調べていただけませんか？」

「その件、まだニュースで見ていないんですが」理由は分からないが、恵津子は抵抗するつもりのようだった。

「今朝早く、遺体が見つかったばかりなんです。まだニュースにはなっていないと思います」一度言葉を切り、恵津子の顔を凝視する。「お願いできますか？」

丁寧な言い方を心がけたが、口調が強くなったのは察したようだ。恵津子が男性職員に目配せする。男性職員はすぐにノートパソコンを広げ、キーボードを叩いた。しばらく画面を凝視していたが、すぐに顔を上げて恵津子に向かってうなずきかける。恵津子が体を斜めに倒して画面を覗きこんだ。

「三名、いますね」

「三名ですか」そう簡単には絞りこめないのだ、と思う。しかし「ワカナ」という名前は、それほど珍しくもないのだろう。一学年に数千人も在籍しているのだから、三人ぐらいの同名は当然と考えるべきかもしれない。「取り敢えず、三人とも教えて下さい。できれば連絡先も」

「連絡先は、昔の物しか分かりませんよ」言い訳するように恵津子が言った。「卒業後まではフォローしていませんから。一之瀬さんは、学友会には入っていますか？」

「いえ」学友会はＯＢの組織で、ここに入会していると、年に四回、会報が送られてくるはずだ。一之瀬は、会費を払うのももったいないので入っていなかったが、何かとマメな深雪は会員である。

「学友会に入っていれば、現住所も把握できていますが、そうでないと学生時代の住所と連絡先、あるいは実家の住所ぐらいしか分かりません」

「構いません。こちらで調べます」一之瀬は手帳を広げた。「全員の名前と連絡先を教えて下さい。それと、生協の方にも話を通してもらえませんか？　指輪を作った業者に話を聴きたいんです」

「……分かりました」

恵津子が言うと、男性職員が三人の名前を読み上げた。パソコンを見せてもらう方が早いのだが、それはまずいと判断しているようだ。まあ、正確に分かれば問題はない。

長谷若菜。原田若菜。三島和可菜。一人だけ字が違う。データを教えてもらったついでに、卒業後の進路も訊ねる。学生課ではなく就職課の管轄かもしれないと思ったが、データベースにはアクセスできるようだった。だがそこで、恵津子がストップをかける。

「ちょっと相談していいですか」

「誰にですか？」

「就職課」恵津子が立ち上がり、ドアに向かった。「すぐに戻ります。就職関係のデータはうちの管轄ではないので、勝手に使ってはいけないことになっていますので」

「ことは殺人事件です」一之瀬は念押しした。「よろしくお願いします」

恵津子が素早くうなずき、部屋を出て行った。一之瀬はほっと吐息を漏らしたが、目の前の男性職員の名前を聴いていなかったのを思い出し、名刺を貰った。市田正孝。学生課の係長だった。

「すみませんね、変な話で」

「ええ……でも、うちのOBの子が殺人事件に巻きこまれたって、本当なんですか？」

「まだ身元の確認ができていないので、何とも言えないんですが……余計なお世話かもしれませんが、マスコミ対策は考えた方がいいかもしれませんよ」

「そうなんですか？　学生ではなくOBなんですよ」

「マスコミから見れば、あまり関係ないと思います。取材すべき相手が見つからなければ、ここに押しかけてくるかもしれません」

瞬時に市田の顔から血の気が引いた。

「まずいな、それは……入学式も近いんですよ」

「ですよね。こういう問題で矢面に立つのは……」

「広報課です」

「だったら広報課に情報を入れて、早めに対策を取った方がいいですね」

「でしたら、もっと詳しく情報を教えていただかないと。今のところ、警察しか知らないんでしょう？」

しまった、と一之瀬は舌打ちしそうになった。これ以上の情報はまだ明かせない。そして、ただの殺人事件ではなくバラバラ殺人となったら、マスコミの取材は一層過熱するだろう。

「申し訳ありませんが、まだ遺体が見つかったばかりの状況ですし、私は早くに現場を離れてしまったので」

嘘ではない。市田は納得した様子ではなかったが、何とかうなずいた。一之瀬はうつむき、テーブルを見詰めながら唇を噛み締めた。こういう時、もっとベテランの刑事ならさらりと嘘をつくのかもしれない。それも、相手を傷つけないような嘘だ。自分にはまだそれができない。当然、嘘をつかざるを得ない状況はあるわけで、後からへたな嘘を後悔してしまうのだ。

「大変なことになりそうですね」

「一時的なものですから、何とかやり過ごしていただければ」

これもまずい言い方だった、と悔いる。もしかしたら、一時的では済まないかもしれない。例えば犯人が大学関係者だったら……マスコミの連中は、しつこく大学に食いついてくるだろう。スキャンダルは大きくなるばかりだ。

言い直した方がいいかもしれないと考えているうちに、恵津子が戻って来た。険しい表情だが、何とか話は通じたようだと予感する。

「どうでしたか？」一之瀬は相手の機先を制するように訊ねた。

「ことがことですから」腰を下ろしながら恵津子が答える。「協力していい、ということになりました」

「ありがとうございます」

恵津子が市田に目配せする。市田がまたパソコンを操作した。すぐにデータを呼び出して、三人の卒業後の進路を読み上げる。長谷若菜は、出身地の愛知県に戻って、中学校の教員。三島和可菜は都内で信用金庫に就職していた。

原田若菜だけが不明。

「不明というのは、どういうことですか」

「ここでは、これ以上の事情は分かりません」恵津子がすぐに答える。「現役で就職できなかった人については、基本的にデータがありませんから。つまり、一旦卒業して就職浪人した人のその後については、あまり積極的に追跡していないんですよ。あるいは就職が決まっても、就職課に報告しない学生もいますから」

「そんな人、いるんですか？」一之瀬は目を見開いた。

「いますよ。つい忘れてとか、面倒臭くなってとか。就職課でも確認するようにはしているんですが、そもそも就職課に相談に来ない学生もいますからね」

そう言えば自分もそうだった……公務員試験しか受けていなかったので、普通の就活とは少し事情が違っていたせいもある。合格が決まった後で、一応就職課に報告はしたが。

「この、原田若菜さんの場合はどうなんでしょう」

「それはちょっと、こちらでは分かりかねます」

「だったら、就職課につないでいただくことはできますか」一之瀬は畳みかけた。「どういう状況なのか、一応事実関係だけは把握しておきたいんです。直接話を聴きます」

「いや、でも……」恵津子は乗り気にならなかった。話が広がるのを恐れているのだろう。

「大変な事件なんです。少しでも手がかりが欲しいんです」

しばらく押し引きが続いたが、結局恵津子が折れた。よしよし……一之瀬は内心満足しながら、立ち上がった。調子に乗ってはいけない。しかし、自分の腕を多少は信じていい気になっていた。


就職課でも話を聴いたが、原田若菜の卒業後の進路は分からなかった。就職できたのかどうかも不明。要するに在学時、就職課には一度も顔を出さなかったらしい。

「今時、そういうことがあるんでしょうか」自分のことは棚に上げ、一之瀬は就職課の課長に訊ねた。「就活、大変じゃないですか。大学側の助けもないと……」

「もちろん学生さんは就活に一生懸命ですけど、そうじゃない人もいますからね。卒業したからすぐに就職しなければならないと決まっているわけじゃないですし」

「例えば、卒業後にすぐに結婚とか？」

「女性の場合、それもありますね」

釈然としなかったが、手がかりはゼロではない。学生時代の住所や携帯電話の番号は分かっているのだから、時間はかかってもそこから現在の連絡先を割り出せるはずだ。

本部棟を出て、思わず背伸びをする。正門まで真っ直ぐ続く道路の両側は桜並木だった、と思い出した。満開はもう少し先だが、開花はすすんでいるようだ。一応「花見禁止」なのに、毎年ここで酒を呑んでは学校側から処分を受ける学生が後を絶たない。大学時代を懐かしく思い出すことなどほとんどないのだが、この桜だけは別だった。あちこちで見た桜の中で、ここがベストだと断言できる。警視庁の近くなら千鳥ヶ淵公園、新宿御苑、明治神宮外苑……多摩では国立の大学通りの桜もすごい。しかしこの大学の桜は、比較的狭い道路の両脇にびっしりと立ち並んでいるので、密集感が非常に強かった。まさに桜のトンネルの中を歩いているような気分になる。

バンド活動の想い出もあるが、それはまた別の話だ。軽音楽部に籍を置いてはいたものの、バンドメンバー三人のうち二人は別の大学の人間だったので、同好会の活動に熱を入れていたわけではない。

――想い出を頭から追い出して、一之瀬はベンチに腰を下ろした。まず、話をまとめて報告しないと。宮村ではなく、係長の岩下に電話をかけた。まずは直属の上司に報告しておく必要がある。

「身元、割れたか」

岩下がいきなり切り出したので、思わず苦笑してしまう。今年四十歳のこの係長は、常に前のめりである。途中経過を飛ばして結論を先に聞きたがるし、部下の仕事が自分の予想よりも進んでいないと、途端に癇癪を爆発させる。

「三人まで絞りこみました」

「おいおい、まだその段階か？」電話でもはっきり聞こえるほどの大きさで舌打ちした。

「何してるんだよ」

「すみません」一之瀬はさらりと謝った。ちょっと前なら――所轄にいる頃なら――畏縮して言葉を呑んでしまったところだが、捜査一課に来てから多少は図太くなったと思う。「ワカナは、最近は珍しくない名前みたいですよ」

「最近ってわけじゃないだろう。もう二十七歳ぐらいになるんじゃないか」

「そうですね……この三人のデータがありますけど、どうしますか？　手分けして調べた方が早いと思いますが」

「お前が一人でやれ」岩下があっさりと命じた。「こっちは、他のパーツの捜索で忙しいんだ。人手が足りないんだよ」

「いや、でも……」

「それぐらい、一人でできるだろう。もう新人じゃないんだから。身元が割れたらすぐに報告しろ」

電話はいきなり切れてしまった。捜索がそんなに大変なのか？　大変だろう。あの公園の中を総ざらいするだけでも相当の時間がかかるはずだ。

よし、これからが本番だ。調べなければならない相手はたった三人、午前中に被害者を割り出してやる。


〈4〉


一之瀬は、三十分ほどで被害者を絞りこんだ。

原田若菜。

長谷若菜と三島和可菜とは、直接話して無事が確認できた。いきなり警察から電話がかかってきたので、二人とも不安そうだったが、「捜査の関係です」で押し切って説明を避ける。現段階で、噂(うわさ)が広がるのは避けたかった。

問題は原田若菜だ。教えてもらった携帯電話、学生時代の自宅の電話にはつながらない。携帯電話のキャリアに手を回して、若菜の番号を確認してもらうと、学生時代に使っていた携帯電話は解約されていないことが分かった。もちろんそれが「サブ」で、現在は他のキャリアの電話をメーンで使っているかもしれない。若菜を殺して遺体を切断した犯人が、携帯電話を処理してしまった可能性も高い。

殺した相手をバラバラにする動機は、ほぼ二つに限られる。身元の確認を難しくするためか、強烈な憎しみに駆られてか、だ。当然、所持品などは処分しているはずなのに、指輪がそのままだったのは何故だろう。見過ごすには大き過ぎる装飾品だが、ここからは身元がばれないと過信していたのか。

一応、原田若菜を被害者と想定して、捜査を進めることにした。携帯電話のキャリアに確認した時に、契約時の住所も確認した——大学に届け出られていたものと同じだった。これで免許証でもあれば、住所をさらに確かにできるのだが、残念ながら原田若菜は免許を持っていなかった。

となると、手元にある住所を訪ねてみるしかない。しかしその前に、大学で調べられることもあるはずだ。そう考え、生協に足を運ぶ。一之瀬がいた頃に比べるとレイアウトがだいぶ変わってしまって、どこに何があるのか分からなかった。レジで話をし、カレッジリングの担当者を呼び出してもらう。学生課の方で話を通してくれていたようで、すぐに業者について教えてもらった。ここ十年ほど、同じ業者が担当しているという。

そこまで分かって、一之瀬は大学を離れ、一度現場に戻ることにした。報告も必要だし、何か情報が入っているかもしれない。

ブルーシートの中に入るとちょうど、岩下が刑事たちを集めて簡単に事情を説明し始めたところだった。

捜査は着々と進んでいるようだった。まず、最重要である遺体の状況について。

「解剖はまだだが、切断された両腕に生体反応がないことは分かった。それと、切断面が汚い。ノコギリと、最後は鉈か斧のようなものを使って、骨を叩き割ったようだ。両腕とも同じような具合だから、まず同一人物のものとみて間違いない」

岩下が唾を飛ばしそうな口調で告げる。死後に切断されたわけか、と一之瀬は納得して唾を呑んだ。確かに、生きながらバラバラに……というのは考えられない。

「まず、身元の確認が最優先になる。被害者と見られる女性——原田若菜の現住所を割り出して捜索を行い、DNA型の照合ができるブツを捜せ」岩下が捜査の担当を割り振った。一之瀬は指輪の件の裏づけ捜査を続行。

刑事たちが散った後、一之瀬は岩下と少し話した。

「取り敢えず、渋谷にある指輪の会社で話を聞いてきます」

「そうしろ。原田若菜――間違いないと思うか?」岩下がメモに何か書きつけながら訊ねる。

「九割がた」

「それをすぐに十割にしよう。身元が割れれば、すぐ解決だ。あとは家だな」

「ええ……」住所は多方面から探れる。まずは、一之瀬が大学で確かめてきた住所の確認。それは別の刑事たちが担当することになっていた。

「よし、さっさとケツを上げて行って来い」

もう「ケツは上げている」のだが……苦笑しながら一之瀬は一礼した。岩下はとにかく、勢いで捜査を波に乗せようとしている。こういうことは最初が肝心なのだろう。

カレッジリングを作っているのはどんな会社なのか……住所を見た限り、ビルの一室らしい。そんなところに工房があるのか、いや、作っているのは小さな指輪だからスペースはさほど必要ではないだろう、などと想像しているうちに、会社の入ったビルの前についてしまう。かなり古びたビル……一階にはカレーショップと喫茶店が入っていたが、どちらの店も昭和四十年代から続いているような感じだった。一階の通路の右側にあるカレーショップからは香辛料の香りが、左側の喫茶店からは煙草の臭いが染み出している。見ると、喫茶店にいる客は、全員が煙草を吸っていた。今時、全面喫煙可の店も珍しいが、逆にこれが売りになって、愛煙家が集まるのかもしれない。

当該の会社は三階にあった。エレベーターが来るのを待てず、階段を二段飛ばしで三階まで上がる。ドアは古びているが、看板は派手で新しい。「ＸＸＸ Ｊａｐａｎ」は「トリプルエックスジャパン」とでも読むのだろうか。インタフォンがあったので、すぐに鳴らすと、女性の声で「はい」と返事があった。

「警視庁捜査一課の一之瀬と申します。捜査の関係で、ちょっと伺いたいことがあるんですが」と切り出す。

「警察……」女性の声に戸惑いが混じる。

「捜査の関係です」一之瀬は繰り返した。「時間はかかりませんので、協力していただけますか」

「……ちょっとお待ち下さい」

妙に慌てた様子で、何かやばいものを急いで隠しているのでは、と一之瀬は想像した。

ドアが少しだけ開く。応対してくれたのは五十歳ぐらいの男性だった。ワイドスプレッドカラーのシャツに深いえんじ色のネクタイ、それと同色のベストを合わせている。メガネのフレームは黄色……当然のことながら、両手の中指には太いカレッジリングをつけていた。商品見本の可能性もあるが、本人が洒落者なだけかもしれない。

「本当に警察の方ですか？」

一之瀬はすかさずバッジを示した。相手の表情は硬かったが、リラックスさせている暇もない。向こうだって、できるだけ早く用事が済んだ方がいいだろう。

「こちらでカレッジリングを買われた人の情報が知りたいんです」

「個人ですか？」

「いや」一之瀬は大学名を出して、サークルでまとめ買いしたのでは、と推測を話した。

「となると、卒業記念のリングでしょうかね」

「そうだと思いますが……写真がありますから、まずそれを見ていただけますか？」

「……どうぞ」男がようやくドアを広く開けた。

中へ入って、一之瀬は若干気が抜けた。工房を想像していたのだが、実際にはただの事務スペースである。デスクが四つ並んでいる他には、打ち合わせ用なのか、テーブルと、チェアが四脚あるだけ。壁の一面は棚になっており、小さな箱が大量に並んでいた。この棚が倉庫代わりなのかもしれない。指輪なら、さほどスペースを取らないわけだし。

一之瀬は、打ち合わせ用のテーブルを勧められた。男の他には、先ほどインタフォンに出たと思われる若い女性社員、それに中年の男性社員がいるだけ。デスクの数を見ても、三人で会社を切り盛りしているとしか考えられない。いったいどの程度の規模の会社なのだろうと一之瀬は訝った。

せめて相手を緊張させないためにと、一之瀬は普通に名刺交換から始めた。バッジの提示から手帳を広げるパターンに進むと、身構えてしまう相手も多いのだ。名刺交換なら、普通の社会人の礼儀である。

「中元（なかもと）さんですね」社長の肩書きを確認して、一之瀬は椅子（いす）に腰を下ろした。

「はい」

「意外でした」一之瀬は軽いジャブを繰り出した。

「何がですか？」

「ここでリングを作っているのかと思っていたんです」

「ああ、それは……うちは代理店ですから」

「工場は別にあるということですか？」

「カレッジリングの文化はアメリカ生まれです。向こうに幾つか、大きなメーカーがあるんですが、うちがそのうちの一つの日本代理店になっているんです。こちらでお客様の注文を受けて発注する形ですね」

「なるほど」だから事務スペースと、在庫を保管しておくちょっとした場所があればいいわけか。

「それで今日は、どういうことでしょうか……」中元が恐る恐る切り出した。ネクタイの結び目を手で押さえ、緊張した顔つきになる。

「ある事件の被害者が、カレッジリングを身につけていました。身元の確認のために使いたいんです。原田若菜さんという名前なんですが、顧客名簿を調べてもらえませんか？」

「ああ、なるほど。ちょっと待って下さい……」

中元が立ち上がり、立ったままパソコンを操作していたが、眉間（みけん）の皺（しわ）がすぐに深くなるのが一之瀬にも見えた。

「その名前のお客様はいらっしゃいませんね。やはり個人での購入ではないと思います」

「必ず購入者の登録があるんですか？」

「基本的には」中元がデスクを回りこんで、一之瀬の前に戻って来た。「カレッジリングは、校章を入れたりしてカスタマイズするのが普通なんです。卒業年や自分の名前を彫ったりしますから、お名前をいただきます。稀に、ファッションで買われる方もいますけど」

「卒業年と個人名が入っていましたから、そういうことはないと思います。カスタマイズされたもので間違いないでしょう。これなんですが……」

一之瀬は、スマートフォンにリングの画像を呼び出し、中元に見せた。

「ああ、はい。これですね」

中元がまた立ち上がり、棚の前に立つ。上から下まで視線を這（は）わせ、少し屈み、自分の膝（ひざ）の辺りにあった箱を取り出して持って来た。一之瀬の前で箱を開ける。二重底になっていて、リングが十個、綺麗にはめこまれていた。

「商品名は、EC—05と言います」

「番号なんですね……ちょっと触ってみていいですか」

「どうぞ」

一之瀬は、一番右側にあったリングに手を伸ばした。ボール紙に切れ目が入れてあり、そこにはまっているだけだったので、すぐに外れる。材質は何なのか……ずっしりと重い。これをはめていたら相当目立つな、と思いながら、スマートフォンの画像と見比べた。現場で複数の写真を撮ってきたのだが、素人写真である。光線の具合もよくないので、色合いも合致しているかどうか判断できない……仕方なく、中元に見てもらった。

「そうですね……」刑事のスマートフォンを手にするのが憚られたのか、中元が首を妙な具合にひねって画像を確認した。「間違いないとは思いますが……現物を見ないと何とも断定はできませんね」

「必要があれば、見てもらう機会もあると思います。一応、間違いないと考えていいでしょうか?」

「でも、断定ではないですよ」中元が念押しする。

「分かりました。ちなみに、幾らぐらいするんですか?」

「ベースが一万五千円。そこからカスタマイズしていくんですけど、これぐらいだと……

二万円はかかりませんね」

安いのか高いのか分からない。学生時代の一之瀬だったら、絶対に手は出さなかっただろうが。

「それで、指輪の持ち主を確認できるかどうかですけど……」

「ああ、ちょっと待って下さい」

中元が身軽に立ち上がり、自分のデスクに向かった。また前屈みになってパソコンを操作したが、すぐに顔を上げる。「これが手がかりになるかと思いますが」と言って、プリンターのところへ歩み寄った。すぐに一枚の紙を手に戻って来る。

「これなんですが」注文票のようである。

「これは?」

「この年に、うちに注文を頂いたサークルはここだけです」

「一つだけですか?」ずいぶん商売の規模が小さい。

「いや、この大学では一つ、という意味です」中元が苦笑する。「他の大学のサークルの注文もありますから」

「失礼しました」

さっと頭を下げて、一之瀬は注文票を検めた。申し込みした人の名前と連絡先にまず注目する。この人物がサークルの代表ではないだろうか。他にはサイズ別の注文数、金額などが記載されているが、一之瀬が注目したのはサークル名だった。「ＩＴ研究会」。いかにも今風のサークルで、就職にも有利になりそうだが……。

「これはどういうサークルですか？」

「分かりません。うちが直接注文を取ったわけではないので」中元が申し訳なさそうに言った。

「生協経由ですね」

「そうです。うちには、生協さんから注文が入ってくるだけですから」

「これだけでも助かります。この紙、いただけますか」

「どうぞ。でも、表には出ないように……」

「もちろんです」一之瀬はうなずいた。「捜査以外のことには絶対に使いませんから。ご心配なく」

一之瀬はすぐに会社を辞した。次はＩＴ研究会の代表に連絡を取らないと……しかし、ここまでトントン拍子に進んできた捜査は、岩下からかかってきた電話で頓挫（とんざ）した。

若菜は、学生時代に住んでいたアパートから姿を消していたのだ。不動産会社を当たったが、引っ越し先は「不明」。不動産会社に残っていた連絡先の番号は、反応がない携帯のそれだったという。

若菜はレーダーから消えてしまった。

一つ手がかりが潰れても、そこで立ち止まるわけにはいかない。

一之瀬はすぐに、若菜たちの代のIT研究会代表に連絡を取ることにした。しかし、路上で携帯で連絡を取るのは憚られる……駅前まで戻り、交番を見つけて事情を話した。ここなら、遠慮せずに電話で話せる。

幸い、電話はつながった。代表——鳥井学はどこか迷惑そうにしていたので、名乗って事件について説明した後、質問するのを遠慮してしまう。

「お仕事中でしたか？」

「いや、寝てました」

反射的に腕時計を見る。十一時半……いい大人がこんな時間まで寝ているとは。一之瀬が沈黙していると、鳥井が「徹夜だったんですよ」と遠慮がちに言い訳した。

「仕事で、ですか」

「もちろんです」

「お仕事は何を？」

「それ、何か関係あるんですか」鳥井がいきなり反発した。「警察には関係ない……関係あるような人生は送ってませんけど」

「単なる話の流れです」少しむっとして一之瀬は言い返したが、言い合いになっては意味がないので、すぐに口調を柔らかくする。「鳥井さんのことではなく、大学時代の話なんです」

「えらく古い話ですね」

「まだ五年前ですよ……あなた、ＩＴ研究会に入ってましたよね？　四年生の時には代表だった」

「ええ」

「その研究会に、原田若菜さんという方はいましたか？」

「いましたよ」あっさり認める。

「当然、同学年ですよね？　あなたと一緒にカレッジリングを作ってる」

「カレッジリング？」

疑わしげな声になった。本当に覚えていないのだろうか、と一之瀬は訝った。

「卒業記念なんかで作る、太い指輪があるでしょう？　あれのことですよ」念のため説明をつけ加える。

「そんなこと、もちろん分かってますよ」むっとして鳥井が言い返した。「どこへ行ったかな、と思って」

どうもこの男とは話が嚙み合わない。普通の人は、警察と話す時にはもっと固くなって口が重くなるのだが……電話のせいもあるかもしれないが、鳥井は全く気にしていないようだった。軽い反発心を隠そうともしない。

「それより、原田若菜さんのことですが」

「覚えてますよ……覚えてるだけだけど」相変わらず、素直でない言い方。

「連絡を取りたいんですけど、今はどうしてるんですか？」

「働いて……いるのかいないのか」

「どういう意味ですか？」

「卒業してからずっと会ってないんで、はっきりしたことは知りません」

何かあったのかもしれない、と一之瀬は緊張した。鳥井の言い方には、かすかな嫌悪感が滲(にじ)んでいる。はっきり「彼女との間に何かトラブルでもあったんですか」と訊ねると、即座に否定されたが。

「男女関係とかですか？　それはないですよ。そもそもタイプじゃないんで」

「男女関係でなくても、何か他のトラブルがあったとか」

「何でですか？　俺が何かしたとでも？」

「今、嫌そうな言い方をしてたでしょう」

「いや、別にそういうわけじゃ……いきなり叩き起こされて、訳の分からない質問をされたら、答えようがないでしょう。大勢いる中の一人だったし」

大勢なのは間違いないだろう。五年前にＩＴ研究会で発注したリングは二十。リングを注文しなかった人もいるかもしれないし、実際のサークル員はもっとたくさんいたのではないだろうか。

「卒業してから会っていないという話でしたよね」

「ええ。OB会みたいなことをするわけでもないし、文科系のサークルなんてそんなものでしょう?」

言われてみれば、一之瀬もそうだ。軽音楽部の仲間と会ったのも数回だけ。卒業してしまうと、定期的な集まりがあるわけでもない。

「それで今、何をやっているか、ご存じですか?」

「ライター……らしいです」

「ライターって、取材したり記事を書いたりとか?」

「普通、ライターって、そういう意味ですよね」鳥井が皮肉っぽく言った。「でも、あくまで『らしい』ですからね。はっきりとは知りません」

「確認していないんですか?」

「噂で聞いただけです。あのですね、IT研というのは、IT系企業の草刈り場なんですよ。特に文系でITに詳しい人間は、人材不足なんで」鳥井の喋(しゃべ)り方に熱が入ってきた。

「それって、理系の話じゃないんですか?」

「いやいや、理系文系、それぞれに仕事の機会があるんですよ、この業界には。うちのI

T研は文系の人間が多いんで、そこでスキルを磨いてIT系の会社に入るのが、ここ十五年ぐらいはお定まりのコースなんです」

「原田さんは？」

「就職しなかったんです。理由は分からないけど」

「それでライターですか……」おかしな話ではない、と一之瀬は判断した。IT研で学んだ知識を活かして、専門誌に原稿を書いたりするのは、ごく自然ではないだろうか。

「俺が直接確認したわけじゃないですけどね。ペンネームなんか使っちゃってるみたいだし」

「ペンネーム？」

「IT研で同期だった奴が勤めている会社に、彼女が取材に来たんだそうです。それで何かの折に、俺のところにも連絡が回ってきて。へえって感じでしたけどね」

「その後、連絡を取ったりしなかったんですか？」

「今更、旧交を温める意味もないんで」

「その……原田さんの取材を受けた会社の人、紹介してもらえますか？　その人なら、原田さんの連絡先も分かるでしょう」

「あのですね」鳥井が苛々（いらいら）した口調で言った。「何なんですか？　いきなり電話してきて、そんな話をして。だいたいあなたが、本当に警察の人かどうかも分からないんですよ」

「疑うなら、署で話をしてもいいんですけど」

沈黙。さすがに「署」と言われたら、疑えなくなったのだろう。しかし彼の疑念は、まだ晴れたわけではないようだった。

「何で彼女のことを調べているんですか」

一之瀬は一瞬考えこんだ。一歩踏みこんで言ったら、鳥井はもう少し詳しく話すかもしれない。

「亡くなったんです」

「亡くなった……って、どういうことですか」

「事件の被害者なんです」

「まさか、殺されたんですか？」鳥井が声を張り上げる。それまでの半分寝ていたような口調が一瞬でかき消える。

「被害者なんです」一之瀬は、敢えて「殺された」とは言わなかった。やはり、あまり話を広めたくない。

「被害者って……一体何があったんですか」

そろそろバラバラ遺体発見の一報が流れている頃だろうが、つい先ほどまで寝ていた鳥井がニュースをチェックしているはずもない。一之瀬は、次々に浴びせられる質問を、何とかかわし続けた。こういう情報を関係者に教えるのは、自分の仕事ではない。

〈5〉

昼少し前。一之瀬はコーヒーショップで、ホットドッグ二本とコーヒーの昼食を摂った。注文してから、朝もマクドナルドで似たようなものを食べたのだった……と後悔したが、手っ取り早く済んだのでよしとする。食べ終えたところで、深雪も昼休み中だろうと思い、電話をかけた。

「ＩＴ研？　知ってるわよ」

「何で？」迷いのない深雪の答えに、一之瀬は思わず聞き返した。

「何でって……サークルの連合会で顔を合わせるでしょう」

「ああ、そういうことか」一之瀬は納得した。深雪は四年間ＥＳＳに所属していて、四年生の時には代表の下で幹事を務めていたはずである。学園祭の関係などで、他のサークルとの話し合いもあったのだろう。

「要するに、コンピュータオタクの集まりか」

「簡単に言っちゃえばそういうことだけど、結構歴史は古いサークルなのよ」

「いつから？」

「七〇年代からあったっていう話だけど……その頃は『マイコン研究会』っていう名前だったみたい」

「マイコン？」

「昔はパソコンのことをマイコンって呼んでたのよ」

「そうなのか……」

彼女は理系だが、コンピュータの専門家というわけではない。しかし、理系の人間の間では、こういう話は常識なのかもしれない。

「マイコンピュータじゃないわよ。マイクロコンピュータ」

「小さいコンピュータ、か」

「そう。七〇年代初頭までのコンピュータと言えば、企業や研究機関だけで使われているような、巨大なものだったのよ。メインフレームって言うんだけど……それが七〇年代も半ばになって、個人でも買えるような、小さなコンピュータが出てきたの。当時は結構なブームになったみたいね。ゲームを自分でプログラミングしたりとか、可愛いものだったそうだけど。マイコン研究会もその頃にできたから、歴史は長いのよ。実は、文系の部の中では、ＥＳＳの次に古いんだって」

「なるほど……」だから、卒業時にカレッジリングを作るのかもしれない。いかにも、歴史ある同好会らしい習慣ではないか。

「そこの人が……」

「関係者」深雪が相手とはいえ、詳しいことは言えない。「ちなみに、変な連中の集まりだったりする？」

「そんなことないわよ」深雪が即座に否定した。「変な連中って、オタクの集まりみたいなイメージ？　そういうイメージって、もう何十年も前のものじゃないかしら？」

「俺は、感覚が古いんだよ」

　言い訳して電話を切り、一之瀬はコーヒーを飲み干した。若菜まであと一歩……あるいは二歩ぐらいか。一度係長に連絡を入れておこうかと思ったが、先延ばしにすることにした。どうせなら綺麗に仕上げて包装してから差し出したい。

　まず、電話。店を出て、駅前の雑踏に紛(まぎ)れながら、一之瀬は問題の男――若菜に取材を受けた会社の社員に連絡を入れた。スムーズにいくはずだ、と信じる。鳥井に頼みこみ、話を通してもらったのだ。いきなり電話がかかってくるより、事前に知らせがあった方がましだろう。一つ深呼吸して、電話番号――会社の直通番号を入力する。

「日本NKT第二営業部です」

「一之瀬と申します」警視庁の名前は避けた。いきなり警察から電話がかかってきたとなれば、変な噂が広まる恐れがある。「坂上(さかがみ)さんはいらっしゃいますか？」

「坂上は私ですが」

「ああ」一瞬間をおく。「警視庁捜査一課の一之瀬と申します。鳥井さんから連絡があったと思いますが……」

「ええ……はい」一気に腰が引けた感じだった。

「お仕事中に申し訳ないんですが、今からお会いできませんか？　原田若菜さんのことでお伺いしたいことがあるんです」

「若菜が殺されたって、本当ですか？」

「確認中です。確認のためにも、本人の連絡先を知る必要があります」

「警察に行かないといけないんですか」坂上が声を潜める。「警察」という言葉を周りに聞かれたくない様子だった。

「いえ。ちょっと会社を出て来ていただければ、お茶でも飲みながら……ご面倒はおかけしませんから」素直に全部話してくれれば、十分で済むだろう。一之瀬は強引に押すことにした。「これから、どうでしょうか。今、ちょっと離れた場所にいますけど、三十分でそちらに着けます」坂上の会社は六本木にある。

「ええと、駄目だと言っても駄目なんでしょうね」坂上が諦めたような口調で言った。

「ご協力、お願いします」一之瀬はさらに押した。「事件解決のためには、どうしても情報が必要なんです」

「はい、まあ、分かりますけど……すぐ済みますか？」

「それは大丈夫です」

約束を取りつけ、一之瀬は駅舎に入った。私鉄と地下鉄を乗り継いで、三十分はかからないだろう。よし、ここから第二ラウンドだと一之瀬は気合いを入れ直した。

日本ＮＫＴは、天辺（てっぺん）を見ることすらできない——首が折れそうだった——巨大なビルに入っていた。中で話を聴く約束だったら、結構面倒だっただろう。受付やいくつもあるセキュリティゲートを突破するだけでも、かなり時間がかかったはずだ。

巨大なエントランスの一角に、コーヒーショップがある。坂上は、そこで話をすると言っていた。こんなに会社に近いところで、誰かに見られるのではないかと一之瀬は想像したが、言い訳は何とでもできるのだろう。自分もスーツを着ているから、社内ではなくカフェで商談していたと言い抜けられるのではないだろうか。

電話——今度は携帯だった——をかけると、坂上が慌てて「五分下さい」と言った。外へ出るだけでも、それだけの時間がかかる巨大ビルということか……電話を切って、一之瀬は実際に時間を計ってみた。スマートフォンのストップウォッチ機能を起動させ、スタート。スマートフォンの画面とセキュリティゲートを交互に見ながら待つこと、四分四十秒。ひどく慌てた様子の男がエレベーターホールから飛び出して来る。セキュリティゲートにカードを当てたものの、ゲートが上手く開かず、膝を思い切りぶつけてしまう。そんなに慌てなくとも……と少し申し訳なく思った。

結局、もう一度カードを当てて、ゲートが開くのを待つ。駆け出したが、先ほどぶつけた衝撃が相当のものだったのか、右足を引きずっていた。

一之瀬はゆっくりと彼の方に近づいた。小柄な男で、ボタンダウンのシャツにスーツ姿、ネクタイは締めていない。短く刈り上げた髪は艶々(つやつや)して逆立っている。かなり強力なワックスを使っているようだ。

先ほどコーヒーを飲んだばかりだが、代わりの飲み物も思いつかない。コーヒーを二つ頼み、一番窓に近い席に陣取る。ここだと、他のテーブルや客が邪魔になって、セキュリティゲートの方からは見えないだろう。話をするには好都合だ。

「コーヒー、いいんですか」坂上が心配そうに言った。コーヒー代は一之瀬が出したのだ。

「大丈夫です。経費で落ちます」

「そうですか……」

坂上が自分の分の紙カップを引き寄せたが、口はつけようとしない。一之瀬は率先して蓋(ふた)を開け、コーヒーを一口飲んだ。この手のカップの保温性は高く、いつも火傷(やけど)しそうになる。

「まず、原田若菜さんの現在の連絡先を教えて下さい」

「これ、彼女の名刺です」

坂上が名刺を差し出す。艶々した素材で、横書き。内容はシンプルで、名前とメールアドレス、電話番号と住所しか記載されていない。電話番号は携帯と固定の二つ——携帯の方は、一之瀬が既に摑んでいるものだった。これが何を意味するかを考えると、少し気が重い。やはり犯人は、既に携帯を処分してしまっているのではないだろうか……今や携帯電話は最大の情報源である。住所録に登録された人間、さらにメールをやり取りしていた人間を一人ずつチェックしていけば、どういう交友関係があったか、必ず解き明かせるのだ。

問題は名前だ。原田さん……原田若菜は、名刺に「一条（いちじょう）若菜」と入れている。これがペンネームか。

「あなたは、原田さん……に会ったんですよね」

「まったく偶然です。彼女が、うちの会社の技術セクションを取材に来ていて、その帰りにばったり……それで名刺だけ交換したんです」

「それだけですか？　同じ大学の、同じサークルの仲間でしょう？」

「いや、だって私も仕事の途中だったし、彼女も急いでいたみたいだったから」

「その後、連絡は取り合っていないんですか？」

「ええ」

「せっかく連絡先が分かったのに？」

「忙しいと、そういうことも忘れちゃうんですよ」

「会ったのはいつですか？」

訊ねながら、ふと名刺に視線を落とす。左上に「2013/11/10」と日付が書きこんである
のに気づき、「去年の秋ですね？」と確認する。

「ええ」

「名前が違いますね。結婚したんですか？」ペンネームだと分かっていたが、念のため確
認してみた。

「違います」今度の答えははっきりしていた。

「どうして分かるんですか？」

「聞きましたよ。知り合いの名前がいきなり変わっていたら、それぐらいは聞くでしょう。

ペンネームだって言ってました」

「ライターなんですよね」

「ええ。フリーのね」坂上が、テーブルに置いた名刺を覗きこんだ。「この住所、自宅じ
ゃないですか？　会社って感じじゃないですよね」

確かに。名刺に記載された江戸川区の住所は、明らかに普通のマンションの名前と部屋
番号であり、個人宅を強くイメージさせる。

「フリーライターをやっていることはご存じだったんですか？」

「いえ」坂上が即座に否定した。「卒業してから会ったのは、その時が初めてだったんで」

「彼女はどうして、フリーライターをやっていたんでしょう？」

「さあ……どういう事情か分からないけど、彼女、就職しなかったんですよ。それどころか、就活もしなかった。俺たちが就活していた頃って、大変だったんですよ」

「分かりますよ」それは、一歳年上の一之瀬も同じだった。とにかく就職氷河期で、誰もが必死になっていた時代。そういう意味で、自分と坂上たちは同世代だ。あるいは「同士」。

「何か事情があったんですかね」

「それは分かりません。実際俺なんかは、彼女とは特に仲がいいわけでもなかったですから」

「自分たちが必死なのに、一人だけ就活してなかったら、何かおかしいと思いませんでしたか？」そんなにも無関心なものだろうか、と一之瀬は訝った。

「自分のことで必死な時に、人のことまで気にしている余裕はないでしょう」むきになって坂上が反論する。

「それはそうかもしれませんね」知らないものは知らない——突っこんでも無駄だと判断して、一之瀬はこの話題を打ち切った。「しかし、フリーライターですか……」

「おかしくはないと思いますよ。IT系には詳しいわけだし、自分で何かする方じゃなくて、取材する側になっても、不自然じゃないでしょう」

「その時の取材、記事になったんですか？」

「なりました。『月刊ウェブマスター』っていう雑誌、知ってます？」

「いえ」

「ちょっと専門的な雑誌で……書店のコンピュータ関連の棚には必ずありますよ」

「そこに掲載されたんですね」一之瀬は念押しした。

「ええ。十二月号……いや、新年号だったかな。とにかく、去年の十二月に出た号です」

「記事の内容はどんな感じだったんですか」

「セキュリティ関係です。彼女、今はＩＴ企業のセキュリティ対策を専門に取材しているみたいですね」

「その雑誌、あなたも購読していたんですか？」

「ええ。ＩＴ系の人間には必読の雑誌ですから……でも、実際会うまでは彼女が書いていることに気づきませんでしたよ、苗字が違うんだから」何だか言い訳するような口調だった。

「卒業後も、原田さんと連絡を取り合っていた人、知りませんか？　サークルの中でも仲のいい人はいたでしょう」

「だったら、女子かな……」坂上が顎を撫でた。

「彼女は、どんな人だったんですか？」

「ちょっと変わった感じの子です。他人と交わらないっていうか。そもそも、何でサークルに入ったのか分からない感じでした」

「せっかく一緒に活動しているのに？」

「そうなんですよ」坂上がようやく、コーヒーの蓋を取った。一口飲んで「熱い」と声を漏らし、息を吹きかけて冷ます。しかし結局、飲まずにテーブルに置いてしまった。

「ということは、サークルの中で仲がいい人も少なかった？」

「そうかもしれません。まあ、女子同士の関係なんか、よく分かりませんけどね。少なくとも男の方では、彼女と深くつき合っていた奴はいないんじゃないかな」

「一応、連絡が取れそうな人を教えてもらえませんか」一之瀬は改めて手帳を広げ、ＩＴ研の女性数名の名前と連絡先を教えてもらった。

「あの……原田は、殺されたんですよね」

「確認中です」もしかしたら坂上は別の筋から確認しているかもしれないが、一之瀬は今のところは、「確認中」を自分の公式見解として押し通すことにした。

「そんな、いきなり殺されるなんて……」坂上の顔色は急激に悪くなっていた。

「残念ですが……」一之瀬は言葉を継ごうとしたが、結局何も言わなかった。ぺらぺら喋って、余計な先入観を与えてはいけない。

「何か、嫌ですよね。まだ二十代で、昔の仲間が死ぬなんて」

そこは「仲間」なのかと、一之瀬は少し白けた気分になった。先ほどまでは「あまり知らない」を繰り返していたのに。

「もしも彼女のことについて、何か新しい情報が分かったら――思い出したら、連絡してもらえませんか」

「ええ……」坂上はやけに萎れた感じで、返事にも元気がない。

「ショックなのは分かりますが、我々は事件を解決しなければならないんです」

一之瀬はカップを持って立ち上がった。眠気覚ましに、移動しながら飲もう。坂上を見下ろす格好になったが、もう一声かけずにはいられなかった。

「大事なことなんです。今後も是非、協力をお願いします」

「……分かりました」

ぼかしたことでかえってショックを与えてしまったかもしれない。かすかに後悔したが、これでいいのだと一之瀬は自分に言い聞かせた。事件発生初日――余計なことを気にせず、突っ走らなければならない時である。

岩下に電話を入れて報告すると、すぐに特捜本部の設置される江東署へ上がって来るように指示された。

「分かりました。状況は……」

「今度は脚が出た」

とんでもないことをさらりと言われ、一之瀬は言葉をなくしてしまった。唾を呑み、改めて質問——質問にもならない質問を発した。

「脚って……」

「左脚の膝から下。靴なし」

「同じ公園ですか？」

「ああ。今は、捜索箇所をさらに拡大している……いいからさっさと上がってこい。被害者を今日中に特定するんだからな」

急かされるのも、今日だけは気にならなかった。岩下が焦るのも分かる。切断された遺体はまだ新しい——つまり、事件発生からそれほど日数は経っていないのだ。事件がまだ「熱い」この状態の方が、当然被害者、そして犯人に辿りつけるチャンスが大きくなる。

「分かりました。すぐに上がります」

「途中、全速力で走れよ。時間がもったいないからな」

この人は、俺が走るのが苦手だと分かって言っているのだろうか。嫌がらせか？　訝りながら電話を切ると、一之瀬は早くも走り出していた。

〈6〉

江東署は「陸の孤島」とまでは言わないが、結構不便な場所にある。一之瀬がいた六本木から最寄駅の木場までは、地下鉄を乗り継いで二十分ほどなのだが、そこから先が遠い。木場駅から徒歩十分以上……途中からは、木場公園を横目に見ながら歩いて行くことになる。かなりの広さ――東京は緑が少ない都市だというが、普段歩き回っている限りはそうは思えない。規模の差はあるが意外に公園は多く、コンクリートとガラスでできた街に潤いを与えてくれる。

若菜の遺体は、いったいいくつに切断されているのだろうと考え、身震いしてしまった。小さくすればする分、捨てやすくはなるが、犯人側のリスクは高まる。

よし、と声に出して、署に足を踏み入れる。前の道路には黒塗りのハイヤーやテレビの中継車が停まっていて、マスコミがもう大騒ぎを始めているのが分かった。こういう連中に摑まると面倒だ。一之瀬は、かつて千代田署にいた時に顔見知りになった、東日新聞の記者・吉崎を思い出していた。彼は今、本部の捜査一課担当である。しばらく顔は見ていないが、この現場には当然来ているだろう。気をつけないと……常によれよれの服装のだらしない男なのだが、記者としては妙に鋭い。しかも向こうは、一之瀬を友だちだと思っている節がある。顔を合わせないようにしないと。一之瀬は反射的に目を伏せて階段へ急いだ。マスコミの連中は一階の副署長席の近くに集まっており、こっそり動いた一之瀬が気づかれた様子はない。

これが、捜査一課に来てから初めての本格的な特捜本部なのだと、改めて思う。これまでも殺人事件の捜査は経験していたが、すぐに解決してしまって、正直、食い足りなかった。逆にこの事件は、あまりにもハード過ぎる。遺体の身元が分かればバラバラ殺人は解決する——宮村の言葉を思い出したが、それも当てになるかどうか。気になるのは若菜の職業だ。フリーライターという職業なら、多くの人に会うだろう。それだけ人間関係が複雑になっているはずだ。

二階の刑事課に顔を出し、特捜本部の場所を教えてもらう。三階の大会議室と聞かされ、一之瀬は階段を駆け上がった。出遅れたら大変なことになると思っていたのだが、会議室はまだがらんとしていた。いるのは数人……顔が分かるのは一課長の水越と小野沢管理官、それに岩下だけだった。知らない顔は、江東署の幹部たちだろう。

「戻りました」

居並ぶ幹部連中に気圧(けお)され、一之瀬は小さな声で言った。岩下が素早く気づき、うなずいて手招きする。錚々（そうそう）たるメンバーが並ぶ前に立つと、いきなり鼓動が高鳴った。

「確定か？」岩下がいきなり訊ねる。

「最終的には、ＤＮＡ型の鑑定が必要ですが、ほぼ間違いないと思います」

「これからどうする？」岩下の台詞は相談ではなく、一之瀬を試しているようだった。お前は、捜査の進め方は分かっているか？

分かっている。うなずき、できるだけ落ち着いて話し続けた。

「自宅が分かりましたから、そこを調べます。対照できる材料を探して、遺体のＤＮＡ型と照合……その間にも、周辺捜査を進められます」

「結構だ」水越が突然言った。「身元が割れれば、この手の事件の動きは早い。で、被害者は何者なんだ？」

「ＩＴ系のフリーライターです」一之瀬は、これまで分かった若菜の経歴を説明した。とはいっても、大学時代、そして現在だけである。それもまだ穴だらけであり、一之瀬が話し終えても水越の顔は渋いままだった。そんな顔されても、こっちはたった一人で動いていたんだから……。

「何か不満か」水越が鋭く言った。一之瀬のむっつりした表情に気づいた様子である。

「とんでもないです」

「不満そうに見えるが」

「いえ」いや、不満だ。褒めて欲しかったのだと自分でも分かっている――褒められて育つタイプなのだから。気を取り直して話を元に引き戻す。「身元の確認を進めると同時に、周辺捜査を進めるべきかと思います」

「そうだな」水越がうなずく。「岩下、捜査の割り振りを頼む。最優先は自宅の捜索だ」

「了解です」岩下が静かに答える。いつも前のめりだが、水越を前にすると、多少は落ち着いた感じになる。「一之瀬、もう少し詳しく事情を聞かせろ」

二人で部屋の後ろの方に行き、長テーブルを挟んで腰を下ろす。会議室には既にずらりと長テーブルが並び、臨戦態勢になっている。

「で？　フリーライターっていうのは、珍しい被害者じゃないかね？」岩下が煙草を取り出す。周囲をきょろきょろと見回したが、灰皿があるはずもない。最近は、署内は全面禁煙が普通なのだ。

「そうですね。仕事上のトラブルを抱えていた可能性もあるんじゃないでしょうか」

「ああ。変なところに首を突っこんでいたかもしれないな」

「IT系だけだったら、トラブルは少ないかもしれませんけど……仕事は、他にもいろいろやっていた可能性があります」

「その辺も、全部ひっくり返そう」岩下が左腕を突き出して腕時計を確認した。「三時半か……被害者が普段仕事をしていた出版社、分かるか？」

「ええ」『月刊ウェブマスター』の編集部で、何か事情が分かるはずだ。

「だったらお前は、そこを当たってくれ」岩下が煙草を一本引き抜き、鼻の下にあてがった。香りを楽しむように大きく空気を吸いこんでからパッケージに戻す。

「俺一人で、ですか？」一之瀬は自分の鼻を指さした。

「それぐらい、一人でできるだろう。被害者宅の捜索には人手が必要なんだ……お前、そっちに回りたいか」

一瞬考えた。家宅捜索は、身元の確認に直接つながる大事な仕事だ。しかし一之瀬は、どちらかといえば人に会って話をする方が得意である……結局、聞き込みを選んだ。

「よし、すぐに行け」

「ちょっと待って下さい」立ち上がりかけた岩下に声をかける。

「何だよ」岩下の眉間にいきなり深い皺が刻まれる。邪魔されるのが嫌いな男なのだ。

「全体の捜査状況は、どうなってるんですか？　それが分かっていないと、動きにくいんですが」

「片脚が出た話はしたな？」

「左足の膝から下でしたね」

「今のところ、他の部分は発見されていない。あの公園はあらかた捜索を終えて、今は周辺にも手を回している」

「犯行時刻——遺棄されたのは昨日ぐらい、と考えていいですか？」

「まだ新しい遺体だからな。ただ、まだ特定はできていない。解剖は明日の予定だ」

バラバラにされた遺体も解剖するのだろうか、と一之瀬は訝った。だが、そんなことは岩下には確かめられない。「そんなことも知らないのか」と馬鹿にされるのがオチである。

「他の部位、見つかりますかね」

「保証はない」岩下が顎を撫でる。「だいたい犯人は、そんなに工夫している感じでもないんだよな……」

「指輪を残したことですね？」

「ああ。だから、見つからないように必死で部位を遺棄したとは考えられない。バラバラにしたけど始末に困って、取り敢えず近場の公園のゴミ箱に捨てた——そんな感じじゃないかな。さあ、いいからさっさと行って来い。夜の捜査会議ではお前がたっぷり喋るんだぞ。これはチャンスだからな」

言わずもがなだ。大人数の捜査一課の中では、何もしないでいると埋もれてしまう。警察官になった頃は、こんなことは考えもしなかったな、と一之瀬は自分でも不思議に思った。何で俺は、こんなにやる気を出しているんだろう。

しばらく雑用をこなしているうちに出遅れてしまい、特捜本部に各紙の夕刊が届いた。一之瀬は東日を取り上げた。事件の記事は社会面のトップになっている。

26日未明、東京都江東区の江東海浜公園で、女性のものと見られる切断された右腕が発見された。警視庁捜査一課は江東署に特捜本部を設置し、遺体の身元確認を急いでいる。(吉崎浩二)

調べによると、午前3時半頃、公園を散歩していた人が、ゴミ箱に不審な包みがあるのを見つけ、開いたところ、切断された右腕を発見、警察に届け出た。

右腕は20代から50代の女性のものとみられ、刃物で切断された跡があった。警察で現場を調べたところ、さらに同一人物のものと見られる左腕が見つかった。特捜本部ではバラバラ殺人と見て、現場周辺をさらに捜索している。

吉崎が書いたのか……たぶんこれから、しばらく江東署に張りつきになって、取材を進めるだろう。

用心、用心だ。この記事は第一報で、それほど突っこんだ内容ではないのだが、時間が経てば独自取材も進むだろう。警察を苛々させるようなネタも出てくるかもしれない。

とにかく、顔を合わせないようにしないと。やけに親しげに近寄って来るあの男と一緒のところを見られたら、勘違いされてしまう。

「英知書籍」は神保町にあった。雑居ビルの二フロアを占めるだけの小さな会社。雑誌を何種類か出しているだけだから、こんなものかもしれない。

それにしても狭苦しい……四階にある受付に足を運ぶと、まず応接室に通された。異常に狭い部屋で、テーブルと四脚の椅子があるだけで、動き回るスペースがなくなってしまう。警察の取調室の方が、まだ快適な環境だ。

待たされる間、一之瀬はスマートフォンで検索を試みた。「一条若菜」の署名記事が続々と出てくる。紙媒体だけでなく、ウェブの方にもよく書いていたようだ。もちろん、紙媒体からの転載もあるだろう。

記事を読んでみたが、内容はさっぱり理解できない。専門用語の羅列で、相当高度な内容であることだけは推測できたが……どうやら彼女は、一般向けの記事を書くタイプのライターではなかったようである。検索結果に戻って見てみると、やはりセキュリティ関係の記事が多い。

いきなりドアが開く。ドアがあればノックするのが社会人の常識だが、マスコミ関係者はこんなものかもしれない。何となく、威張っていそうだし……夕方になって、外の気温はぐっと下がっているのだが、現れた男は濃紺のシャツの袖をまくり上げ、ボタンも二つ外していた。ウェーブのかかった髪は、耳が隠れるほどの長さ。それより何より目立ったのは、シャツのポケットに挿さって林になったボールペンだった。五本もある。この商売で筆記具は必需品なのだろうが、何も胸ポケットにそんなに挿さなくても。

「どうも、お待たせしまして」それほど暖房が効いているわけでもないのに、額に汗が滲んでいる。よほどの汗かきなのか、何か大慌てで仕事をしていたのか。小脇に抱えたノートパソコンをテーブルに置きながら着席したが、脇汗でパソコンに悪影響は出ていないだろうか、と一之瀬は心配になった。

一之瀬は座ったまま、名刺を差し出した。本当は立ち上がって名刺交換すべきなのだろうが、どうもこの男は慌て者の気配がある。立ったり座ったりするだけで、ばたばたしてしまいそうだった。だいたい、椅子を引いて立ち上がるだけでも一苦労しそうな狭さなのだ。

立花樹。若菜が原稿を書いていた『月刊ウェブマスター』の副編集長だった。編集長は出て来ないのかと一瞬むっとしたが、話が通じるなら誰でもいいのだと自分に言い聞かせる。実務的なことなら、むしろ副編集長の方がよく知っているだろうし。

「申し訳ないですが、編集長は出張中でして」

本当かどうか分からないが、そういうことにしておこう。もしかしたら、面倒な刑事の相手などする気もなく、部下に対応を押しつけた可能性もあるが、情報さえ得られればどうでもいい。

「こちらに原稿を書いていた、フリーライターの一条若菜さんのことについて伺いたいんですが」

「はい」

「実は彼女は、ある事件で犠牲になった可能性があります」

「犠牲って……亡くなったんですか？」

一之瀬は無言でうなずいた。立花が天井を仰ぎ、長々と息を吐く。腕組みをして一之瀬の顔を見た後で出てきた初めての言葉は「何と、まあ」だった。

妙に他人行儀な態度にむっとしたが、そんなものだろう、と自分を納得させる。この雑誌は若菜にとっては「主戦場」だったかもしれないが、編集者にすれば彼女は、数多くいるライターの一人に過ぎなかったはずだ。毎日顔を合わせるわけでもなかったはずだし。

「いったい、どういうことなんですか」立花が腕を解き、身を乗り出した。「殺されるなんて、尋常じゃないですよね」

「まだ犠牲者だと確認できたわけではないんですが……」

「ああ、家族の確認がまだとか？」

一之瀬はうなずいた。それもそうだが、とにかく遺体がバラバラなのだ。しかしその事実を、自分の口から説明したくはない。

「でも何でまた、そんなことに……犯人は捕まったんですか？」

「犯人については、まだまったく分かりません。それで、交友関係などを調べているんですが……こちらで、かなりたくさん原稿を書いていたんですね」

「ええ」立花がパソコンを開いた。キーボードに指を走らせ、何かデータを呼び出したようだった。

「三年前からほぼレギュラーで書いてもらっていて、そうですね……だいたい月に一本ペースです。一年前からはセキュリティ関係の連載を始めましたから、今、うちの雑誌では主力のライターと言っていいですね」

「他の仕事もやっていますよ」

「専属ではないんですか？」分かってはいたが敢えて聞いてみた。

「やはり雑誌で？」

「雑誌もありますし、ウェブもあります」

「フェイスブックやツイッターはやっていなかったみたいですね。IT系のライターの人なら、そういうのは当然やっていると思いましたが……宣伝にもなりますよね」今は、そういうもので個人の情報が残ることも多く、警察も真っ先に調べる。

「それは、人それぞれですね」

「彼女、仕事ぶりはどうだったんですか？」

「問題ないですよ。時々締め切りに遅れることはあったけど、雑誌の世界では締め切り通りに原稿がくることなんか、まずありませんから」

「そうなんですか？」

「業界の悪い慣行みたいなもので」立花の表情が皮肉に歪む。「まあ、彼女はきちんとしていた方だと思います。取材も原稿もきっちりしていましたし」

「いいライターだったんですね」

「そうですね」認めて、立花が溜息をつく。「それにしても、まさか、殺されるなんてねえ……」

「彼女の交友関係なんですが……」一之瀬はそろりと本題に入った。

「知り合いが殺したんですか？」

「まずそこを疑うのが、捜査の常道です」一之瀬は抽象的な答えに止めた。「仕事上のつき合いとか、私生活とか、知っていることがあったら教えていただければ」

「どうですかね……」立花が尖った顎を撫でた。「記事は書いてもらっていましたけど、頻繁に会うわけではなかったですから。取材関係の打ち合わせなんかで、多くて月に一回……実は、今年になってからは一度も会ってません」

「それで仕事になるんですか？」一之瀬は目を見開いた。

「今は連載中心ですから。始める前に、相当長い時間をかけてコンセプトや取材方法を練ったので、始まってしまったらあとは流れに任せて……という感じですね」立花が右の掌を水平に保ったまま、右から左へ動かした。

「どんなタイプの人だったんですか？　仕事の面できっちりしていたのは分かりましたけど……」

「ちょっと距離感がある人、かな」

「距離感？」一之瀬は首を傾げた。

「壁と言ってもいいかもしれません。三年ぐらい一緒に仕事をしているんですけど、実態がよく分からないんですよね……正直、結婚しているかどうかも知らないぐらいで」

「まさか」

呑み会の席で、家族関係は一番無難な話題である。そこから会話を広げていくこともできるだろうし。その疑問を口にすると、立花が苦笑した。

「彼女、聞きにくい雰囲気を醸し出していたんです。何て言うんですか？　ここからこっちは立ち入り禁止のオーラが出まくっているというか」立花が、自分の前に横線を引くように、指先をテーブルの上で滑らせた。

「それでも、仕事をしていく上では問題はなかったわけですよね」

「ええ。ライターとしては使いやすい人でしたから。使いやすいって、別に悪い意味じゃないですよ」

「分かります」何が「使いやすい」かは分からなかったが、一之瀬は話を進めるために相槌を打った。「ところで、一条さんがペンネームだということはご存じですよね？」

「もちろんです。金のやり取りなんかは本名ですし」

「どうしてペンネームを使っていたかは、知ってますか？　そもそも、フリーライターの方って、ペンネームなんか使ったりするんですか？」

「それほど珍しい話ではありません」

「……ところで最近、何かトラブルを抱えていたような様子はありませんでしたか？　人間関係とか、金銭問題とか」

「いや、特には……」立花が後頭部に手をあてがい、ぽんぽんと二回叩いた。「そういう話もしませんでしたけどね」

「聞きにくいのは分かりますが……」

「ああ、そうか」一之瀬の言葉が助け舟になったとばかりに、立花が勢いよくうなずく。

「何か、人に言えない私生活の問題でもあったんじゃないかなあ」

「例えば？」

「いや、あくまで想像ですよ」立花が顔の前で手を振った。「でも、自分のことは絶対に語らない態度とか、ちょっと冷たいところとか……そういうのを考えるとね」

結局、若菜の人となりについては「よく分からない」ままだ。本当に若菜が、自分のプライベートを一切明かさないような人間だったのか、自分の聞き方が悪いのかは分からない。いずれにせよ、大した収穫はなしだ、とがっかりする。

これでは、今夜の捜査会議で主役にはなれない。

〈7〉

実際、一之瀬の報告は三分で終わってしまった。語るべきことがないまま立って喋っているのは辛いものだ、と実感する。胸を張れず、何だか背中が丸まってしまった。一つだけ前向きな話は、明日以降も当たる人間ができた、ということだけ……若菜は複数のメディアに記事を書いていたので、仕事上のつき合いは広かったようだ。

一番大きな成果は、身元が正式に確認できたことだった。自宅から押収した櫛(くし)についていた毛髪と遺体のDNA型、それに指紋を照合した結果、遺体が若菜だと断定された。これで捜査は、一気に進むだろう。長崎にある実家とも連絡が取れ、明日には家族が東京に来るという。悲惨な対面になる……いや、まだ対面もできない。何しろまだ頭部が見つかっていないのだ。それを考えると、一之瀬は鬱々(うつうつ)たる気分になった。

若杉は張り切っていた。若菜の自宅の家宅捜索を担当させられ、大量の証拠をサルベージしてきたのだという。ただ……聞いているうちに、事件の直接の証拠とは言えないと分かった。都会で一人暮らしをしているある種の女性の生活実態は何となく分かったが、直接犯行につながるものとは思えない。

「これが本人だと思われます」

若杉がパソコンを操作し、プロジェクターで画像を映し出した。ほう、という声が漏れる。ある意味失礼だよな、と一之瀬は一瞬むっとした。

若菜は分かりやすい美人だった。しゅっとした顎の線、大きな瞳、形のいい唇。顔のパーツのバランスがよく、非常に明るい印象を与える顔立ちだった。髪は長く伸ばしており、笑顔は周囲にまで光を投げかけているようだった。陰がある——周囲に対して壁を作るようなタイプには絶対に見えない。取材先でも受けが良かったのではないだろうか。

「大学の卒業アルバムが見つかりまして、そこから複写してきた写真です」

若杉がつけ加える。それで名前の下に「原田若菜」の名前が入っていたのだと分かる。

しかし、卒業アルバム？　自分たちはこんなものを作っただろうか。希望を聞かれたような記憶はあるが……面倒で断ったのかもしれない。

「現在の部屋は賃貸です。二年前に引っ越してきたようですが、大学を卒業してから今の部屋に移るまでの間の行動は、まだはっきりしていません」

「部屋に男の影は？」岩下が突っこむ。

「ええと……正直言って、判断できる材料がありません」若杉が及び腰になった。

「どうして」岩下の口調が急に不機嫌になる。

「こちらを見ていただければ……」パソコンの前に屈みこんだ若杉が、別の画像を呼び出した。

「何じゃ、こりゃ」隣に座る宮村が鼻を鳴らす。

彼が松田優作（まつだゆうさく）の一番有名な台詞——酒を呑むと必ず真似をする——を吐く気になったのも分かる。いわゆる「汚部屋（おべや）」なのだ。写真は部屋全体を捉えていたが、とにかく床が見えない。脱ぎ散らかした服や食器、パソコン関係の機材等が散乱していた。ソファとテーブルは確認できたが、デスクはない。ライターと言えばデスクが必需品のはずなのに、いったいどこで仕事をしていたのだろう、と一之瀬は訝った。ソファに座ってノートパソコンのキーボードを叩いていたのか……しかしソファは、ベッドでもあるようだ。毛布がぐしゃぐしゃに丸まり、その逆サイドには枕。寝る場所で仕事をする——一之瀬には理解できない感覚だった。

「ひどい部屋ですね」一之瀬は応じた。

「うちの嫁なんか、服を床に置いただけで激怒だぜ？」小声で打ち明け、宮村が肩をすくめる。「そういう時、あるじゃないか。酔っ払って帰って来て、コートをそのまま床に、とかさ」

「ええ、まあ」一之瀬は、ソファに置くのが限界だ。脱いだ服を直接床に放置することには抵抗がある。

若杉がこちらをじろりと睨んだ。他にも小声で話し合っている刑事がいるのだが、どうして俺にだけ目をつける？　あの男は、俺を意識し過ぎるのだ、と一之瀬は思った。他人のことを気にしても、仕事が上手くいくわけでもないだろうに。若杉は一つ咳払いして、説明を続けた。

「部屋はこういう状況です。１ＬＤＫで、あとは寝室があるんですが、そこも同じような感じでした」

「これじゃ、男がいるかどうかも分からんな」捜査一課長の水越が呆れたように言った。

「はい、ちなみに近所で聞き込みもしてみたのですが、男が出入りしていた形跡はありませんでした。少なくとも、目撃証言はありません。ただ、明日も家宅捜索する必要があると思います」

「一日じゃ終わりそうにないか？」

岩下の問いに、若杉が「はい」と馬鹿でかい声で答える。実際今も捜索は続いていて、若杉は報告のために帰って来ただけなのだ。

「少なくとも明日一日は必要かと」

「分かった……いや、ちょっと待て」

岩下が傍の携帯電話に手を伸ばす。捜査会議中は普通、携帯電話は無視するのだが、敢えて出ようとしているのは、重要な報告だからに違いない。電話を耳に押し当てると、相手の声に耳を傾ける。「分かった」と短く答えると、電話をそっとテーブルに置いた。

「家宅捜索班からだが、家から現金が見つかったそうだ。チェストに無造作に突っこんであった。二百万円ある」

ほう、という声が満ちた。もちろん、銀行を信用しないでタンス預金をする人は大勢いる。しかし若菜の年齢で自宅にタンス預金というのは、何だか妙だ。

「フリーライターっていうのは、そんなに儲かるものかね」宮村が首を捻って小声で言った。

「どうですかね……原稿料はそんなに高くないと思いますけど」

「普通、彼女ぐらいの年齢では、家に大金を置いておくようなことはないだろう」

「口座も調べてみたいですね」

「それは明日以降だな」

二人が話し合っている間に、若杉が説明を再開していた。こいつも、現金二百万円は見つけられなかったわけだと考えると、何だか「ざまあみろ」という気分になってくる。基本的に若杉は体力馬鹿で、張り込みや尾行をやらせると何時間ぶっ続けでも文句は言わないのだが、注意力を必要とする家宅捜索や、相手との信頼関係を築くのが大事な取り調べに関してはイマイチだ。こういうタイプは、若い時はいいんだけど、年取って体力がなくなった途端にお役御免になるんだよな、と皮肉に考える。

捜査会議は一時間半に及んだ。最後に、翌日以降の仕事の割り振りになる。一之瀬は引き続き、若菜の周辺を探るよう命じられた。ただし明日は一人ではなく、所轄の若手刑事、春山(はるやま)と組むことになった。本部の刑事と所轄の刑事が組んで仕事をするのは普通だが、一之瀬は顔合わせした途端に不安になった。自分とさほど年齢は変わらないはずだが、何となく頼りない。小柄で童顔。学生服を着せたら、高校生でも通りそうな感じだ。いや、それはさすがにないか……春山はすかさずコーヒーを用意してきた。なかなか気が利く。

「よろしくお願いします」

「こちらこそ」明らかに緊張した様子の春山をビビらせてはいけないと思い、一之瀬は穏やかに喋るよう意識した。コーヒーに口をつける。ごく薄く、少しぬるくなっていたので、一口飲んだ後で一気に飲み干してしまう。さらにガムを口に放りこみ、強烈なミント味で眠気を追い払った。

「どうも、原田若菜というのは、よく分からない人間なんだ」一之瀬は正直に打ち明けた。「一緒に仕事をしている人に対してもガードが固いというか、プライベートなことは何も話していない」

「でも、そういう人、いますよね」春山が話を合わせた。

「ああ」

「仕事関係じゃなくて、プライベートな友だちの方を当たった方が、分かりやすいかもしれませんけど……」

「そこもちょっと怪しいんだ。大学時代の友人に話を聞いたんだけど、やっぱり他人に対して距離を置くようなタイプだったらしい」

「ああ――友だちがいなくても、生きてはいけますからね」

「寂しい話だな」

「自分も似たようなものです」

「マジで？」

春山が寂しそうに笑う。本当に友だちがいないタイプだろうか、と一之瀬は訝った。くりくりした瞳、大きな頭という愛嬌のある外見で、敵を作らない人間に見えるのだが。

「こういう仕事をしていると、なかなか……仕事関係の人間以外と遊ぶ機会もないですよね」

「それはしょうがないよな。事件は待ってくれないし、仕事自体が不規則だし」所轄にいると、定期的に当直が回ってくる。しかも飛びこみで事件も起こるから、休みの予定も立てにくいのが実情だ。

「彼女は？」

「残念ながら」少し耳を赤くしながら春山が答える。「だから、被害者の感覚も少しは分かるんですけど……でも、リアルな友だちがいなくても、今はネットの方でつき合いがあったりしますから」

「君もか？」

「いや、そういう暇もないんですけどね。ＬＩＮＥでつながってる連中もいますけど、何か、出遅れるんですよ」

「ああ、既読になっても返事がないと、嫌われるよな」そして刑事の場合、リアルタイムで一々返事している余裕もない。

「だから、リアルな世界の人間関係……摑むのは面倒かもしれませんね」

「でも、やるしかないんだ。実際、誰かとリアルにトラブルになったからこそ、殺されたんだし」

「ですね」春山がコーヒーを啜り、頭の天辺を掌で撫でた。短く刈りこんだ髪は硬そうで、たわしを触っているような感触ではないかと想像する。

「必ずどこかに、つながりが見つかるよ」一之瀬は春山を励ました。「やる前から腰が引けたら、見つかるものも見つからなくなるから」

「さすが、本部の捜査一課は違いますね」

　参ったな……一之瀬は驚きながら苦笑した。こんなことを言われるようになるとは。何となく、まだまだ下っ端のような感覚でいたのに、こうやって所轄の若手に持ち上げられるような立場になったわけだ。

何となくくすぐったい気分を抱きながら、一之瀬は明日の仕事の段取りを考えた。当たるべき相手は学生時代の友人——ＩＴ研の連中、ないし現在の仕事仲間だろう。あまり気が進まないのだが……一之瀬は、同じように若菜の周辺捜査を任された宮村と打ち合わせをした。

「お前は、大学関係者を当たった方がいいな」宮村が即座に言った。「ＯＢなんだし、勝手も分かってるだろう」

「そうでもなかったですけどね……基本的に愛校心がない人間なので」

「とはいえ、俺がやるよりはましだろう。適材適所でいこうぜ」

適材適所がこういう時に適当な言葉かどうかは分からなかったが、先輩の指示なら従うしかない。

「分かりました。じゃあ、俺は大学の関係者を当たるということで……明日の朝はそっちに直行します」

「そうしてくれ。何か分かったら連絡を取り合おう……本当に、携帯電話があってよかったよ」

「何ですか、それ」物心ついた頃から携帯電話があったのは、一之瀬だけでなく宮村も同じだろうに、まるで昭和時代から刑事をやっているような口調だ。

「いや、昔の刑事ドラマだと、外からの連絡は必ず公衆電話を使ったんだよ。犯人に襲われて、倒れながら公衆電話にしがみついて、必死に特捜本部に連絡するとかさ……携帯があれば、そんなことはない」

いつの時代の話だ、と一之瀬は苦笑してしまった。七〇年代？　さすがに六〇年代ということはないだろう。それだけ古いと、ＤＶＤ化もされていないのではないか。

「だいたい携帯があれば、現場の刑事同士でもすぐに連絡が取れるしな。昔は全部垂直統合で、捜査会議で話が出るまで、何も知らないってことも多かったそうだから」

「ああ……でしょうね」

「とにかく、何か分かったら即連絡で」

「了解です」

よし、明日の方針も決まった。一之瀬は頰の内側に寄せていたガムを口の真ん中に戻し、勢いよく嚙み始めた。今夜の睡眠時間は短くなるだろうが、何とでもなる。まだ、寝不足でへばるような年ではないのだから。

所轄に特捜本部ができると、そこに泊まりこむ刑事も少なくない。自宅が遠い——それこそ茨城県や神奈川県の奥の方に住む刑事もいる——場合は、通勤の時間さえもったいないからだ。その分を睡眠に当てれば、疲れは取れる。そのために、所轄の道場が開放されるのだ。

判断はそれぞれに任されているので、一之瀬は帰ることにした。特捜本部の最寄駅である木場は、異常に遠い感じがしたのだが、実際には自宅のある下北沢まで、地下鉄と小田急線を乗り継いで三十分ほどしかかからない。署の道場や宿直室で寝ると、疲れを翌日に持ち越してしまうから、睡眠時間が削られても、自宅のベッドで寝る方がましだ。

午後十一時過ぎ、下北沢駅に到着。いつもの習慣でスマートフォンを取り出して、メールを確認した。着信一件。深雪だろうか……違った。同期で、福島県警に転籍した城田。東日本大震災後の特別派遣として福島に赴任したのだが、本人はその一年の間に覚悟を決めて、完全に福島県警に籍を移すことにしたのだった。最初は外勤警察官として、被災者のケアにあたっていたのだが、去年の秋――一之瀬とほぼ同時期に、本部の捜査一課に上がっている。本人は、いかにも「面倒見のいいお巡りさん」という感じで、捜査一課の刑事のイメージはないのだが。

『バラバラ事件で大変か？　暇があったら電話してくれ』

全国の事件をきちんとチェックしているわけか……一之瀬も、所轄で刑事になった時に、先輩から「新聞ぐらいちゃんと読め」と言われ、馬鹿馬鹿しいと思いながら毎日目を通しているうちに、社会面だけは入念に読む習慣がついた。結果、全国各地で起きる事件に関して、妙に詳しくなってしまっている。

家まで歩いて十分。その間を利用して城田と話すことにした。

「ああ、俺……遅くに悪いな」

「いや、大丈夫。お前こそ、平気なのか？」城田の声には、いつものように人を気遣う優しさがあった。

「何とかね。今日は朝早かったけど」

「家に戻って来たのか？」

「今、駅から歩いてる」

「特捜に泊まりこみじゃないんだ」

「道場で雑魚寝は嫌いなんだよ」

城田が「相変わらずだな」と言って、声を上げて笑う。釣られて一之瀬も笑ってしまった。

「で？　何かあったのか？」

「ああー、うん……そうだね」急に歯切れが悪くなった。

「そうだねって、話があるからメールしてきたんじゃないのか」

「そうなんだけど、言いにくい話もあるだろう」

「意味が分からないな。言いたいことがあるならさっさと言えよ」かすかな苛立ちを覚えながら、一之瀬は急かした。浅草生まれの生粋の江戸っ子である城田は、どちらかというとせっかちなタイプだ。大事な話でも、前置き抜きでいきなり切り出すことが多いのだが、今夜は何だか様子が違う。福島暮らしが長くなって、性格まで変わってしまったのだろうか……。

「ええと、実は結婚するんだ」

「ああ？」一之瀬は思わず声を張り上げてしまった。そもそもこいつ、誰かとつき合っていたのだろうか。「マジかよ。相手は？」思わず、容疑者を詰問するような口調になってしまう。

「こっちの人なんだ」

「ああ、そうか……」城田は、福島で完全に新しい人生を始めたのだ、と痛感する。同じ警視庁に勤めていれば、いろいろと接点もあるのだろうが、今は違うのだ。仕事にも生活にも共通点はないのだから、互いの事情に疎くなるのも当然である。

「つき合い始めて半年なんだけどさ」

「短くないか？」

「お前が長過ぎるんだよ」城田が反論する。「いい加減、結婚すればいいのに。深雪ちゃん、待ちくたびれてるんじゃないのか？」

「そうかもしれないけど……」

「とにかく俺の方は、そういうことなんだ」

「それは……おめでとうだな」

「どうも」

「結婚式は？」

「やらない」城田があっさり言った。

「どうして。せっかくじゃないか」披露宴に出席して、余興でギターでも弾いてやろうかと思ったのだが。

「忙しいのが一番の理由かな。彼女も、結婚式には特にこだわってないし」

「相手、誰なんだ？」

「地元の子だから、お前は知らないよ」

「いや、知らないのは当然だけど、だから教えてくれって……」何だか秘密主義の匂いがする。同期なのに、と少しだけ寂しくなった。しかしすぐに、これは城田の江戸っ子らしさなのだと気づいた。きちんと報告する義理堅さはあるが、遠慮——照れもある。

「名前は三嶋由布子（みしまゆうこ）。年齢は俺より一歳上。福島市の小学校で先生をしている」

「公務員同士なんだ」

「ああ」

何とも言えない気分になった。福島県警に完全転籍したこともそうだが、地元の、しかも公務員と結婚することで、城田と福島の結びつきはさらに強くなるだろう。まさに第二の故郷。一之瀬は、いずれ気が変わって城田が東京に戻って来るのでは、と期待していたのだが……このまま定年までずっと福島、その後も死ぬまで住み続けるつもりかもしれない。東京以外で暮らしたことのない城田が、どうしてここまで福島に愛着を持ってしまったか、分からなかった。もしかしたら、運命の女性と出会ったのがきっかけなのか？

「ご両親は？」

「まあ、特に反対する理由もない」城田はまた歯切れが悪くなった。

「でも賛成もできないんじゃないか？　本当は跡を継いで欲しいんだろう？」

「それは親の勝手な言い分だよ……子どもが絶対に家を継がなくちゃいけないって決まりはないわけだし」

「そうだけど……」

「俺、決定的に手先が不器用なんだよ。あんな仕事、絶対に無理だから」

城田の父親は、江戸指物(さしもの)の職人である。釘(くぎ)を使わず、木と木を組み合わせて作る家具や調度品は、まさに日本人の手先の器用さを象徴するような物だ。そして城田が親に似ず不器用なのは、一之瀬もよく知っている。警察官になったのは逃げだよ、と城田はよく言っていた。どうせ上手くいくわけがないし、家名を汚すぐらいなら、最初から跡は継がない方がいいんだ、と。

「本当に結婚式はやらないのか？」

「ああ」

「残念だな。出たかったんだけど……結婚式なら会えるしさ」

「別にそんなことがなくても、こっちに遊びに来ればいいじゃないか。俺が東京に行くこともあるだろうし。近いもんだぜ？」

「そうじゃなくて、結婚式っていうのは一種のけじめじゃないか」

「お前、案外古いタイプなのな」城田が笑った。「まあ、落ち着いたらまた……そっちはしばらく大変なんだろう？」

「そうなるな」

「体に気をつけろよ」

「ありがとう」

電話を切った時には、自宅のすぐ近くまで来ていた。しまった、買い物をし忘れた……明日の朝の野菜ジュースがもうなかったはずである。まあ、いいか。今からコンビニエンスストアに行くのも面倒臭い。何だったらまた、少し早起きしてマクドナルドで朝飯にしてもいい。

それにしても、城田が結婚か。

まったく予想もしていなかったので、まだ実感が湧かない。そもそも城田は、結婚には縁がないタイプのような気がしていたのだ。それにしても、先を越された……もしかしたら向こうも、俺のことを「結婚しないタイプ」だと見ているかもしれない。実際、つき合いの長い深雪にいつまで経っても結婚を切り出せないのは、結婚に臆病になっているせいもある。家族を捨てて失踪した父……トラウマになっているわけではないが、自分にも同じ血が流れているのかと思うと、結婚に対して二の足を踏んでしまう。深雪を不幸にしたくない。

しかし自分の血に関しては、自分ではコントロールできないのだ。そんなものにこだわっていてどうする？

〈8〉

高瀬（たかせ）さおりは、不安気な態度を隠そうともしなかった。電話で話しただけで、緊張感がびりびりと伝わってくるようだった。ＩＴ研のＯＢで、現在はネット証券会社勤務……緊張しているのは、会社の評判を気にしているからかもしれない。何しろ堅い商売である。

変なスキャンダルは御法度ということか。しかし一之瀬は、「殺人事件の捜査なので」と押し切った。もしも心配なら、上司に説明してもいいと言うと、さおりはようやく折れた。上司に話をされると、むしろややこしいことになると思ったのだろう。

「こういうの、嫌でしょうね」会社の入ったビルの前で待つ間、春山がぽつりと言った。

「こういうのって？」

「出社した瞬間に、警察から電話がかかってきて呼び出されること」

「しょうがないよ、事が事なんだから」一之瀬は言った。ちょっと前――所轄にいた頃なら、自分も同じように関係者に遠慮していたかもしれない。捜査一課に来てから、少し図々しくなったようだ。

「どこで話しますか？」

「向こうの希望次第だな」

一之瀬は周囲をぐるりと見回した。日本橋――探せば喫茶店ぐらいはいくらでもあるはずだし、近くの交番を借りる手もある。しかしそこまで大袈裟にしなくても、ここで話を聞いてもいいだろう。ビルの前は小公園になっており、ベンチもある。

「一つだけ、気をつけてくれ」

「何ですか」春山がさっと緊張する。「昨夜の打ち合わせでは出なかった話ですか？」

「そんなに難しいことじゃない。この場で若菜さんの悪口は言わないで欲しいんだ」

「そんな」春山が小さな目を一杯に見開く。「被害者じゃないですか。悪口なんて言えませんよ」

「今まで俺が聴いてきた限り、彼女に関していい話はあまりない。自分の周りに壁を作ってるとか、あまり他人とのつき合いがないとか……それはそうかもしれないけど、取り敢えず、先入観なしで話を聴いてくれないかな。向こうは悪口を言うかもしれないけど、こっちがそれに乗る必要はないから」

「向こうが悪口を言ってきた場合は、少し乗せてもっと喋らせた方がいいって、先輩から聞きましたけど……悪口を言う時の方が、ずっと口が軽くなるから」

「そうなんだけど、後で気分が悪くなるよ——こっちも、向こうも。どうせ喋ってもらうんだから、時間がかかるかどうかだけの違いなんだ」

「……分かりました」

一之瀬にも、こういう経験はあった。確かに人は怒ったり、誰かをけなしたりする時ほど饒舌(じょうぜつ)になる。だが、感情に任せて話している時には、勘違いや思い込みも多くなって、証言自体が信用できなくなるのだ。

電話を切って五分ほどして、ようやくさおりが出て来た。顔は見たことがないのだが、心配そうな様子、それにきょろきょろと周囲を見回していることからも、すぐに本人だと分かる。濃紺のパンツスーツに、丸襟のブラウスというスタイル。後ろで縛った長い髪が、ふらふらと不安げに揺れているのが見えた。

「――すみません、遅くなって」

「こちらこそ、いきなりですみません」一之瀬は彼女より深く頭を下げた。春山も慌ててそれに倣う。

「あの……もしかしたら若菜のことって……」さおりの顔から血の気が抜ける。化粧っ気がないせいもあるが、実際に相当ショックを受けているのは間違いない。「昨日、バラバラ殺人事件がありましたよね？　若菜が被害者なんですか？」

「はい」

「まさか……」さおりの唇は真っ白になっていた。

「ちょっと座りませんか？」一之瀬はすかさず声をかけた。「そこのベンチにでも」貧血でも起こしそうな感じだ。そうなったらすぐに手を差し伸べようと思ったのだが、さおりは意外にしっかりした足取りでベンチまで歩いて腰を下ろした。一之瀬と春山は、向かいのベンチに座る。

改めてさおりの顔を見たが、やはり真っ青なままだ。恐怖だけではないな、と判断する。昨日のうちに、仲間内で情報が飛び交ったのだろう。噂を聞いているうちに夜中になり、それをあれこれ考えていて眠れなくなって朝を迎えた――ということかもしれない。

「大丈夫ですか？」

「はい……何とか」

「原田さんの周辺を調べています」

「ええ」さおりが座り直す。両足をぴしりと揃えて膝に両手を置き、準備完了、という感じだった。

「大学時代、IT研の溜まり場はどこだったんですか？　学食ですか？」

「はい？」一之瀬の質問を理解できない様子だった。

「学食の窓側の方……そっちが文科系サークルの溜まり場になってましたよね」

「何でご存じなんですか？」さおりが怪訝（けげん）そうに目を細める。

「私もあそこのOBなんですよ。軽音（けいおん）にいたので、よく窓際の席に陣取って時間潰しをしてました」

「ああ」さおりがうなずく。少しだけ緊張が解（ほぐ）れたようで、多少顔の血色がよくなってきていた。「そうですね、あそこが多かったです」

「原田さんは、学生時代、どんな感じの人だったんですか？」

「そうですね……」さおりが腕組みをする。するりと言葉が出てこないのは、やはり「壁」があったからだろうかと一之瀬は想像した。「いつも静かにしてました」

「大人しい人だったんですか？」ライターの仕事は、内向的な人には向かない気がするのだが。

「言葉、ですかね」

「言葉？」

「彼女、長崎の出身だったんです。微妙に訛りがあって、それを気にしていたみたいで。全然、そんなことなかったんですけどね。方言って、ちょっと可愛いじゃないですか」

「もてました？」

いきなりのざっくばらんな質問に、さおりの顔に戸惑いが浮かぶ。一之瀬は少しだけ表情を緩め、身を乗り出した。

「いや、写真を見たんですけど、美人ですよね。それで方言が可愛いってなったら、最強だと思いますけど」

「ああ、でもそれは、本人がその気でなければ……もてたいと思う人がもてるんですよ」

それがさおりの恋愛哲学だろうか。確かに、壁を築いて人づき合いを拒否したら、誰も声をかけてこないだろう。恋愛は常に、一方通行では成立しない。

「就活をしなかった、と聴いたんですけど……」

「はい、そうでした」

「何か事情があったんですか？」

「昔から、ライターをやりたいって言ってましたから、普通の就活をする必要もなかったんだと思います」

「ライターって、そんなに簡単になれるんですか？」

「名乗れば誰でもライターだって、若菜は言ってましたよ」さおりがようやく笑った——苦笑だったが。「卒業してからすぐに、パソコン雑誌の編集部でバイトを始めたんです。そこで経験を積んで、コネを作って、ライターとして独り立ちできるようになった——二、三年かかったみたいですけど」

「卒業後も彼女には会ってたんですか？」

「何度かは」さおりがうなずく。「でも彼女、忙しいみたいだったから、ゆっくり話をしたことはないです。フリーの人って、キャパ以上に仕事を引き受けないと、不安になるみたいですね」

「それはそうでしょうね」一之瀬は思い切りうなずいた。安定感——自分が警視庁を職場に選んだ理由もそれである。仕事はどれだけきつくても、給料が保証されているのが一番なのだ。不安定な家庭で育ち、母親が家計簿を眺めては溜息をつく光景を見続けてきた一之瀬にとっては、毎月きちんと給料を貰(もら)えて、滅多なことでは馘(くび)にならない公務員こそベストだった。

「だから、会ってもいつも短時間で……ランチの一時間だけとか。断ることも多かったですね」

「それだけ忙しかったわけですね」

「そうだと思います」

その後も話を聴いたが、決め手になるような情報は出てこなかった。やはり、つき合いは薄かったということか……一之瀬はさらなる手がかりを求めて、若菜と親しい人間を教えてもらった。女性が何人か——しかしさおりは、「あまり期待しないで下さい」と最後につけ加えた。

「そんなに親しい人がいたわけじゃないんですね？」

「残念ですけど。それに、卒業してからは、ほとんど関係は切れていたと思います」

そんなものかもしれない。一之瀬だって、大学時代からの知り合いで頻繁に連絡を取り合っているのは深雪だけだ。

事情聴取を終えてさおりを見送り、一之瀬はほっと息を吐いた。それから春山の顔を見て「君も質問してよかったのに」と指摘する。

「いや、割りこむみたいで申し訳ないですから」

「そんなの、気にする必要はないんだよ。一人の刑事が、漏れなく完璧に事情聴取なんかできないんだから。何のために二人組で聞き込みをしていると思う？　聞き逃しをしないためだ」

そうは言いながらも、春山が割りこんできたらむっとしただろうが。本音と建前はまた違うものである。

次のターゲット、清水春香は家にいた。さおりの情報では、去年結婚して勤め先を退社したのだという。今時の東京の夫婦は、共稼ぎも普通なのだが……。

自宅を見た瞬間、一之瀬は春香が働く必要もない「玉の輿」に乗ったのだと確信した。豊洲――よりによってバラバラ遺体が遺棄された現場近くだ――のタワーマンションの二十四階。高所恐怖症気味の一之瀬は興味がないが、この手のタワーマンションが好きな人は多いはずだ。街を見下ろせる優越感が味わえるからだろうか……。

さおりに連絡を取ってもらっていたのだが、春香は一之瀬たちを部屋に入れるのを拒否した。プライベートな空間は何としても守りたいのだろうか。一之瀬は妥協して、マンションのエントランスホールで面会することにした。座り心地の良さそうなソファのセットが置いてあるので、そこで話をすればいいだろう。人の出入りが多いのが気にはなったが……。

春香は、小柄な――身長百五十センチもないような女性だった。地味だが上質そうなグレーのカットソーに、足首まであるデニムのスカート。部屋着に近い感じだったが、化粧はしっかりしている。

「こちらでいいですか?」一之瀬は傍のソファを指さした。「外に出てもいいですけど」

「いえ。ここで結構です」きっぱりした口調で春香が言い切った。まるでマンションの中にいる限り、自分は守られると信じているかのように。

ソファに腰を落ち着けると、一之瀬はさっそく切り出した。大学時代の様子、就職してからのつき合い……しかしさおりと同じように、若菜との関係はあくまで薄かったようである。

「でも、この前会いましたよ」

「いつですか」

春山が敏感に反応して身を乗り出した。それを見た春香がソファに背中を押しつける。勢いのいい態度を怖がるタイプのようだ。あくまで自分のペースを守りたいのだろう。

「それが三日前なんです。この前の月曜日」

「何ですって？」今度は一之瀬も身を乗り出した。こんな情報は初耳である。春香は、実は若菜と深い関係にあったのだろうか。

一之瀬の大声を聞いたせいか、春香の顔は引き攣っていた。それを見て一之瀬はゆっくりと身を引き、ソファに背中を預ける。相手を怖がらせてしまうのは、無意味だ。

「二人で会ったんですか？」

「いえ。IT研の仲間何人かと一緒です」

「あなたも含めて、ですね」

「そうです」

「どういう集まりだったんですか？　ＩＴ研の人には何人か会いましたけど、そんな話は初耳です」

春香の説明は分かりにくかった。ＩＴ研の中に「セキュリティ分科会」というのがあり、春香も若菜もその一員だった。同じ分科会の人間で、ＩＴ系の会社に勤めている女性が若菜の取材を受け、久しぶりに再会したので、「皆で会わないか」と誘いかけてきたのだった。専業主婦になって時間を持て余していた春香は、その話に乗った——若菜がその誘いを受けたのは意外だったが。

「食事をしました」

「場所は？」一之瀬はボールペンを構えた。

「六本木のイタリアンレストランです」

「何人いました？」

「五人です」

「わざわざ集まるぐらいだから、全員若菜さんと仲がよかったんじゃないんですか？」

「たまたまですよ。誘ってくれた娘だって、卒業してから若菜に会うのは初めてでしたから。偶然取材に来なければ、会うこともなかったと思います」

「その時、若菜さんは指輪をしてましたか？」

「指輪？」

「カレッジリングです」一之瀬は自分の左手の中指をいじって見せた。「IT研で、卒業する時に作りましたよね」

「ああ」春香の声に、皮肉っぽい調子が滲んだ。「ああいうのって、作ってもはめませんよね。大き過ぎて、合わせる服がないし……揃いのスタジャンとかがいいんでしょうけど、今さらスタジャンって言っても、ねえ」

「カレッジリングのことはよく分からないんですけど」春香の妙に傲慢な物言いに、一之瀬は警戒した。「そういうものですか？」

「要するにただの想い出、ですよね」

「大事なものだと思っていました」

「そう考える人もいるかもしれないけど……私にとっては、卒業アルバムみたいなものですね。何年かに一度しか見ませんよ」

「若菜さんはその時、リングをしていましたか？」一之瀬は元の話題に引き戻した。

「思い出せないですね……一々見ていないので」

一之瀬は思わず、春山と顔を見合わせた。どう思う？　女の人は大抵、他の女性のファッションが気になるものじゃないか？　しかし春山はぼうっとした表情を浮かべているだけだった。どうもこの男とは、話が響くポイントが違うようだ。

「写真、撮りました？」

「え？　ああ、はい」春香が自分のスマートフォンを取り上げ、写真を呼び出した。すぐに「ああ……カレッジリング、してますね」と告げる。

「見せてもらっていいですか」

一之瀬は右手を差し出した。春香は直接自分のスマートフォンを手渡すのが嫌なようで、テーブルに置く。低いテーブルなので、無理に屈みこむ感じになり、背中が苦しい。春香に気を遣っているのが馬鹿馬鹿しくなり、一之瀬は彼女のスマートフォンを摑んだ。四人で写っている写真——春香も一緒だった。春香ともう一人の女性が前に並んで座り、背後には若菜と男性が立っている。そういえば、最近の若菜を見るのは初めてだ。もしかしたら、生きている最後に撮られた写真かもしれない——そう考えると、嫌でも緊張感が増してくる。

写真を拡大して、若菜の手元に注目する。両手を胸の前で組んでいて……見えた。左手中指。カレッジリングは相当太い上に、ストロボの光を浴びて鈍く光っているのでよく目立つ。

「この写真を私にメールしてもらえますか」

一之瀬がスマートフォンを差し出すと、春香が奪い去るように取った。憮然（ぶぜん）とした表情で一之瀬の名刺に視線を落とすと、メールを送信する。着信を確認して、一之瀬は自分のスマートフォンでもう一度写真を確認した。何だか……疲れているように見える。美人は美人だ。学生の頃の可愛さが、そのまま美しさに変化したようにも見える。しかし顔には疲労の色が濃い。生活の疲れだ、と一之瀬は思った。毎日仕事に追われて、部屋に戻ってもあの荒れた感じなら、気が休まらなかっただろう。

「隣の男性は誰ですか？」

「永谷(ながたに)さんです。永谷信貴(のぶたか)さん」

「永谷？」

いきなり頭の中で記憶がつながった。知り合いというほどではないが、一之瀬の大学の同級生だ。同じ学部で、何かの講義で一緒になったことがある。一度か二度、一緒に食事をしたような記憶もあった。ＩＴ研だったことは知らなかったが……当時とはだいぶ顔が変わっている。学生時代は細面だったはずだが、現在の写真の顔はかなり丸い。頬に肉がたっぷりついて、別人のようになっている。これでは、一目見ただけでは分からないわけだ。ただ、目の辺りには当時の面影がしっかり残っている。大きいのに切れ長——珍しいタイプの目だ。

「知り合いなんですか？」どこか胡散臭そうに春香が訊ねる。

「いや、まあ……」一之瀬は誤魔化した。現時点では、明かしていいことかどうか分からない。「この人は今、何をしてるんですか？」

「普通に働いてますよ。ＳＳウィンドっていう会社、知ってますか？」

「いいえ」

「島岡精機の子会社で、風力発電ビジネスをやっているんですけど」そんなことも知らないのかと言いたげに、春香が目を細める。

「島岡精機は知ってますけど、そんなビジネスもやってるんですか」

「東日本大震災以降、再生可能エネルギーは単なるビジネスっていうだけじゃなくて、もっと大事な……インフラの問題ですよね。常識です」

「ごもっともです」どうして彼女はこんなに攻撃的な口調になるのだろうと訝りながら、一之瀬は同調した。「ちなみに、この集まりでは、他の人は皆同期ですよね？　あなたと原田さんも含めて」

「ええ」

「どうして先輩の永谷さんが、その集まりに来たんですか？」

「ああ」春香がふっと目を逸らす。

「何か、喋ると都合の悪いことでも？」

「言っていいのかどうか」春香がスマートフォンを持ち、ハンカチで画面を拭った。まるで一之瀬が触ったせいで、ひどく汚れたとでもいうように。

「言って下さい。ことは殺人事件なんです」

「二人はつき合っていた……かもしれません」

「え？」

「集まることが決まって、若菜が永谷さんを呼んだそうです。それに、終わってから二人で消えた……と思いますよ」

「食事の最中はどんな様子でした？　恋人同士のように見えましたか？」

「うーん」春香が顎に指先を当てる。「よく見てなかったから、分からないですけど……分からないっていうことは、別にイチャイチャしてなかったからでしょう？　それだったら、さすがにすぐに分かるだろうし」

「そうでしょうね」

「本当につき合ってたのかな……だったらびっくりだけど」

「どうしてですか」

「若菜って、壁を作りがちな人だから。恋人がいることなんて、想像もできないですよ」

ここでもまた、壁。

「一之瀬さん、永谷さんと同期なんですか？　何か、すごい偶然ですね」

春香と別れた後で明かすと、春山が驚いたように言った。

「いや、うちの大学も大きいし……学生が三万人もいるから、ＯＢに会う機会も意外に多いよ」

「そんなものですかね」

「それより、よく我慢したな」

「何がですか？」春山が目を見開く。自分で何をしたか——しなかったかが分かっていない様子である。

「彼女のことだよ。話を聴いていて、むっとしなかったか？」

「ああ」春山が苦笑する。「ホント、嫌な感じですよね。旦那がどういう人か知らないけど、あの年でタワーマンションに住んでいて……金持ちって、感じ悪いですよね」

「それを我慢したんだから、お茶でも奢（おご）るよ」

「いいんですか？」

「ちょっと考えをまとめたいんだ。電話で話を聴きたい人もいるから」深雪。彼女が何でも知っているわけではないが、とっかかりにはなるかもしれない。それに、たとえ捜査であっても、彼女と話ができるのはそれだけで嬉しい。

ゆりかもめの豊洲駅前まで出る。この辺でお茶を飲める店は……と周囲を見回すと、駅前のビルの一角に、テーブル席が出ている場所を見つけた。どうやらパン屋らしいが、お茶は飲めるようだ。外でお茶をしながら電話もできるし、そもそも高くもないだろう。奢るとなると、やはり金額は気になる。

予想通り、チェーンのコーヒー店並みの値段だった。春山が「カフェラテのレギュラーで」と言ったので「ラージでもいい」と勧める。二百八十円が三百六十円になるだけだ。春山は遠慮したが、一之瀬は「自分も同じものにするから」と言って押しつけた。先輩面したいこともある。

外の席は、やはりまだ少し寒い。汗ばむほどになったり冷えこみが戻ったり……確実に春は近づいているが、今日は冬のような一日だった。薄いコートだけでは少し厳しい。一之瀬はカフェラテを一口飲んで胃を温め、スマートフォンを取り出した。

「煙草、いいですか？」

「吸ってたっけ？」

「今日は吸ってる暇がなかっただけです」

「じゃあ、今のうちにどうぞ」

春山がスーツのポケットから煙草を取り出し、火を点ける。風が一之瀬から春山の方に向かって流れているようで、煙は届かなかった。ここは二つのビルが繋がったような構造のせいか、風は常に吹いているようだった。

一之瀬は少し椅子をずらして春山に背中を向け、深雪に電話をかけた。仕事中の時間だが、彼女はすぐに電話に出た。実験で手が離せないこともあるだろうに、彼女は何故か、一之瀬の電話にはほぼ百パーセント出る。何となく嬉しいことではあったが、仕事は大丈夫なのだろうか。

「永谷信貴って奴、知らないか？」

「永谷信貴？　どういう人？」

「大学の同期なんだけど……俺と同じ学部だった」

「じゃあ、知らないと思うわ。だいたい私、学部が違うし」彼女は理工学部の出身だ。

「そうか……IT研の人間なんだ。君なら何か知っていると思ったけど」

「私、そんなに事情通じゃないわよ」

深雪が小さく声を上げて笑い、一之瀬はぞくぞくするのを感じた。初めて会った時に、この笑い方にやられたのだ——と思い出す。それは今でも変わっていない。

「それより、昨日の事件……あれの関係？」

「ああ」

「何でうちの大学だけ……しょうがないか」

「何だか事件につきまとわれているみたいだけどね」

「しばらく落ち着かない？」

「そうだね」

「そっか……」深雪は何か考えこんでいる様子だった。

「何か？」嫌な予感がして、一之瀬は慌てて聞いた。

「あのね、お母さんが一緒にご飯を食べないかって」

「飯ぐらい、よく食べてるじゃないか」実際一之瀬の母は、深雪を自分の子どものように可愛がっている。一之瀬の前で「子どもは女の子の方がよかった」と露骨に皮肉を言うことさえあった。

「そうじゃなくて、うちの両親と一緒に」

「それは……」

「別に、改まったものじゃないと思うけど」深雪が慌てて言った。「顔合わせ、みたいな感じ？」

「ちょっと、それ、俺は何も聞いてないんだけど……まさか日程まで決まっているわけじゃないよな？」

「だから、あなたと相談してって、お母さんに言われたんだけど……しばらく無理みたいね」

「ああ」事件は関係なく、無理だ。両方の親の顔合わせ——そもそも会ったことがないわけでもないのだが、母親はどういうつもりでいるのだろう。何か、結婚を急かされているようで嫌だった。「君は……どう思う？」

「私？　今それを聞かれても……」

そう言えば自分も同じだ。横では、春山が呑気な顔で煙草をふかしている。こんな場所でする話ではない。

「その件は、また後で」

「そうね。仕事じゃない時に」

電話を切って溜息をつく。まったく、うちの母親も何を考えているのか。後で電話してみよう、と決めた。言い負かされる——いや、言いくるめられるのは分かっていたが、

「勝手に話を進めないでくれ」と少しでも抵抗しておかないと。

それにしても……城田は結婚するというし、自分の周りはにわかに賑(にぎ)やかになってきたようだ。

「どうかしました?」春山がちらりとこちらを見て遠慮がちに訊ねる。

「いや……何でもない。手がかりになるかと思ったけど、期待外れだった」

「そうですか」春山がカップを持ち上げ、カフェラテを一口啜る。上唇に泡の線ができ、さらに表情が幼くなった。「あの……永谷信貴という人を第一容疑者と考えていいんでしょうか。一之瀬さんの大学の同期を、そんな風に考えるのは申し訳ないんですけど」

「同期って言っても、ほとんど知らないから」会えばまた何か思い出すかもしれないが。

「本当につき合っていたかどうかは分からないからね。まず、そこから調べないと」

「そういうの、分かるんですか? 原田若菜さんは、人づき合いがいい方じゃなかったんですよね?」

「それでも、分かるさ。どんなに他人と交わらないで生きているつもりでも、ゼロにはな

らないから。永谷に直接聴いてみれば分かることだよ」

「すぐに行きますか？」

一之瀬は一瞬考えた。勤務先が分かっているから、訪ねて行けば会えるだろう。休まず動き続けることで、次の手がかりが出てくるはずだが……。

「上に報告してからにしようか。もしかしたらこれは、大きな手がかりかもしれないから」

「宮村さんに報告ですか？」昨夜のやり取りを思い出したのか、春山が遠慮がちに訊ねる。

「いや、岩下係長」一之瀬はまたスマートフォンを取り上げた。「ここはちゃんとしたルートでいいと思うんだ」

その結果、この情報は自分たちから取り上げられてしまう可能性もあるが……手がかりは、それを見つけた人間が追うのが筋だが、岩下は近くにいる人間を急行させようと判断するかもしれない。その方が時間のロスにはならない。

「そうだ、SSウィンドという会社について、ちょっと調べてくれないか？　どこにあるかだけでも、分かるといいんだけど」

「あ、それなら分かってます」春山が、自分のスマートフォンを差し出した。「さっき、一之瀬さんが電話している間に調べておきました」

「助かる」なかなか気の利く男で……三年前、自分が駆け出し刑事の頃には、これだけ気が回っただろうか。

〈9〉

全ての人が素直に警察に協力してくれるわけではない。自分たちで捜査を進める許可を得た後、一之瀬はSSウィンドに電話をかけたのだが、永谷に関するはっきりした情報は貰えなかった。そもそもこちらが本当に警察かどうか、疑っている様子だった。仕方がない……電話で上手くいかないなら、直接足を運ぶだけだ。幸い、SSウィンドの本社はゆりかもめのテレコムセンター駅近くにあった。豊洲からは一本——移動時間はミニマムで済む。まだツキは離れていない、と一之瀬は自分を鼓舞した。

テレコムセンターの駅前には巨大なビルがあるのだが、そこから離れるとまだまだ土地が余っている。目立つのは物流センターや倉庫。駅から歩いて十分ほど、素っ気ない四階建ての建物に辿り着く。やけに巨大で、郊外のショッピングセンターを彷彿(ほうふつ)させる。

「こんなにでかい会社なんですか？」春山が目を見開く。

「ちょっと予想外だな」まさか、ここで風力発電機を作っているわけではないだろうが……しかしエントランスホールに入ると、すぐに事情が分かった。壁にフロアガイドが貼ってあるが、ほとんどが空白なのだ。テナントが入る見込みで自社ビルを建てたが、まだ埋まっていない、ということだろう。

ビル全体の受付はないので、会社がある四階へ直接エレベーターで上がる。エレベーターを降りてすぐの場所にある小さな受付——デスクに電話と内線番号簿が置いてあるだけだ——に向かい、先ほど電話で話した総務部長の塚田を呼び出す。ここへ来ることは予告していたのだが、本当に来るとは思ってもいなかったのだろうか……やけに慌てた声だった。

「ちょっとお時間、いただけますか」

「ええ……はい」

それからドアのロックが解除されるまでに、五分ほどかかった。痺れを切らして、もう一度電話をかけようとした瞬間、かちりと音がしてドアが開く。現れたのは中年の男だった。長身でひょろりとした体形で、どこか不安そうに眉間に皺を寄せている。一之瀬はすかさずバッジを掲げたが、それでも塚田が安心した様子はなかった。そもそも、刑事に会うこと自体に抵抗があるのだろう。

塚田が後ろ手にドアを閉める。中に入れる気すらないのか、と一之瀬は驚いた。そこまで非協力的な理由は何なのだろう。

「こちらの社員の、永谷信貴さんにお会いしたいんですが」

「永谷は確かに、うちの社員ですが」

ここでようやく認めたか、と一之瀬は呆れた。こんなことなら、電話をかけた時に警察と名乗らず、「永谷さんをお願いします」と言っておけばよかった。取引先と勘違いして、電話を取り次いでもらえたかもしれない。

「ちょっと話を聴きたいんですが、呼んでいただけますか？」

「永谷は、いません」塚田が素っ気なく言った。

「いない？」

「出張中なんです」

「ああ……どこですか」

「山形です。一昨日からなんですが」

「火曜日？」

「ええ。火曜日の午後から現地入りしています」

一之瀬は頭の中で素早くカレンダーをめくった。永谷と若菜が会っていたのは、三日前——月曜日の夜である。その翌日から出張に出たわけか。

「いつお戻りですか？」

「ちょっと予定が立っていないんですが……週明けになるかもしれません」

「国内にしては、ずいぶん長い出張なんですね」

「いろいろと交渉事がありましてね」嫌そうに塚田が言った。

「交渉？」

「内容はちょっと申し上げられませんが。微妙な問題ですので」

「来週のいつ戻るか、分かりますか」

「まだはっきりしません。仕事の進捗（しんちょく）状況によります」

どうするか……微妙な問題なので、電話で済ませるわけにはいかないだろう。永谷とは直接会って話さないといけないが、山形はあまりにも遠い。取り敢えず、ここで情報を収集しておくことにした。しかし、携帯電話の番号や滞在先を訊ねると、塚田はいきなり拒否反応を示した。

「何なんですか？　急に来てそんなことを言われても困りますよ」

「捜査です」

「捜査って言われても……警察はそんなに乱暴なんですか」

「殺人事件の捜査ですので」

一之瀬の言葉に、塚田が口をつぐむ。眉間の皺がさらに深くなった。

「殺人事件って……」

「この近くでバラバラ殺人事件――遺体が発見されたのはご存じですか？」

「もしかしたら、江東海浜公園ですか？」塚田の喉仏が上下した。

「そうです。その事件の関係で、永谷さんに話を聴きたいんです」それまではっきりと距離を置いていたのに、塚田が一歩詰め寄って来た。

「まさか、永谷が犯人だって言うんじゃないでしょうね」

「違います」一之瀬は即座に否定した。取り敢えずは、ということだが。「被害者と面識があったようなので、それで調べているだけです」

「そうですか……嫌な話ですね」

「嫌かもしれませんが、我々は被害者のために捜査しているので」一之瀬は押し切った。

結局、永谷の携帯電話の番号、それに出張先について詳しく教えてもらう。最後には、新しい風力発電の場所を確保するために、土地を借りる交渉に行っているのだと明かしてくれた。

「風力発電だと、相当広い土地が必要なんでしょうね」

「必ずしもそうではないんですけど、騒音問題とか、いろいろあるんですよ。市街地から離れた山の中が原則ですけど、完全に山の中だとメインテナンスも大変で。その塩梅が難しいんです」

「永谷さんは、そういう交渉の専門家なんですか？」

「営業ですから、何でもやりますよ」

どこまでが営業の仕事の範疇かは分からなかったが、一之瀬はうなずいた。本人に会えば、もっと詳しく内容も分かるだろう。もっとも、それが捜査の上で大事なことかどうかは分からなかったが。

問題は、山形出張の許可が下りるかどうかだ。新幹線が通っているとはいえ、やはり山形は遠い。しかし、永谷が東京へ帰って来る来週まで待つわけにはいかない。どうやって岩下を説得しようかと、一之瀬は必死で考え続けた。

心配していた許可はあっさり下りた。しかも一之瀬にとっては心強い材料もあった。午後二時に東京駅を発つ山形新幹線に乗った瞬間、春山が「自分、山形出身なんですよ」と打ち明けたのだ。

「初耳だけど」

「話題にするような話でもないと思いまして」

「でもそれは、大きなメリットだな。地の利がある」

行き先は、新幹線で山形の一つ先の天童。まったく馴染みのない街なので、地元出身の人間がいれば、心強いことこの上ない。

「あ、でも、自分は鶴岡なんで」

「天童からは遠い？」一之瀬は頭の中で山形県の地図を思い浮かべてみた。大まかな形は分かるが、天童と鶴岡の位置関係がまったく思い浮かばない。

「全然遠いです」春山が苦笑する。「新幹線は通ってないし、日本海側ですから、文化圏が違いますよ」

「そうか……でも、ゼロよりましかな」

「そうだといいんですが」春山が不安気に言った。一応は地元である山形で恥をかくわけにはいかないと思っているのかもしれない。

それにしても、やはり遠い……天童までは三時間ほどかかった。移動中にはすることもなく、少し寝不足を解消しておこうかと目を閉じたのだが、すぐにメールの着信音で眠りを邪魔されてしまった。寝ぼけ眼で外を見ると、ちょうど福島駅のホームに滑りこむタイミング——ここから山形新幹線になるわけだ。

メールは宮村からだった。どういうつもりか、タイトルは「名物」、本文には「米沢牛、冷たい肉蕎麦、板蕎麦、玉こんにゃく」と料理の名前ばかりが並んでいる。いったい何が言いたいのかと首を傾げながら、一之瀬は席を離れてデッキに立った。からかわれているようで気にくわない……電話で直接文句を言ってやるつもりだった。

「何なんですか、今のメール」

「おお、新幹線か？」

「まだ福島を過ぎたばかりですよ」窓の外を見ると、完全に田舎の光景だ。新幹線もスピードが出ていない。小田急のロマンスカーの方が、よほど速いだろう。

「上手いことやりやがって、この野郎」宮村がいきなり乱暴に言った。

「いや、上手いことって……」一之瀬は言葉に詰まった。こっちは流れで仕事をしているだけなのに。

「せっかく山形に行くんだから、向こうで美味いものでも食ってこいよ。お前、食い物にはあまり興味がないみたいだけど」

「仕事ですからね」

「馬鹿だねえ。出張は、美味いものを食べるチャンスなんだぜ？　それぐらいの役得がないと、刑事なんてやっていけないだろうが。仕事はきついだけなんだからさ」

確かに、刑事の出張は慌ただしい。急いで移動し、現地で必要最低限の仕事をしてすぐに東京へ戻る——まさにとんぼ返りが多い。一之瀬も何度か地方出張をしているが、その都度げっそりするだけだった。新幹線に乗ったり、車を運転しているだけでも、結構疲れるものだ。

「山形だったら、玉こんにゃくや米沢牛のステーキで酒を呑んで、締めに板蕎麦が定番だな。軽い食事なら、肉蕎麦もいい。冷たい汁に蕎麦が入ってるんだけど、この汁が独特でね」

「宮さん、山形に行ったこと、あるんですか」

「ない」宮村が即座に断言した。

「だったら何で、山形名物なんか知ってるんですか」

「シミュレーション——予習だ」

何の話だよ……困って一之瀬が黙りこむと、スウィッチが入ったように、宮村がべらべらと喋り出した。

「あのな、子どもが小さくて、嫁がうるさくて……そういう家に毎日きちんと帰るだけの生活は、息苦しいんだよ。息抜きには出張が一番なんだ。余計なことを考えないで仕事に専念できるし、美味いものは食えるしさ。だからいつ行っても取りこぼししないように、全国各地の美味い物をメモってるんだ」

「息抜きには、刑事ドラマのＤＶＤがあるじゃないですか」

「お前ね、子どもがわんわん泣いてる横で、ＤＶＤなんか見られると思うか？」宮村が溜息をついた。「結婚して悪いことばかりじゃないけど、ストレスは溜まるんだよ」

そんなものか、と一之瀬は唾を呑んだ。深雪との結婚を意識している時にこういう話を聞くと、また躊躇してしまう。ほんわりした感じの深雪も、結婚して子どもができると、怒りっぽくなるのだろうか。

「ま、独身のお前には関係ないかもしれないけどな」

「いや、情報はありがたくいただきます」

「後で味の報告、しろよ」

もちろん。ただそれは、今夜山形に泊まれれば、の話だ。頑張れば日帰りできないこともないし、東京での動きも気になる。一泊して朝一番の新幹線で帰っても、明日の午前中は無駄になるわけだし……だったら無理してでも、今晩中に戻るべきかもしれない。東京着は深夜になるかもしれないが。

帰京できないぐらいの状況になれば、と思った。会った瞬間に永谷が自分の犯行を自白して、そのまま逮捕になるとか。

世の中はそれほど甘くはない。それに、永谷を犯人と決めつける材料は、今のところ何もないのだ。顔見知りであるという事情も引っかかっている。非情に徹するべきかもしれないが、知り合いが犯人というのは、考えただけでも気が重い。

通話を終え、一之瀬は「虚心坦懐だぞ」と自分に言い聞かせた。先入観なしで相手に臨むこと――それを怠ると、思わぬ落とし穴にはまってしまう。

新幹線を降りた時には、腰に重い張りを感じていた。三時間も乗りっ放しは、やはりきつい。特に福島を過ぎてからは、新幹線ではなくローカル線に乗っているようなものだったから、苛々も募った。時刻は午後五時二分。永谷は地権者のところを回って交渉をしているというが、拠点はホテルだ。ＳＳウィンドは、地方に事業拠点を持っていない。一週間も出張して、ホテルを基地にきつい交渉を続けるのは大変だろうな、と一之瀬は永谷に同情した。自分はまだそこまで、長期間の出張を経験したことはない。

「ホテルでいいんですよね」春山が念押しした。

「ああ」行先は分かっているが、そこへ向かううちにすれ違いになってしまう可能性が高い。永谷が宿にしているホテルで張っていれば、いずれは会えるだろう。

天童駅はまだ新しく、駅前には地方都市にありがちな光景が広がっている。レンタカーショップ、チェーンの居酒屋……高い建物はほとんど見当たらず、遠くに山が見えている。一つ、いかにも天童らしいのは、駅の中に「将棋資料館」があることだった。確か天童は、将棋の駒の産地――将棋に関する知識は、駒の並べ方でほぼ尽きる程度の一之瀬には、ほとんど関係ない世界だったが。

「ホテルは？」

「駅からはちょっと離れてますね」春山がスマートフォンに視線を落としながら答えた。「山形バイパス沿いだから、歩くと二十分ぐらいかかりそうです」

時間がもったいない……もう五時だから、永谷は仕事を切り上げて、ホテルで一休みしているかもしれない。一刻でも早く会いたいので、一之瀬はタクシーを奢ることにした。

駅から山形バイパスに向かう道路が、天童のメーンストリートのようだった。のんびりした地方都市の風情……宮村お勧めの米沢牛や板蕎麦を食べられそうな店も見当たらない。

繁華街は、このメーンストリートを外れたところにあるのだろうか。タクシーの運転手に聞いてみようかとも思ったが、口にしただけで気合いが抜けそうなのでやめておく。名物を楽しむのは、ちゃんと結果が出てからだ。

それにしても、意外に市街地が途切れない……結構大きな街なのだと一之瀬は実感した。

「夕飯、あれは……避けたいですよね」と春山が困ったように言った。

「あれって？」

「ファミレス」

春山が指さす方に、馴染みのファミレスの看板があった。確かに……何も山形まで来て、全国どこでも同じ味のファミレスに入らなくてもいい。食事のことは後回しだと自分に言い聞かせながら、肉蕎麦はどんな味がするのだろう、と一之瀬は夢想した。

タクシーは途中、三叉路を右へ折れた。ほどなく、山形バイパスに出る。意外と立派……と言っては失礼だが、片側二車線の広い道路で交通量も多い。

ホテルはバイパス沿いにある、チェーンのビジネスホテルだった。さすがに出張では、温泉旅館とはいかないのだろう。ここに一週間籠り切りだったら相当ストレスが溜まるな、と容易に想像できた。

ロビーに入り、フロントでバッジを示す。ここは一気に攻めて、永谷を摑まえないと。フロントにいたのは若い従業員——一之瀬や春山と同年代のようだ——だったが、バッジたが、おそらく元々度胸が据わっているだけなのだろう。時々ホテルで殺人事件が起きたりすることもあるが、確率からするとごく低い。
を見てもまったく動じなかった。そんなに警察に慣れているのかと、一之瀬は不審に思ったが、おそらく元々度胸が据わっているだけなのだろう。時々ホテルで殺人事件が起きたりすることもあるが、確率からするとごく低い。

「永谷信貴さんという方が泊まっているかと思いますが……東京からのお客さんです」

「はい、お泊まりです」あっさり認めた。最近は、プライバシーを理由に何かとごねられることも多いのだが、このホテルは協力的だ。

「部屋にいますか？」

「少々お待ち下さい」

従業員が、屈みこんでパソコンを操作した。すぐに、「今は……お戻りではないようですね」と答える。

「火曜日から宿泊していますね？」

「ええ」

「帰りは、いつも何時ぐらいですか？」

「それはちょっと把握していないので……よく分かりません」

フロントは交代するから、分からないのはしょうがないだろう。もちろん、パソコンの記録を見ればはっきりするはずだが、そこまで手を煩わせることとも思えなかった。取り敢えずは、ここで待っていればいいのだから。

「ロビーで待たせてもらいます」

一声かけて、一之瀬はロビーの中央にあるソファに腰を下ろした。小さなロビーなので、ここにいれば人の出入りは見逃さない。一之瀬は頬杖をつき、脚を組んでできるだけリラックスしようと努めた。集中するのは「目」だけでいい。

さすがにホテルは、人の出入りが多い。明らかに観光客風の初老の夫婦が、揃いの小さなスーツケースを引いてきてチェックインを済ませる。スーツにコート姿の五人組が、深刻な表情で何事か相談しながらエレベーターホールの方に向かって行った。そのエレベーターから出て来たのは若いサラリーマンらしき二人連れで、やけにテンション高く笑いながら、ロビーを横切って行く。一仕事終えて、今日の締めのビールを呑みに行く感じだろう。人が気を抜く時間に仕事をしなければならない刑事の宿命を、少しだけ呪った。

「来ますかね」春山がぽつりと言った。

「いずれは来るだろう」一之瀬は努めて楽天的になろうとした。悪い可能性はいくらでも考えられる。一番ありそうなのが、地権者の接待だ。渋る相手の心を解すために、酒を奢って下世話な話にも興じる――いかにもありそうな話ではある。酔っ払っている相手を何時間も待たなければならないと考えると、結構きつい。ましてや二次会にまで突入したりすると、待ち時間は夜中まで延びることになるだろう。

「あまり気にしないで、気長に待つしかないよ」一之瀬は立ち上がり、ロビーの片隅に置いてあった新聞のラックに歩み寄った。地元紙とスポーツ紙、二紙を取って来て、両方を春山に差し出す。「どっちがいい？」

「じゃあ……」遠慮気味に、春山がスポーツ紙を受け取る。

一之瀬はソファに座り直し、地元紙を広げた。ちらちらと記事を目で追いながらも、出入り口に注意を払うのは忘れない。春山は新聞を膝の上で広げているだけで、まったく読んでいないようだった。

三十分経過……六時になった。この時間に帰って来ないということは、やはり呑み会に出かけているのだろうか。永谷は酒に強かったかどうか……よく覚えていない。すぐに酔っ払ってしまうようなタイプだったら、せっかく会えても話が聴けない可能性もある。

「あの人じゃないですか」

春山の指摘に、一之瀬は新聞の脇から顔を出した。記憶と現実を一致させる——間違いない。一之瀬が覚えているよりも相当太っていたが、今日の午前中、春香に見せてもらった写真とは合致している。永谷らしき男がフロントで従業員と話している間に、一之瀬は自分のスマートフォンに保存した写真を呼び出した。間違いない、永谷だ。

立ち上がり、フロントに歩み寄った。その瞬間、永谷が振り返る。一之瀬を認め、一瞬立ち止まった。怪訝そうな表情……フロントに何か言われたのだろうか。しかしすぐに、エレベーターホールの方に向かって歩き出そうとした。見覚えがあるような気がしたが、勘違いだと思ったのか——一之瀬は慌てて歩みを速め、永谷の前に回りこんだ。

「永谷信貴さんですね」

永谷が立ち止まり、無言で一之瀬に視線を向ける。やはり訝し気な表情を浮かべていた。

「警視庁捜査一課の一之瀬です」

「一之瀬……一之瀬？」永谷が目を見開いた。「一之瀬って、あの一之瀬か？」

「たぶん、あの一之瀬」つい気が緩み、呑気に言ってしまった。

「何だよ、いきなり」永谷が相好を崩す。「警視庁って……お前、警察官になったのか？」

「ああ」

「まさか、俺に会いに来たのか？」

「そうなんだ」

一瞬で永谷の顔に緊張が走る。何か思い当たる節があるのだな、と一之瀬は想像した。普通の人は、刑事が会いに来ても、怪訝そうな表情を浮かべるぐらいである——やましいことがなければ。

古い知り合いは悪に落ちたのだろうか、と一之瀬は懸念した。

〈10〉

できれば部屋で話を聴きたいと切り出すと、永谷の顔はさらに引き攣った。

「ロビーだと、誰に聞かれるか分からない」

「だけど、部屋は……」

「誰か一緒なのか？」

「まさか。出張中だぜ」永谷が思い切り首を横に振る。

「だったら、ここで静かに話をしようか」一之瀬は、先ほどまで自分たちが座っていたソファに向かって顎をしゃくった。小さいテーブルを挟み、向き合う格好で三人がけのソファが二つ。間隔が狭いから、それほど大声を出さずとも話せるだろう。

相変わらず硬い表情を浮かべたまま、永谷がうなずいた。ソファへ向かう足取りも、どこかギクシャクしている。これは本当に、何かヤバい事情を抱えているのでは……と一之瀬は不安になった。薄い関係とはいえ、知り合いに手錠をかけるのは気が進まない。

「原田若菜という女性を知ってるよな」

「ああ」永谷はすぐに認めた。「大学の後輩だ」

「IT研の?」

「そうだけど、彼女がどうかしたのか?」

一之瀬は一瞬言葉を切った——しかし、言わなければ何も始まらない。意を決して、低い声で告げた。

「殺された」

「何だって?」永谷が目を見開く。「お前、それは冗談にしても……」

「冗談でわざわざ山形まで来ない」

「俺を追って来たのか?」

「話が聴きたいだけだ」

そこで一之瀬は、春山に目配せした。事前の打ち合わせで、事情聴取は基本的に春山に任せることにしてある。知り合いの一之瀬が相手だと、だれてしまう恐れもあるのだ。ここはやはり、事務的に手早く話を進めないと。

春山がすかさず手帳を広げ、ボールペンを構える。話をする人間はそれに集中し、もう一人がメモを取る——と教えたのだが、自分でも書く気満々だ。もしかしたら俺のメモを信用していないのだろうか、と一之瀬は一瞬啞然(あぜん)とした。まあ、いいか……二人でメモしている方が、間違いは避けられるだろう。

「この前の月曜日、原田さんに会いましたね」春山がずばりと切りこむ。

「月曜……ちょっと待って……」永谷が、ブリーフケースを開いて手帳を取り出す。ＩＴ研にいた割に、アナログな感じの男らしい。「ああ……月曜の夜でした。ＩＴ研のＯＢの集まりで」

「終わった後、あなたと原田さんは二人で消えた──帰ったんですか」春山は、質問を一切オブラートに包まなかった。

「ええ」

認め、永谷がネクタイを少し緩めた。額に汗でも滲んでいるのでは、と一之瀬は手帳から視線を上げて彼の顔を観察したが、そこまで追いこまれてはいないようだ。

「会合が終わったのが九時頃でしたね」

「ええ」

「その後、どこへ行ったんですか？」

「軽く呑みに行って……それから家まで送りました」

「家に着いたのは何時頃ですか」春山が畳みかける。

「そんなに遅くはなかったですよ。日付は変わってなかったと思います」

「部屋には上がらなかった？」

「そのまま、乗って来たタクシーで帰りました」

「ずいぶん豪華ですね」春山が皮肉っぽく言う。

「え？」

「まだ電車もある時間なのにタクシーですか？」

「ああ……彼女がちょっと酔っ払ってたので」

「もったいないですね」

そこに突っこむのか、と一之瀬は呆れた。金をどう使おうが、それは人の自由である。女連れだったら見栄を張りたいと思うのもおかしくはない……自分たちより上の世代の人間だったら、それはむしろ当然かもしれない。一之瀬は、タクシーを奢るのは「もったいない」と感じてしまう方だ。周りにもそういう人間が多い。

永谷が喉元に手を伸ばし、緩んだネクタイの結び目を撫でた。そのまま手を丸い顎に這わせ、汚れを落とすように擦る。神経質そうに目が細くなり、顔が歪んだ。

「正確に何時だったか、分かりますか」

「いや、それは……一々覚えてない」

「タクシー会社はどこだったか覚えてますか？　問い合わせれば分かりますよね」春山は執拗だった。

「覚えてません」

「そんなに酔ってたんですか」

「だから、タクシーで……」

「その前はどこにいたんですか」

永谷が唇を引き結ぶ。あの夜は相当酔っていたのかもしれない。覚えていない……あるいは覚えていないふりをしている？　可能性はある。今のところ、適当に話をでっち上げても、逃げ切れるのだ。こちらで裏を取れば、たちまち追いこまれるかもしれないが。

「六本木のイタリア料理店を出た後です。どこへ行ったんですか」春山は結局、メモをまったく取らずに追及を進めている。

「六本木から銀座へ移動して……」

「その時の足は？　やっぱりタクシーですか？」

「地下鉄です。日比谷線で一本でしょう？」

「銀座で二次会ですか……」春山の声が尖る。この男が「贅沢」と判断するものの範囲は相当広いようだ。銀座といっても、高い店ばかりではない。一之瀬は銀座に隣接する所轄の千代田署にいたので、その辺の事情も知っている。公務員の給料でも安心して呑める店は、決して少なくないのだ。

「店の名前は？」

「『スター』。二丁目の」今度は即答だった。

「間違いないですか？」

「間違いないです……行きつけなので」

「あなたのですか、彼女のですか」

「私です」畳みかけるように質問が続いたせいか、永谷の声に苛立ちが混じり始めた。

「あそこ、そんなに高くないよな」一之瀬は、少しだけ永谷をリラックスさせようと、話に割りこんだ。「行ったこと、あるよ。あの店では、ハイボールじゃなくて、ウィスキー・アンド・ソーダって呼ぶんだよな」

「お前、銀座なんかに出没するのか」

「ちょっと前まで、あのすぐ近くで働いてたんだ。安い店だって何軒も知ってる」

「ああ」永谷が、春山に視線を向けた。「銀座は高い」という偏見を破壊しようとでもするような、厳しい視線だった。

「そこには何時から何時までいましたか？」一之瀬と永谷のやりとりがなかったかのように、春山がいきなり話を引き戻した。

「よく覚えてないです」

「そんなに酔ってたんですか？」

「楽しい酒だってあるでしょう？　年に何回かは」

「あなた、原田さんとつき合ってたんですか」

「つき合ってたというか、それ未満というか」

「つき合ってたかつき合ってなかったか、二つに一つじゃないんですか」春山は引かなかった。

「そこまでいかない、中途半端な関係もあるでしょう」

二人はしばらく、交際の定義について押し引きし続けた。お互いにそこでむきにならなくても……要するに、二人とも手探り状態だったのかもしれない。一之瀬には何となく理解できた。食事はする。呑みにも行く。しかしベッドは共にしない——そういう関係があってもおかしくはない。

春山は三十分にわたって、永谷を攻め続けた。永谷は苛々しながらも、一応は誠実に答えていたが、やがて精根尽き果てた様子だった。一之瀬は春山の方に少し体を倒して、小声で「連絡」と命じた。これも打ち合わせ通り。ある程度情報が集まったところで、特捜本部に報告することにしてある。実際に永谷が若菜と呑みに行ったのかどうか、特捜の方で直ちに裏を取りに走る。支払いはクレジットカードだったというから、確認は難しくないだろう。

「ちょっと失礼します」

春山が立ち上がると、永谷が露骨にほっとした表情を浮かべる。

「悪いな、出張で忙しい時に」一之瀬は懐柔策に出た。

「いや……お前も大変だな。でも、警察官になってるなんて全然知らなかったよ」

「安定の公務員だよ」一之瀬は皮肉を交えて言った。「お前はすごいな。エネルギービジネスは最先端じゃないか」

「出向したんだよ」永谷が苦笑する。「島岡精機に入って、二年前からこっちに来てる。新しく子会社を作った時に、そっちへ飛ばされたんだ」

「飛ばされたって……花形ビジネスじゃないか」

「うちの会社、どこにあるか知ってるか？ 埋立地の先の先にいると、飛ばされたような気分になるんだよ」

「場所は関係ないだろう。田舎じゃないんだから」

「まあ……な」釈然としない様子で永谷が言った。「どっちにしろ、営業職で変わりはないんだけど」

「IT研でやってたことは、仕事では生きないんだ」

「俺は所詮（しょせん）、理系じゃないからね。あれはあくまで、サークル活動だよ」

「原田さんも同じサークルの仲間だろう？ 学生の頃から知ってたのか？」

「ああ」

「で？ 要するに落とそうとしてたのか」

「まあ、そういうことかな」永谷がまた顎を撫でる。顔色は悪い。「でも、殺されたって……そんなの、初耳だぞ」

「ああ、残念だが」

「マジかよ……」永谷が両手で頭を抱えた。「何でそんなことに」

「それはまだ分からない。悪いけど、今のところ、最後に会ったのはお前みたいだから」

「そうなのか？　つまり俺、疑われてるのか？」

「疑うも何も、そういうことだから」一之瀬はできるだけ気持ちを抑えて言った。「単なる事実だよ。少しずつ空白を埋めていけば、誰が彼女を殺したのか、はっきりする」

「しかし、殺されるって、普通じゃないだろう」

「普通じゃないことが起きたから、殺されたんだと思う」

「家で？」

「それはないんじゃないかな」断言はできない。一之瀬が自分で調べたわけでもないし、何よりあの部屋の散らかりようを見ると……少なくとも現段階では、血痕などは見つかっていないようだが。「ショックだよな」

「ショックはショックだけど……実感が湧かないよ」

「恋人じゃないから？」

「彼女、なかなか難しいんだ」

「どうして」

「面倒臭い女っていうかさ……いるだろう？　メンタル面でいろいろ問題がある娘（こ）」

「通院でもしてたのか？」一之瀬は身を乗り出した。そうなるとまた、話が変わってくるかもしれない。

「いや、そこまでじゃない。いわゆる面倒な女っていうだけで、日常生活に支障があったわけじゃないし……いい年になっても、まだ自分の居場所を見つけられない感じ、分かるか？」

「でも、フリーライターとしてきちんと働いてたんだろう？」

「それだって、一生の仕事じゃないと思ってたみたいだ。だから、あれこれ考えて不安になってたんだよ。俺は愚痴を聞いたり、相談に乗ったりしてた」

「恋愛感情はあったんだろう？」一之瀬はなおも質問を続けた。

「もちろんあったけど、そこはちょっと微妙に踏み出せないというか……美人なんだけどなあ」

「それは認める」

「でも、あれこれ面倒な話をされると、やっぱり引くんだよ。向こうにすれば、俺はゴミ箱みたいなものかもしれないし」

「ゴミ箱？」

「ストレスの捨て場所」

「まさか」

「そういう便利な男なんだよ、俺は」永谷が溜息をつく。「まあ、いいけどさ。でも、たまげたな。まさか、自分の身近でそんなことが起きるなんて、想像もできない」

「彼女、何かトラブルは抱えてなかったのか？　メンタル面で問題があるのは、トラブルのせいだったとか」

「あったかもしれないけど……」永谷の歯切れは悪かった。

「本当に？」

「刑事さんに嘘はつけないよ」永谷が少しだけおどけた口調で言った。「お前の方が、事情を分かってるんじゃないか？　フリーライターっていうのは、何かヤバい取材に首を突っこんだりするものじゃないかな」

「IT系のライターだぜ？　事件や暴力団の取材をしてたわけじゃないみたいだし……そんなにヤバいネタが転がってるものなのか？」一之瀬は逆に聞き返した。

「そんなことないと思うけど、よく分からないよな。彼女、人づき合いが苦手な方なんだ」

「ああ……それは聞いてる」

「人見知りというか――いるだろう、そういうタイプ？　文章を書くのが好きだからライターをやってるんだけど、その前段階はきついって言ってたな。人に会って取材するのが苦手だから」

「それでフリーライターになろうって考えるのは、ちょっと無理があるんじゃないだろうか」

「大いなる矛盾を抱えていたんだよ、彼女は。だから悩んでいたわけだし」

「本当に、トラブルはなかったのか？」

「そりゃあ、小さいトラブルはいくらでもあったよ。俺は散々、そういう愚痴を聞かされてきたし……取材相手と喧嘩（けんか）したとか、編集部から原稿に文句をつけられたとか。でもそういうのは、あの仕事ではよくあることなんじゃないか？」

「そんな嫌な思いをしてまで、フリーライターをやっていたのはどうしてだろう」

「彼女、本当は作家になりたかったんだ」言ってから、永谷が突然周囲を見回した。まるで重大な秘密を打ち明けるように。

「作家って、小説？」

「そう。ライターの仕事をしていたのも、本当はいろいろなところにコネを作りたかったからなんだ。希望は作家……人に会わなくても、家に籠って仕事ができるだろう？　本当に好きな、文章を書くことだけを仕事にできるわけだし。実際、小説は書いていたみたいだよ」

「見たことはない？」

「ない。本人曰（いわ）く、未完成、だってさ」永谷が肩をすくめる。「こだわる人だから、自分で納得したものが書けなければ、人に見せたくなかったんだろう」

「何でそんな厄介な人とつき合おうと思ったんだ？　確かに美人だけど……いつから？」

「実は彼女、うちの会社に取材に来てさ——ＳＳの方じゃなくて、島岡精機だけど」

「ああ」

「その時俺、たまたま営業を離れて広報にいたんだ。それで取材の窓口になって再会して……ＳＳに出向する直前だから、ちょうど二年ぐらい前かな」

「じゃあ、二年間もずっと、落とそうと頑張ってた？」

「付かず離れずで……俺自身、中途半端だって分かってたんだけど」

「まあ、そういうこともあるよな」

「そう言えばお前、どうした？」

「何が」

「学生時代につき合ってた娘、いるだろう？　結婚したのか？」

「いや……今もつき合ってるけど、まだ結婚はしてない」

「そういうの、早く決着をつけないと、後々面倒だぞ」

　ここでもまた、結婚について言われるとは。事情聴取中だということも忘れ、一之瀬は苦笑してしまった。

「ああ、思い出した」永谷がいきなり大声を上げる。ここで会ってから初めて、屈託のない笑顔が浮かんでいた。

「原田さんのことで？」

「違うよ。お前と……あと何人かで、一緒に飯を食った」

「そうだっけ？」

「講義以外の接点がどこにあったかなって、ずっと考えてたんだよ。学祭の後で流れて、ノリで六本木の焼肉屋に行ったの、覚えてないか？　調子に乗って特上の骨つきカルビを食い続けた奴がいて、金を払う段になってえらいことになった」

「ああ」一之瀬も頰が緩むのを感じた。ようやく記憶の糸が繫がったのだ。「何とか払ったんだよな……だけど俺、財布の中に二十円しか残ってなくて、六本木から家まで歩いて帰ったんだよ。五時間ぐらいかかったな」背負ったギターケースの重みまで思い出した。愛用していたストラトキャスターは、エレキギターの中では軽い方なのだが。

「馬鹿だよな、学生って」

「ああ」

「でも、学生の頃の方がましだったかもしれないよな。働いてると、どうして毎日きついことばかりなんだろうね」

その言葉は真理だ、と一之瀬は思った。目の前にいる男は容疑者かもしれないのに、ついい全面的に同意してしまう。

〈11〉


　これはないよな、と一之瀬は思わず苦笑してしまった。最終の山形新幹線の中、夕食は駅弁……せめて山形らしくと、米沢牛の弁当は確保したのだが、弁当は所詮弁当である。上手くいけば今頃は、遅い夕食で山形名物を味わい、締めの蕎麦を楽しみにしていたかもしれないのに。

「まさか、帰って来いと言われるとは思いませんでしたよ」隣に座る春山もぶつぶつと文句を言った。

「時間がないからしょうがないよ」

「これで、二人分の宿泊代二万円を節約しようとしてるとか……」

「まさか。いいから、飯にしようぜ」

　一之瀬は弁当を開けた。さすがに、一面が牛肉で見えなくなるほどの豪華さだったが、気持ちは盛り上がらない。とにかく食べた者勝ちだ、と一之瀬は箸をつけた。肉にはしっかり味が染みこみ、そして柔らかい。さすがにブランド牛は冷めても美味い、と感心する。

調理方法がいいのかもしれない……しかし春山は、まだ不満そうだった。

「せっかく山形に来たんだから、実家に泊まろうとでも思ってたのか？」一之瀬は彼の心中を予想した。

「いや、それは無理です。天童から鶴岡まで、電車を乗り継いだら二時間半ぐらいかかるんですよ」

「そんなに？」二時間半あったら、新幹線なら天童から大宮まで行ってしまう。

「基本的に、田舎は車移動ですからね。東京みたいなわけにはいきません」

「そうか」東京生まれ東京育ちの一之瀬には、この感覚がまだ分からない。車に乗れば時間がかかるだけ、移動は基本電車で、というのが当たり前だ。

弁当を食べ終え、手帳を見返す。どうにも中途半端な感じがしてならない。今のところ、永谷を容疑者とみなすだけの材料はないが、いずれ周辺捜査を進め、本人にももっと厳しく当たらねばならないだろう。過去の記憶が蘇ってきた今、それはひどく嫌なことだった。あの焼肉屋での呑み会は、学生らしい、馬鹿馬鹿しくも楽しいものだった……それだけを取って、永谷を「友人」と呼ぶわけにはいかないが、何となく嫌な気持ちは残る。

「一之瀬さん、どう思います？」

「どうかな」一之瀬は弁当がらをまとめ、お茶を一口飲んだ。

「犯人ですかね」

「君の感触は？」

「ちょっと落ち着いているというか――好きな人が殺されたと聞いたら、もっとショックを受けるかと思いました」

「殺人事件の被害者――その関係者に話を聴いたことは？」

「初めてです」春山が少しだけ顔を伏せる。「もっと取り乱すとか、泣き出すとか、そういうものだと思ってました」

「本物の恋人だったら、な」微妙な関係――恋人関係になっていなかったのは間違いないのではないだろうか。古めかしい言い方をすれば、友だち以上恋人未満。「でも、確かに落ち着き過ぎている感じはした。これからショックが大きくなってくるかもしれない」

「後からじわじわ、ですか」

「ああ。そういうケースは、何度も見てきた」お茶を飲み干し、ガムを口に放りこむ。妙に疲れた……都内でこの時間まで動き回ることには慣れているが、新幹線というのは何故か、乗っているだけでも疲れるのだ。せめて今夜、天童に泊まっていれば、疲れは取れたはずなのに。

「今日、東京へ戻ったらどうする？」

「署に泊まります。家へ帰るのは、ちょっときついんで」

「家はどこ？」

「小竹向原です」

「東西線から、飯田橋で有楽町線乗り換えか」春山が腕時計を見た。「終電ぎりぎりかもしれません」スマートフォンを取り出し、路線検索を始める。

「署へは近いか……」

「ですね」春山がスマートフォンから顔を上げた。「一之瀬さん、家はどちらなんですか」

「下北沢」

「シモキタ？　いい所に住んでますねえ」春山が目を見開く。

「どうかなあ。最近、あそこもちょっときつくなってきた」

「きついって？」

「あそこって、基本的に若者向けの街なんだよな」

「一之瀬さんだって若いじゃないですか」

「若者って、学生っていう意味だよ。夜中に歩いてると、結構浮いてる気がする」

段々馴染めない感じになってきたのは間違いない。ただし、引っ越すタイミングがなかった。それこそ、結婚して新居を構えるぐらいのきっかけがないと……。

「俺は帰るよ」代々木上原発で下北沢まで行く各停は、午前一時まであるはずだ。

「帰って、明日の朝一番で出て来るの、きつくないですか？」

「多少睡眠時間が減っても、家で寝る方が疲れが取れるんだ」

「そんなものですかね」

「ああ、俺はね」何というか……刑事の仕事自体には、次第に馴染んできていると思う。警察官になった頃には、淡々と仕事を続けて、適当に出世できれば――給料さえ貰えればいいと考えていた。しかし仕事に慣れ、巡査部長になってからは、いつの間にか仕事に打ちこんでいるのに気づいて、自分でも驚くことがある。ただ一之瀬の中では、仕事とプライベートに一定の線引きができていた。なるべく泊まらず、自宅に帰る。時間がなくてもちゃんと風呂に入り、十分でもいいからギターの練習をする。そうやって何とか、ろくでもない事件の捜査に身を投じる仕事とプライベートのバランスを取っているつもりだった。千代田署で知り合いだった失踪課一方面分室の高城(たかしろ)室長は、用事もないのに署に泊まりこんでいるようだが、ああいうことは自分にはできない。そもそも高城は、どうしてあんな風に仕事と私生活をまぜこぜにしてしまうのだろう。

「今のうちにせいぜい休んでおこうか。まだ二時間近くかかる」

「そうですね」

　春山が両手を組んで腹の上に置き、目を閉じた。ほんの数秒後には、寝息が聞こえてくる。まるで気を失ったみたいだ、と一之瀬は苦笑した。初めての特捜、あまり知らない相手とのいきなりの出張――疲れないわけがない。ただし一之瀬は、それほど眠気を感じていなかった。気になることが多過ぎる。例えば、あの焼肉屋の一夜。永谷に指摘された後、あの日が学生時代のピークだったかもしれないと考えた。学祭終了後の高揚したノリで――その日のステージは珍しく満足のいく出来だった――ほとんど顔も知らない連中と意気投合して呑みに行って……焼肉の味は覚えていないが、その場にいた面子（メンツ）のテンションの上がった嬉しそうな顔は、くっきりと記憶に刻まれている。

目を閉じ、その時の永谷の顔を思い浮かべようとしたが、上手くいかない。他の連中の顔は思い出せるのだが……変な話だ。記憶の不思議さを、改めて思い知る。

ぼうっとしていると、頭の中で、ジミ・ヘンドリックスの『マニック・ディプレッション』のリフが鳴り響く。ロックには珍しい、四分の三拍子。低音弦を使ったリフはたっぷり歪んでいるのに歯切れがいい。この音を出そうとあれこれ苦労したのだが、どうしても上手くいかなかった。今、頭で響いているのは、自分で弾いたギターの音ではなく、ジミヘンオリジナルだろうか。

そこにスマートフォンの呼び出し音が混じる。慌ててスーツの内ポケットに手を突っこんで取り出すと、宮村だった。

「まだ新幹線か？」声が緊張している。

「はい……ちょっと待って下さい」慌てて立ち上がり、通路側の席でだらしなく寝ている春山の足を蹴飛ばしそうになりながら通路に出て、デッキまで小走りで急ぐ。春山はまったく起きる気配がなかった。十一時……あと三十分ぐらいで東京駅に到着だ。

「すみません、お待たせして」一之瀬は財布を尻ポケットから抜き出し、自動販売機に硬貨を入れて言った。中途半端に寝てしまったせいか、口の中が気持ち悪い。喉を湿らせてやらないと……何を買おうかと迷っている間に、宮村の言葉が一之瀬の眠気を一気に吹き飛ばした。

「腕だ」

「はい？」

「腕が出た」

「ちょっと待って下さい」眠気は去ったが、混乱は増した。「腕って、何の腕ですか」若菜の腕は左右とも見つかっている。

「別の——原田若菜じゃない被害者の右腕だよ。何だと思った？」忌々しげに宮村が吐き捨てる。

「だけど、それは……」

「こういうことだ」怒りを吐いて少し落ち着いた様子で、宮村が静かに説明を始めた。

「今日も一日中、近くの公園の捜索を進めていたんだ。そこで、夜になってから、若杉の野郎が別の腕を見つけたんだよ。最初の事件と同じように、新聞紙とビニール袋にくるまれて、ゴミ箱に突っこんであった」

「まさか……」

「お前の出張、無駄だったかもしれないな」

「連続……バラバラ殺人事件ですか？　同一犯とか？」

「腕の遺棄方法が似ている。だいたいこういう犯人は、一度上手くいったやり方を踏襲するんだ」

「だけどこんなこと、今までにありました？　聞いたことがないですよ」一之瀬は自分の声が震えているのを意識した。まさか、こんな凶悪事件が短い間隔で立て続けに起きるなんて。

「俺の記憶にもないね。だいたい、バラバラ殺人の犯人なんて、すぐに捕まるものだから。お宮入りした事件なんて、井の頭公園の一件ぐらいじゃないか」

その件なら一之瀬もよく知っている。捜査の失敗例として、語り継がれている事件なのだ。まさに細切れ、遺体を二十七個に切断して、井の頭公園のゴミ箱に遺棄した、異常な事件である。被害者の身元は判明したのだが、結局犯人は見つからないまま、二〇〇九年に時効が成立している。

「だいたい、刑事ドラマでもこんな事件はないぞ」宮村が怒った口調で続けた。「よほどのサイコ野郎じゃなけりゃ、立て続けに人を殺して遺体を切断するなんて、あり得ない」

「手口は明らかに似てるけどな……ちょっと待て」

それきり宮村の声は消えてしまった。その隙を利用して、自動販売機に目をやる。眠気覚ましにコーヒーだな、と思った。新たな遺体が発見されたとなったら、今夜は徹夜も覚悟しなければならない。ブラックの缶コーヒーを買い、一口飲む。苦さよりも冷たさで意識が鮮明になった。

しかし、宮村は電話に戻ってこない。一度切ってこちらからかけ直そうかと思ったが、念のため呼びかけてみる。

「宮さん？　大丈夫ですか？」

「ああ、悪い、悪い」急に宮村の声が耳に響いた。「また別のニュースだ」

「何ですか？」嫌な予感が広がる。

「今度は胴体が見つかった。女だな」

「場所はどこですか？」

「海——海釣り公園、知ってるか？」

「最初の現場の近くですか？」

「ああ。だから、遺体の一部は海に流されたのかもしれないな。それが打ち上げられたんじゃないか？」

「同一犯ですかね」

「誰の——どっちの遺体なんですか」

「それを調べるのはこれからだ」宮村が息を呑む。「そういうわけで、お疲れのところ申し訳ないですが、署に戻っていただけますかね、一之瀬部長」

「……分かりました」署での夜明かしは、一之瀬が一番嫌うことだが、どうやら今夜は避けられそうにない。


〈12〉


「何なんですかね、いったい」

春山は落ちこんでいるようにも怒っているようにも見えた。午前零時近い、東京メトロ東西線のホーム。この時間だとさすがに人は少ないが、一之瀬は周囲を見回してから声を潜めて答えた。

「分からない。はっきりしているのは、もう一人殺された可能性が高いということだ」

「何で、よりによってうちの管内でこんなに何件も……」

「ただ、これでこっちにチャンスが回ってくるんじゃないかな」

「どうしてですか？」

「こんな事件を二つも起こして、手がかりを残さない犯人はいないよ」

「永谷は……」

「ちょっと棚上げ、かな。少なくとも、二件目の事件に関係している可能性は低いだろうし。それより、これから現場の捜索になるかもしれないから、今夜は徹夜を覚悟した方がいいよ」

「また徹夜ですか……」うんざりした様子で、春山が下唇を突き出した。

「こういう時もあるさ。俺らの仕事は、緩急が大事なんだから」

それにしても、春山が愚痴を零す通り、確かにこれはひど過ぎる。同じ署の管内で、バラバラ殺人が二件連続……宮村ではないが、こんなことは過去に一度もないだろう。一之瀬は、意識して永谷の存在を頭から消そうとした。同じような切断、遺棄方法、場所も江東区内――やはり、同一犯による連続犯行の可能性が高いと思う。永谷は火曜日から出張に出ているのだから、今回の犯行に関わっていたとは思えない。それを言えば、若菜に関してもそうだ。若菜が最後に目撃されたのは、間違いなく月曜夜。それから半日後、新幹線に乗るまでの短い時間で、永谷が若菜を殺し、遺体を切断して遺棄するには相当無理がある。唯一可能性があるのは、共犯がいた場合だが……。

西船橋行きの東西線がホームに滑りこんできた。この時間なのに車内は結構混んでいて座れない。一之瀬はつり革に摑まって、何とか体を支えた。今になって強い疲労感を覚えている。新幹線の中で飲んだブラックのコーヒーも、きついミント味のガムも、眠気を追い払ってはくれなかった。

参ったな……今晩、これから徹夜で仕事ができるかどうか。つり革を放して両手で顔を擦り、次いで頰を叩いて気合いを入れ直す。ふと隣を見ると、春山はつり革にぶら下がるようにして目を閉じている。明らかに寝ている様子だった。立ったまま寝るとは、何と器用な……あるいは自分よりもずっと図太い人間なのかもしれない。

江東署に戻った途端、ずらりと並んだマスコミの車にぎょっとした。もう、第二のバラバラ殺人事件が発表されたのだろうか。いや、恐らく、最初の遺体が若菜と確認されたことが、マスコミを引き寄せたのだ。

「裏から入ろうか」一之瀬は春山に声をかけた。

「遠回りになりますよ」

「マスコミの連中、嫌いなんだ」

「別に、気にしなければいいんじゃないですか」春山は、少しでも遠回りするのが面倒なようだった。「自分たちみたいな平の人間には、声もかけてこないでしょう」

「まあ、いいけど……」

結局、正面のホールから署内に入る。予想通り、カメラマンは中に入るのを禁じられているようだが、記者たちはホールから警務課の辺りに集まっていた。輪ができている向こうに、副署長の頭がかすかに見える。一日ずっと署に居座っているのか、あるいは夜になってまた出て来たのか。いずれにせよ、大変な仕事だ。出世しても、副署長だけはやりたくないな、と一之瀬は真剣に考えた。そんなことを心配するのは、何十年も先だろうが。

ふいに、視線に気づく。記者の輪の中に吉崎の姿を見つけた。まずいな……吉崎がにやりと笑う。それにつられてつい黙礼してしまい、一之瀬は心の中で舌打ちした。知り合いじゃない……知らんぷりをしていないといけなかったのだ。

それにしても吉崎は、また太ったようだった。薄いコートを着ているのに、体の丸さははっきりと分かる。そのコートもよれよれ……吉崎の服は、いつ見てもへたっているのだが、これはどういうことなのだろう。服をクリーニングに出す習慣がないのか、よほど変な着方をしているのか。

「どうかしました？」

春山が小声でささやきかけたので、一之瀬は自分がその場で固まっていたことに気づいた。

「いや、何でもない」とにかく、吉崎には要注意だ。ずっと署に詰めているのだろうが、顔を合わせないように気をつけないと。

「戻ったか」ざわざわした特捜本部に足を踏み入れると、岩下に声をかけられた。報告のために二人で足を運ぶと、口を開く前に「お前らは電話番だ」と告げられる。

「遺体の捜索はしなくていいんですか？」

「機動隊まで動員してるから、そっちの人手は余ってる。それより、特捜本部の方が手が足りないんだ」

確かに……部屋には幹部の他に刑事たちが五人ほどいるが、全員が電話で話している——しかも苛立ち、怒鳴るようなやり取り。捜索の輪が広がれば、入ってくる報告も増える一方だから、「受け手」が多く必要になるのも当然だ。電話番の方がきついな、と一之瀬は思った。外を歩き回っていれば、疲れるものの眠気は感じない。ここで座ってじっと電話を待っている方が、むしろ疲れるだろう。

「永谷の件は……」一之瀬は、遠慮がちに切り出した。

「それは、今夜はちょっと置いておこう。報告書だけ、メモにして上げてくれ」

「二件の事件、同一犯ですかね」

「断定はできない」珍しく、岩下が曖昧（あいまい）な答えを返した。「とにかく、二つ目の遺体を解剖して、詳しく調べてみないと」

「若杉が見つけたんですよね」

「ああ」突然、岩下の表情が崩れた。「大騒ぎだったよ。電話してきた時、一分くらい、会話にならなかったからな」

一之瀬も思わずにやりとしてしまった。血が苦手なあの男が、公園で怪しい物体を見つけ、広げてみたら切断された腕だった——腰を抜かす場面まで容易に想像できる。

「とにかく、こっちで受けを頼む」

「了解です」

一之瀬と春山は近くのテーブルに陣取ったが、一度腰を下ろした春山がすぐに立ち上がった。

「どうした?」

「刑事課からパソコンを持って来ます。電話番しながら、報告書をまとめておきますから」

「そうだな。それと——」

言いかけた瞬間に目の前の電話が鳴ったので、一之瀬は手を振って春山を行かせた。まったく、今夜はどうなることか……持ち上げた受話器は、ダンベルのように重く感じられた。

長い夜——という感じにはならなかった。ひっきりなしに電話が鳴り続け、席を立つ暇もなく時間が過ぎていったのだ。一段落したのは、午前二時過ぎ。岩下が現場に「一時撤収」を指示して、朝七時からの捜索再開を宣言した。これから短い仮眠を取り、また朝から遺体を捜して回る。

一之瀬は署の一階に下りて、自動販売機でペットボトルのミネラルウォーターを二本買って来た。一本を、ちょうど欠伸（あくび）しようとしていた春山の前に置く。春山が音を立てて座り直し、慌てて口を閉じた。

「奢りだよ」

「すみません」春山がさっと頭を下げる。

「きついな」一之瀬は目を擦りながら椅子に腰を下ろした。自分で考えていたよりも乱暴に座ってしまって、椅子が嫌な軋（きし）み音を立てる。「今日は、道場で寝るしかないな」

「それ、嫌いなんでしょう？」

「今夜はしょうがないよ」諦めも大事だ。今は少しでも眠っておくのが肝心である。

水を一口。冷たい感触が喉を心地好く刺激した。それでも不快感と疲労感は消えず、目を瞬（しばた）かせて、何とか意識を鮮明に保とうと努力する。電話で喋りっ放しで、喉ががらがらだった。喉飴（のどあめ）が欲しいな……と真剣に考える。近くにコンビニでもあれば、すぐに買いに走るところだ。

「ちょっと、いる人間だけでいいから聞いてくれ」現場に散っていた刑事たちがある程度戻って来たところで、岩下が刑事たちに声をかけた。

一之瀬は座り直して、腿を平手でぴしりと叩いた。

「発見された遺体の件だが、女性だとは分かっている。詳細は解剖結果待ちだが、若い女性のようだ。前の事件との関連は分からない。前に見つかった腕と脚は、痩せ型のタイプだったが、今夜見つかった腕と胴体は、やや太り気味だ」

「切断面の共通点はないんですか？」一之瀬は思い切って手を挙げ、訊ねた。

「似ている。脚と腕の関節、それに頸椎は、何かで叩き割ったようだな。斧とか、そういう重量のある刃物だろう。腕の切断面と胴の切断面は、ほぼ一致している」

ぞっとする。両手両足、それに頭を斧で叩き切り、胴体だけを遺棄した……どこかに頭があるわけで、それを想像すると身震いした。

「当面、他の部位の発見と身元の確認に全力を尽くす。前の事件との関連は——取り敢えず両面睨みだな」

共有すべき情報が少なく、簡単な捜査会議はすぐに終わった。一之瀬は、水を飲み干して立ち上がった。せめてちゃんと顔を洗って、一日の汚れを落とそう。廊下へ出ようとした瞬間、ざわざわとした空気が近づいて来る。若杉……何なんだ、この男は、と一之瀬は呆れた。午前三時を回っているのにテンションが高く、元気一杯の様子である。心なしか胸を張り、顔も輝いていた。

「おう」一之瀬を見つけると、妙に上から目線で声をかけてくる。「どうだった、山形出張は」

「今は、それどころじゃないだろう。遺体、どうだった？」

「どうもこうも、驚いたよ」

「そりゃそうだろうけど……貧血、起こさなかったか？」

「何で俺が？」若菜の右腕を見た時には倒れそうになっていたのに、今はまったく平然としている。もうショックから立ち直ってしまったのだろうか。

「こういうのを、『持ってる』って言うんだよなあ」ニヤニヤ笑いながら若杉が言った。

「はあ？」

「俺には刑事としてのツキがあるんだよ。お前にはないだろう」

「たまたま見つけただけじゃないか」

「引きがあるんだよ、引きが」若杉が自慢気に言った。「要するに、刑事としての磁力だ」

「何だよ、それ」深夜に若杉の自慢話を聞かされるほど辛いことはない。「いいから、もう寝ろよ。明日も早いんだから」

「俺はこのまま徹夜でも、頑張れるぜ」若杉が唇を尖らせる。

この筋肉馬鹿が……呆れて、一之瀬はさっさと廊下に出た。今のやり取りでげっそり疲れてしまい、急に眠気を意識する。とにかく、一秒でも早く横になろう——そういう時に限って上手くいかない。今度は宮村に摑まってしまった。

「ちょっと煙草をつき合えよ」

「俺、吸わないんですけど」そんなことは当然分かっているはずなのに。

「いいから」

引っ張られるようにして、署の裏手の駐車場に出た。午前三時だというのに、寒さに背中を丸めながら煙草を吸っている刑事たちが何人かいる。一日の終わりの一服なのか、始まりの一服なのか。

宮村が煙草に火を点け、深々と一服した。その後で咳きこんでしまい、しばらく言葉が出てこなかった。

「体が煙草を拒否してるんじゃないですか」一之瀬は思わず皮肉を吐いた。

「今日は吸い過ぎなんだよ……こういう時はどうしてもそうなる」

「だったら何も、今吸わなくても。体に悪いですよ」

「一日のけじめは必要なんだ……それより、これから大事になるぞ」

「もう、なってるじゃないですか」

「こんなものじゃ済まない。連続バラバラ殺人事件——前代未聞だよな」宮村が、火のついた煙草の先を一之瀬に向けた。「マスコミの連中だって大騒ぎするだろうし、上からの圧力もかかってくる。サイコ野郎が都内を闊歩（かっぽ）しているのは、いい気分じゃないからな」

「本当にサイコ野郎なんですか？」

「同じ犯人による連続犯行だったら、間違いないよ。まともな感覚じゃない」

宮村が早々と一本を吸い終え、二本目の煙草に火を点ける。今度は落ち着いて、じっくり味わいながら吸っている。それにしても煙たい……外にある喫煙場所なのに、数人の人間が煙草をふかしていると、煙がその場に滞留してしまうのだ。

「とにかく混乱するから、覚悟しておけよ」宮村が忠告する。

「今だって、十分混乱してますよ」

「今以上に、だよ。こんな話、前代未聞だからな」

「ですよね……」そう考えると、またげっそり疲れてくる。気持ちを立て直そうと、一之瀬は若杉のことを話題にした。「若杉、何だか調子に乗ってましたけど」

「しょうがないだろう、第一発見者なんだから」宮村が渋い表情を浮かべる。

「偶然ですよね？　能力とは関係ないじゃないですか」

「言わせておけよ」宮村が苦笑する。「あいつは、ああいう奴なんだからさ。調子に乗っていい仕事をすれば、それはそれでプラスじゃないか」

「その自慢話を一々聞かされる俺の身にもなって下さいよ」一之瀬は思わず愚痴を零した。

「奴はお前をライバル視してるから、しょうがないだろう」

「別に、こっちはそんなつもりじゃないんですけどね」

「仮想敵がいないと、きちんと仕事できない人間だっているんだよ」

「同じ仕事をしてる仲間じゃないですか」


「敵って……」一之瀬は思わず顔を歪めた。「同じ仕事をしてる仲間じゃないですか」

「お、仲間だと認めるわけだ」宮村がからかうように言った。

「認めたくないですけど、実際、同じ係にいるんだし」

「ま、同期は大事にしておけよ」ペンキ缶の上部を切り取った吸殻入れに、宮村が煙草を放りこんだ。じゅっと音がして、火が消えた吸殻が茶色に染まった水の上で泳ぐ。「それで、そっちはどうだったんだ？」

「二人——原田さんと永谷は、交際しているとまでは言えない関係だったようです」

「微妙だな……月曜日の夜に、二人が銀座の『スター』にいたのは間違いないけどな」

「裏が取れたんですね」捜査一課はさすがに仕事が早い。

「ああ」宮村がうなずく。「永谷がカードで支払ってたから、間違いない。ついでに原田若菜の写真を見せたら、店の人はちゃんと覚えていた。相当酔っ払ってたみたいだな——印象を残すぐらい、醜態を晒したんだろう」

「ええ。他には何か……」

「二人が使ったタクシー会社は、まだ把握できていない。それが分かれば、実際に家まで送っていったかどうかが分かるんだけどなあ。原田若菜のマンションに、監視カメラでもあればよかったんだけど」

「古いマンションですから、そういうの、ないんですかね」

「そういうことだろうな。まあ、永谷の言葉の裏が完全に取れたとは言えないけど……しばらくは放置になるかな」

「二人目の遺体ですからねえ」急に話が膨れ上がり、手に負えなくなっている感じだ。

「捜査方針がどうなるか、上層部のお手並み拝見ってところだな。さすがに岩下さん一人じゃ、カバーしきれないだろう」

今回の特捜本部は、岩下が実質的に仕切っている。係長がリーダーシップを取るのが普通だが、さすがに遺体を二つ抱えていてはそうもいかないということか。

「こういう場合、どうなるんですか?」

「たぶん、管理官が直接指揮を執ることになる。待機中の係をもう一つ投入して、近隣の所轄や機動捜査隊にも応援を頼むんじゃないかな。遺体の捜索には、機動隊がもう動員されている。あいつらパワフルだから、俺たちよりもよほど役に立つぜ」

「……ですね」

「何だよ、元気ないな」

「いや――今までやってきたことが、全部無駄になったような気がして」

「そう思うのはお前の勝手だけど、だいたい平均して、捜査の九割は無駄なんだからな。たまには、若杉みたいに当たりくじを引く人間もいるけど……いや、あれが当たりくじかどうかは分からないか。『仕事を増やしやがって』って文句を言ってる連中もいる」

「でも、いつまでも遺体が見つからないままだったら、犯人の思う壺じゃないですか。被害者も浮かばれませんよ」

「お前も、優等生だよなあ」

宮村が溜息を漏らしたので、一之瀬はむっとした。優等生も何も、被害者に思いを寄せるのは、刑事としてまったく普通ではないか。こういう気持ちがなくなったら、刑事なんかやめてしまった方がいい——もちろん、先輩にそんなことは言えないが。

〈13〉

その朝の捜査会議は、いきなり人数が膨れ上がっていた。それこそ前日までの二倍……捜査一課の隣の係も来ているし、見知らぬ刑事たちの顔も多い。前夜——わずか数時間前だ——宮村が言っていたように、近隣の署からも応援が到着したのだろう。機動隊の連中は中に入り切れず、専用のバスで待機しているという。

まずは、新しく発見された遺体について。四肢と首が切断された胴体と腕は、若い女性のものだった。解剖の結果待ちだが、胴体も若菜のものではなさそう——岩下は「九十九パーセントの確率で違う」と言い切った。胴体部分には切断した痕以外に傷はなく、死因は判明していない。生活反応はなく、死後切断されたものだとだけは分かっていた。岩下は「連続殺人の可能性もある」と言ったが、その可能性はそれほど高くないと思っているようだった。バラバラ殺人は、大抵顔見知りの犯行であり、二件続けて知り合いを殺す人間がいるとは考えにくいのだろうと一之瀬は判断していた。

　その後はだらだらと状況の説明が続く。その雰囲気を決めてしまったのは、最初に報告した若杉だった。体育会系だからというわけでもないだろうが、この男は話すのが下手（へた）だ。きちんとコンパクトにまとめて報告ができず、情報を垂れ流す。

一之瀬も昨日の出張について報告したが、気勢は上がらなかった。既にこの雰囲気の中では場違いな感じさえある。

一時間半に及ぶ捜査会議の最後に、今日の仕事が割り振られた。

「一之瀬は、引き続き原田若菜と永谷信貴の周辺捜査」

まだ永谷を調べる必要があるのだろうか。他に優先事項もありそうなのに。

会議が終わり、一之瀬はすかさず岩下に確認しにいった。昨夜宮村が推測していた通り、人数が膨れ上がった特捜本部をまとめるために、管理官の小野沢が出て来ていたが、直接の上司はあくまで係長の岩下である。

「この捜査、まだ必要なんですか」

「可能性がゼロになるまでは、きちんと潰せ。それも大事な捜査だ」

「はあ」つい、気の抜けた声を出してしまう。何だか自分が棚上げされたような気分だ。

もう一つの疑問……今日は相棒がいない。「一人でやるんですか？」

「異例だが、しょうがない。人手が足りないんだ。今日も捜索中心になるからな。春山もそっちに回す」

「……分かりました」

「何だ、一人じゃ何もできないのか」岩下が詰るように言った。

「そういうわけじゃないですけど」

「お前の母校が絡んでいる事件だから、何かと情報も摑みやすいだろう。自分のメリットをきちんと活かせ」

「了解です」

了解と言ったものの、何となく釈然としなかった。もちろん、公園や海岸で遺体を捜す仕事が楽しいわけではないが、仲間外れにされた感じがしないでもない。

会議室を出ようとして、若杉とすれ違った。ろくに寝ていないはずなのに、今朝も自信満々、エネルギーに満ち溢れた感じである。

「よう、今日は一人きりだって？」

「そうだよ」

「持ってないなあ、お前は」嘲(あざけ)るように鼻を鳴らす。

「遺体の捜索みたいな体力勝負の仕事は、お前に任せる。俺は頭脳労働専門だ」

「よく言うよ。今は、残りの遺体をちゃんと見つけるのが一番大事な仕事なんだぜ」

「はいはい」いい加減嫌気がさして、一之瀬は適当に返事をした。「頑張ってくれ。もうバラバラ死体にも慣れただろう」

「慣れるも何も、刑事だったら普通に対処できるよ」

吐いて、倒れそうになっていたのは誰だった？　まだまだからかう材料はあったが、そんなことをするのは時間の無駄だ。一之瀬はさっと頭を下げて、彼の横をすり抜けた。とにかくこの男には苛つかされる。そういうのも、持って生まれた特性なのだろうか。もしかしたらこの男は、頭の中まで筋肉で埋まっているのかもしれない。

少し一人で考える必要があるし、腹も減っている。朝食を食べながら、今後の進め方を考えよう。エネルギーの補充が必要だ。

歩き出しながらスマートフォンで検索し、駅前に喫茶店があるのを見つけた。朝のコーヒーを楽しむサラリーマンたちの中に紛れこみ、卵サンド――中に入っているのはオムレツだった――とコーヒーを頼む。これならファストフード店でも同じだったなと思いながら、手帳を取り出して昨日の事情聴取を頭の中で再現した。しかし、考えれば考えるほど、永谷には犯行は無理だったのではないかと思えてくる。そんな時間はなかったはずだ。

サンドウィッチに齧りつき、熱いコーヒーで流しこむ。慌ただしい朝食……ふと思いついて、レジの脇から東日新聞を持ってきた。今朝は、記事は一面に載っている。第二の遺体発見については、日付けが変わるぐらいの時刻には広報したのだろう。短い原稿を無理矢理一面に押しこんだ感じで、見出しだけは大きく四段——黒地に白文字でくっきり浮き上がっている。「海辺にバラバラ遺体」という記事を読むと、特捜がいかにも昨夜の事件と最初の事件をくっつけて考えているように思えてしまう。

江東区では、26日にも公園のゴミ箱などから女性の遺体が見つかったばかりで、特捜本部ではこの事件との関係を慎重に調べている。

またも吉崎の署名があった。名前を見ているだけなのに、彼のだらしない表情が脳裏に浮かんでしまう。吉崎は遠慮がちな書き方をしているが、読んだ人は当然のように、二つの事件を一つと考えるだろう。

社会面ではさらに大きな展開になっていた。二人目の遺体については、さすがに社会面用の記事を押しこむまでの時間的余裕はなかったようだが、最初の遺体に関しては「身元判明」ということで社会面のトップ扱いになっている。正式に公表されたのは夕方で、被害者について独自の取材を進めるまでの余裕はなかったようだ。記事には、一之瀬が知らないことは何一つ書かれていなかった。

ふいに、新聞に影が差す。誰かが前に立って照明を遮っているのだと分かった。若杉がまた自慢しにきたのか、あるいは宮村がからかいに来たのか。

しかし、目の前に立っているのは見知らぬ男——いや、顔見知りではあった。ただし、普段一緒に仕事はしていない。

「やあ」軽く右手を上げて挨拶してくる。すぐに一之瀬のテーブルを指さして「そこ、いいか？」と訊ねた。

「何してるんだ、こんなところで」一之瀬は困惑を抑え、低い声で聞いた。

「いや、ちょっと近くまで来てさ……お茶を飲もうと思ったら、お前の顔が見えたから」

斉木祐司。同期で、今は公安部の外事二課にいるはずだ。警察学校を卒業して以来、一度も顔を合わせたことはない……それでも記憶が鮮明なのは、極端な童顔で、とても警官には見えない外見のせいだ。小さな顔は顎が尖り、どこかげっ歯類を彷彿させる。百六十センチほどしかない小柄な体形で、スーツが似合っていない——そう言えば、制服の時も借り物のようだった。完全に「着られている」感じである。

「久しぶりだな」一之瀬が何も言わないうちに、斉木が勝手に椅子を引いて腰を下ろした。体を捻ってカウンターの方を向くと、すぐにコーヒーを注文する。それから一之瀬に向き直り「ご活躍じゃないか？」といきなり切り出した。

「昨夜もほとんど徹夜だよ」顔を擦ると、疲れをはっきりと感じる。

「大変だよな、そっちは」

「そっちは大変じゃないのか」

「お前たちほどじゃない」

「でも、動き回ってる」

「そりゃあ、仕事があるからね」

斉木がスーツの前を開き、ワイシャツのポケットから煙草を取り出した。「いいかな？」と訊ねたので、一之瀬は無言で首を横に振った。普段は隣で煙草を吸われても気にならないのだが、昨夜はちょっと他人の煙を吸い過ぎた。斉木は気を悪くした様子もなく、煙草をポケットに落としこんだ。

「今日の朝刊も、大騒ぎだったな」斉木が、テーブルに載った新聞に視線をやった。

「大騒ぎになるだけの案件だよ」

「まったく、謎だよな」

「謎っていうか、まだ何も分からない」一之瀬は曖昧な答えを返した。両隣のテーブルに人はいないが、店内は混み合っている。捜査の話をするわけにはいかないのだ。この男は、そういうことにも気が回らないのだろうか、と苛立つ。公安——特に外事の世界について一之瀬はまったく知らないのだが、捜査一課の刑事とはメンタリティも相当違うのだろう。

「今回の被害者、フリーライターだったんだって？」

「ああ」

「ああいう職業の人は、敵が多いのかな」

「そういう感じじゃないと思うけど」

「例えば取材相手とかさ……取材で誰かを怒らせたり」

こいつは、何と無神経な――一之瀬は口を閉ざし、腕を組んだ。コーヒーが運ばれてきて、斉木が砂糖とミルクをたっぷり加えた。一口飲むと、目を閉じて「うーん」と溜息を漏らす。コーヒーのＣＭの真似をしているような感じだった。

「こういう場所で、あまり事件の話をするなよ」一之瀬は忠告した。

「別に、ヤバい話はしてないだろう？　一般論だよ、一般論」

「誰がどこで聞いているか、分からないぜ」

「捜査一課の刑事さんは、心配性だな」

「お前たちの方が心配性だと思ってたけど。心配性っていうか、秘密主義かな？　誰かに聞かれたらヤバい話ばかりじゃないのか」

「そんなもの、滅多にないよ」斉木が笑い飛ばした。「お前たちは、勝手にイメージを作ってるだけじゃないのか」

「どうかね」一之瀬はブラックのままコーヒーを啜った。「実際、そうなんじゃないのか？　お前の仕事なんて、ブラックボックスみたいなものだろう」

「まあ……そっちと違って、一々経過を公表するわけじゃないからな。公表する必要もないだろうけど」

「情報収集が中心で？」

「そうそう」愛想良く言って、斉木がコーヒーカップを口元に運ぶ。

「事件にしないで情報ばかり集めて、何か面白いことでもあるのか？」

やけに大きな斉木の耳が赤く染まる。軽い調子で喋っている感じだったが、やはり仕事に対するプライドはあるようだ。

「ま、仕事はそれぞれってことだよ」平静に戻って、斉木がさらりと言った。「しかし、厄介そうな事件だな」

「それは間違いない」

「お前の腕の見せ所ってことか」

「俺一人で頑張ってもしょうがないけど」

「そうか？　お前、評判、悪くないぜ」

こいつは何が言いたいんだ？　一之瀬は斉木を軽く睨んだが、反応はない。涼しい顔でコーヒーを啜るだけだった。

「被害者、IT系のライターだそうだな」

「ああ」答えながら、一之瀬はまた周囲を見回す。こちらに注意を払っている客はいないようだ。

「そういう人は、結構、機密情報なんかも取材したりしそうだけど」

「そうかな」確かに、セキュリティ関係などは「機密情報」に入るのかもしれないし、彼女はそちらの専門家だったという話だが、命を奪われるようなことがあるとは思えない。

「まあ、一般論としてはね……今のところ、手がかりは？」

「ないけど、どうしてそんなことに興味を持つんだ？　お前の仕事には何の関係もないだろう」

「ないけど、刑事として興味を持つのは自然なんじゃないか？」斉木が肩をすくめる。

「事件に興味のない刑事なんか、刑事じゃないよ」

「俺は、そっちの仕事には興味がないけどな」

「持った方がいいよ」斉木が両手をさっと広げた。「いつ、こっちに異動になるか分からないだろう」

「まさか」何なんだ？　一之瀬は思わずむっとして反論してしまった。「そんな異動、聞いたこともないぜ」

「あり得ない話じゃないさ」斉木がまたコーヒーを一口飲む。カップをそっとソーサーに置くと、体を捻って尻ポケットから財布を抜いた。メニューを取り上げ、値段を確認すると、五百十円ちょうどを置く。「コーヒー代、払っておいてくれないか？」

「まだ全然飲んでないじゃないか」

「時間がないんだ」笑みを浮かべ、斉木が立ち上がる。「じゃあ、な」

店を出て行く斉木の背中を凝視しながら、一之瀬の頭は疑念で埋め尽くされていた。あいつ、いったい何のつもりなんだ？　ここにいたことが偶然とは思えない。

公安に目をつけられるようなことがあるとは思えなかったが……自分ではない？　若菜？　公安がフリーライターに興味を持つのは、何故だろう。何かヤバい事情を取材していて、危ない目に遭っていたから？　あるいは本人が何かの「駒」になっていた可能性があるとか……取材活動を続ける中で、どこか外国の組織にリクルートされていた？

想像はいくらでもできる。しかし、確信はない。

この線は調べなければならないだろう。もしも若菜が中国のスパイだったりしたら、この事件の様相はまったく変わってしまう。

一人で抱えておくのはさすがに怖く、一之瀬は店を出てすぐに、岩下に電話を入れた。経緯を説明すると、岩下がいきなり爆発する。

「お前、余計なことは喋らなかっただろうな！」

斉木ではなく俺を怒るのか……と呆れたが、岩下が情報漏れを恐れるのは理解できる。

「何も喋っていません。だいたい、喋るような材料もないじゃないですか」

係長の怒りが見当外れの方を向いている気がして、一之瀬は溜息をついた。駅前——交通量の多い永代(えいたい)通りに立っているのに、岩下の声ははっきりと耳を突き刺す。それだけ怒ってテンションが上がっている証拠だ。

「原田さんが、外国と関係がある可能性は……」

「それは分からない。まったくノーマークだ」

「外事二課が気にしているところと言えば、中国か北朝鮮ですよね？　渡航歴を調べる必要はあるんじゃないでしょうか」

「分かった。それはこっちですぐにチェックしておく。お前は、自分の周辺にも気をつけろよ」

「俺ですか？」一之瀬は自分の鼻を指さしてしまった。「俺は、別に……」

「同期だからって、軽々しく近づいて来る奴に気を許すな。公安は、俺たちとはまったく別の世界で生きているんだ。奴らは正義よりも規範を優先する」

「はあ」何言ってるんだ、この人は、と一之瀬は首を傾げた。

「分からないだろう？　お前みたいなひよっこには難し過ぎるかもしれないな」

「いや、もうひよっこじゃないですけど」一之瀬は思わず反論した。

「いいから、黙って聞け。公安の連中が一番大事にするのは、国家の利益だ。それが個人の利益や安全と反するケースは、いくらでもあるんだよ。俺たちは何よりも、市民の安全を優先する。そうだろう？」

「もちろんです」それが「治安を守る」ということだ。

「しかし、いくら情報が欲しいからって、刑事部の人間に接触してくるとは、外事の連中も間抜けというか、力不足だな」岩下が嘲笑った。「この件は、上を通じて非公式に対処しておく。お前はとにかく、自分の背中に気をつけろ。外事の奴が接触してきても、一言も喋るな」

「分かりました」

電話を切った後、急に不安になってきた。余計なことは喋らなかっただろうな……と自分の発言を頭の中で再現する。なかったはずだ。あんな場所で、捜査の秘密を喋れるはずもないし。

気にしないことだな、と自分に言い聞かせる。どうして斉木が自分に会いにきたかは分からないが、また接触してきたら、喋らないで追い返せばいいだけだ。

事件がややこしく展開している中で、どうしてこんなことにまで気を配らなくてはいけないのか。睡眠不足も手伝って、一之瀬は嫌な疲れを感じていた。

「物騒な話ですね」

まともな反応だ、と一之瀬は思った。眉間には皺が寄り、顔色はよくない。仕事上での知り合いが殺されたとなったら、他人事ではいられないだろう。

『月刊ウェブマスター』の編集部に紹介してもらった、若菜のライター仲間は、酒井亮平という男だった。年齢、三十五歳。南北線西ケ原駅に近い、古びたマンションを自宅兼仕事場にしている。2LDKで、そのうち一部屋が仕事場……家族の姿は見当たらない。気になって思わず訊ねてみた。

「ご家族は？」

「ああ、嫁も仕事してるんで。昼間はだいたい一人なんですよ」

「自宅を仕事場にするのは大変じゃないですか？」

「事務所を持てるほど儲かってないですから、しょうがないんです」酒井が苦笑した。

それにしても……「IT系」のイメージからは程遠い。小柄で小太り、頭はもじゃもじゃで、服装などまったく気にしていないようなタイプではないかと思っていたのだが、酒井はすらりとした長身のハンサムな男で、プレスの利いた白いシャツに、落ち着いたバーガンディ色のVネックセーターを合わせていた。下半身は品よくダメージの入ったジーンズ。IT系のライターらしさといえば、デスクに乗った二台の巨大なディスプレイぐらいである。さらに本棚は、IT関係の書籍や雑誌で埋まっていたが、他に仕事の内容を想起させるものは何もない。

一之瀬は、折り畳み式の椅子に腰かけた。ソファもあったのだが、椅子を見つけてそれに座ったのだった。ソファで話を聴くと、どうしてもだれてしまう。

「原田さんに敵意を抱く人はいなかったですか」

「まさか」酒井が目を見開く。「こういうライター稼業で、敵なんかできるわけがないでしょう」

「そんなものですか？」

「そりゃあ、そうです。だって、取材している相手は、ほとんど会社ですよ」

「怒らせたりとか……」

「もちろん、そういうことはないとは言えませんよ。でも、会社は人を殺したりしないでしょう。気にくわないことがあったら、取材拒否とか、記事の掲載拒否にしたらいいだけだから」

一之瀬は斉木の顔を思い浮かべていた。危ないことがないなら、あいつはどうしてあんなに若菜のことを気にしていたのだろう。

「仕事以外の面ではどうですか？　個人的なつき合いとか……」

「ああ、そもそもプライベートではあまりつき合いのない人なので。もちろん、仕事で一緒になることは何度もありましたよ。編集部で一緒に打ち合わせとか……でも、終わった後の打ち上げにも、彼女はほとんど来なかったな」

「壁を作っている感じですか？」

「壁？　ああ、そうですね。でも今は、そういう人は珍しくないですよね。自分一人の世界が大事で、とにかくつき合いが悪い……でも別に、それでこっちが困ったことはないけど」

「ほとんど来ないっていうことは、来たこともあるんですか？」

「ありますよ。だけど、ずいぶん正確を期すんですね」

「事が事ですから……一緒に呑みに行ったりしたことはあるんですか？」

「一回か、二回。編集部の人たちと一緒でしたけどね」

「彼女はどんな人でしたか？　酔うと本性が出るとも言いますよね」

「あまり変わらないかな……」酒井が天井を見上げ、指先で顎を叩いた。「酒はあまり強くないけど」

「男関係とかは？」

「うーん」酒井が視線を一之瀬に戻し、顎を撫でる。「何か、腐れ縁みたいになっている人はいるとか言ってましたけどね。学生時代からの知り合いで、はっきりしないって……その『はっきりしない』が、どちらがはっきりしないのか分からないんですけどね。向こうが煮えきらない態度を取っていたのか、彼女が気持ちを決めかねていたのか」

永谷のことだ、とピンときた。それほど親しいわけではないはずの酒井にまで零していたということは、若菜も彼との関係について悩んでいたのかもしれない。

「相手の名前とかは言ってましたか?」

「いや、それはないですけどね」

「深刻な悩みだと思いましたか?」

「いや……例えば結婚で揉めているとか、そういう感じではなかったですね。そこまで深刻じゃないっていうか。恋愛関係だとしたら、濃淡に相当の差があるでしょうけど、彼女の場合、淡い方じゃなかったかな」

恋愛話はそこそこ弾んだが、一之瀬が知らない情報は出てこなかった。一つだけ先へ進める材料は、若菜が親しかった女性のライターを紹介してもらえたことである。同性の方が、打ち明けやすいということもあったはずで、何か手がかりが摑めるかもしれない。

まだまだ動き続けなければ、と自分に気合いを入れながら、一之瀬は酒井の家を辞去した。

〈14〉

京王線の八幡山駅の近くはごちゃごちゃしており、幹線道路の環八から一本中に入ると、毛細血管のように入り組んだ細い道が広がっている。スマートフォンの地図を頼りに歩いたのだが、それでも一度迷ってしまった。七、八分ぐらいかと予想していたのだが、結局目当てのアパートに辿り着いたのは、駅の改札を出て十五分後だった。

学生が住むような、二階建てのアパート……相当古いものだろう。恐らく昭和の時代からあったのではないか。少し先には首都高の高架があるのだが、その騒音はここまでは届かない。一階部分の窓側はブロック塀で囲まれているが、それでも中は見えてしまうし、洗濯物も隠し切れていなかった。反対側に回ると、二階の廊下側に「八幡山ハウス」の看板。風雨にさらされ続けたせいか、文字はかすれていた。当然、インタフォンなどはない。こうやってドアをノックするのも珍しいなと思いながら、一之瀬は一階の真ん中にある部屋のドアを拳で叩いた。

すぐにドアが開き、若い女性――若菜と同年齢の二十代後半ぐらいに見える女性が、不安気な顔を突き出す。化粧っ気はなく、艶のない髪は、幅広いヘアバンドで押さえていた。

「三上玲子さんですね？　先ほど電話でお話ししました、一之瀬です」酒井に紹介してもらい、ついでに電話までかけてもらったのだ。「使える物は上司でも使え」と、以前宮村が皮肉っぽく言っていたのを思い出す。その割に宮村は、一之瀬が頼みごとをするとそっぽを向くのだが。

「三上です」

「電話でもお話ししましたが、原田若菜さんのことでちょっと話を聴かせて下さい」

「ええ……」明らかに乗り気ではなかった。電話で話した時から変わらず、態度は固いままである。「中に入らないとまずいですか？」

「嫌なら外でもいいですよ」とはいっても、この辺にはちょっと腰を落ち着けてお茶を飲むような場所もなさそうだ。

「じゃあ……出ます」

一度ドアが閉まり、一之瀬は待った。ふと、窓から彼女が逃げる可能性もあると思ったが、そこまで心配していたら何もできない。大丈夫、あくまで単なる事情聴取だからと自分を安心させているうちに、またドアが開いた。玲子は、ブラウスの上にデニムのジャケットを羽織ってきていた。下は足首まである長いスカート。クロックスのサンダルを引っかけただけの軽装で外に出ると、すぐに鍵を閉めた。

「そこに公園があるんですけど」玲子が、道路の向かいを指さした。公園というより空地……遊具の類は置いてあるが、猫の額ほどの広さでベンチすら見当たらない。周りは一戸建ての家に囲まれているので、監視されているように感じるかもしれないが——話ができる場所を探してうろついているうちに、緊張感も薄れてしまうだろう。

むき出しの土は渇き、気をつけて歩かないと土埃(つちぼこり)が立ちそうだった。三月は雨がほとんど降らなかったから……と思い出す。

「寒くないですか？」一之瀬は思わず声をかけた。一之瀬は薄いコートを羽織ってちょうどいいぐらいの気温だったが、玲子はデニムのジャケットの下はブラウス一枚という薄着である。

「大丈夫です」お守りのようにスマートフォンをきつく握りしめたまま、玲子が滑り台の方へ向かう。赤と黄色、青という派手なカラーリングの滑り台は、暗い空の下で何となく浮いていた。

「原田さんとは、仲が良かったんですね」

「そう、ですね」言った途端、目の端から涙が零れる。「すみません、ショックで……あんな死に方……」

「分かります」

一之瀬は彼女が落ち着くのを待った。こういう時、慰めの言葉をかけても何にもならないことは、経験で分かっている。相手が気の済むまで泣いて、落ち着くのを待つしかないのだ。

ほどなく、玲子は泣き止んだ。目は真っ赤なままで、ハンカチを鼻に当ててぐすぐすいっていたが、それでも話ができない状況ではないと判断する。

「原田さんとは親しかったんですね」一之瀬は最初の質問を、言葉を替えてまたぶつけた。

「同郷なんです。同い年で」

「まさか、大学も一緒じゃないですよね？」

「違いますけど、それが何か？」玲子が怪訝そうな表情を浮かべる。

「いや……たまたま原田さんは、私の大学の後輩なんです」

「知り合いなんですか？」

「いや、さすがにそれは……ご存じかもしれませんけど、大きな大学ですから」

「ああ、そうですね」玲子がハンカチを下ろした。急に声がクリアになる。

「どこで知り合ったんですか？」

「仕事で、です。二年前に一緒になったんですけど」

「『月刊ウェブマスター』ですか？」

「いえ、IT系じゃないムックの仕事だったんですけどね」

「何ですか？」

「白須正樹（しらすまさき）さんの追悼特集でした」

一之瀬もすぐにぴんときた。確か数年前に亡くなった、時代小説の大家である。小説に興味がない一之瀬は読んだことはないが、どこの書店でも必ず、棚で大きな面積を占めている。

「原田さんの専門はＩＴ関係じゃないんですか」指摘しながら、若菜は作家志望だったのだと思い出した。その仕事も趣味、あるいはコネ作りだったのかもしれない。

「たまにそういう仕事もしていましたよ。彼女、小説好きなので」

「自分でも小説を書いているという話でしたが」

「そうみたいですね……そんな風に聞いたことがあります」

「本気だったと思いますか？」

「分かりません」玲子が首を横に振った。「そういうのが本気かどうかは……私も聞きませんでした。この業界、文章を書くのが好きな人が多いですから、作家志望も珍しくないんですけどね」

「彼女は、誰かとトラブルになっていませんでしたか？」

「いえ」玲子が目を見開く。「ないと思います。少なくとも私は知りません」

「仕事関係だけでなく、私生活でも」

「私生活はね……」玲子が苦笑した。「ちゃんとできない人だから」

「ちゃんとできないっていうのは？」

「片づけもできないんですよ」

「ああ……そうみたいですね」自分で直接確かめたわけではないが、写真で見た部屋の汚さは強く印象に残っている。

「だから、それどころじゃないっていうか——でも、ちゃんと彼氏はいたんですけどね」

「その人は……」永谷とは別の男がいた？　永谷の話を信じるとすれば、あくまで「友だち以上恋人未満」だが。

「大学の先輩らしいです。昔から知ってたけど、一年ぐらい前から恋人関係になったみたいですよ」

「永谷という人ですか？」一之瀬は彼女に一歩詰め寄った。

「ええ、確か」玲子がすっと引く。「だから、彼もショックでしょうね。私なんかより、ずっと」

「会ったこと、あるんですか？」何かがおかしい。永谷が嘘をついていた？

「ありますよ。二、三回、一緒にご飯を食べたことがあります。真面目な人ですよね」

「ちょっと太ってるけど」

「そういう言い方、失礼じゃないですか」玲子がいきなりむっとした口調で言った。「仮にも、亡くなった若菜の恋人ですよ」

「彼とも、昔から知り合いなんです」

「ああ、大学の……」途中まで言って、玲子が口をつぐんだ。何とか怒りを噛み殺そうとしている感じである。

「二人がつき合っていたのは間違いないですか？　単なる自己申告ではなく？」

「そんなの、様子を見れば分かるじゃないですか」

「ああ、そうですね」春香は、そういう雰囲気ではなかったと言っていたが、単に彼女が鈍いだけかもしれない。

「まさか、永谷さんがやったんですか？」

「今のところ、そういう証拠はありません」

しかし……疑いが募ってくる。永谷と若菜が本当に恋人同士だったら、トラブルのタネがはぐくまれていた可能性はある。人間関係が濃くなればなるほど、トラブルが生まれる恐れも高くなるのだ。そして、何故永谷が「恋人だった」事実を認めなかったのかが気になる。そして彼は、泣かなかった。さほどショックを受けた様子もなかった。何故だ？　恋人が殺されたとなったら、あらゆる感情が爆発して、まともに話などできなくなってしまうだろうに。

いや、恋人でなくてもおかしい。永谷が若菜に誘いをかけていたのなら、そういう気持ちを持っているだけでも、彼女の死に衝撃を受けるのは間違いない。しかしまるで、ごく関係の浅い知り合いの死を知らされたような態度だった……しかも、出張を切り上げる気配すらなかった。「帰らないのか」と訊ねると、「早くても日曜の夜までは帰れない」とあっさり答えた——仕事が大事なのも分かるが、やはりあの態度はあまりにも冷たくなかっただろうか。

「彼女、どんな人でした？」一之瀬は気を取り直して訊ねた。

「ちょっと、一言では言えませんね」

「複雑な人ですか？」

「ええ……私は親しい方だったと思うんですけど、基本的に人づき合いが苦手でした」

「そういう話は聞いています」

「だから、何かトラブルに巻きこまれるなんて考えられないんですよ。そもそも人づき合いがなければ、問題は起きないでしょう」

「それはそうですね」

「だから、ちょっと今も信じられなくて」玲子が頰に手を当てた。「本当に亡くなったんですか？　ご家族は？」

「ご家族の担当はしていないので、分かりません」考えると胸が痛んだが。

「ひどい話ですよね……ショックだろうなあ……」震える声で言いながら、玲子がスマートフォンを操作した。「これ、見て下さい」

玲子が、一之瀬に画面を向ける。一之瀬は小柄な彼女に合わせて身を屈め、画面を覗きこんだ。映っているのは……一人は若菜。もう一人は赤ん坊を抱いた若い女性だった。

「これは？」

「彼女のお姉さん。長崎にいるんです。子どもが生まれたばかりで、彼女、里帰りした時に撮った写真をわざわざ送ってきたんですよ。姪っ子が生まれたって、大喜びでした」

「ああ、可愛いでしょうね」

「本当は長崎に帰りたいんだって、よく言ってました」

「そうなんですか？」

「作家になりたいっていうのも、本気だったのかもしれませんね。小説を書くだけだったら、そんなに人と会ったりしなくてもいいでしょう？　家に籠って、ずっと原稿を書いていればいいんだから。大好きな長崎の実家にいて、好きな仕事ができたら最高でしょうね」

「具体的に、帰郷する予定でもあったんですか？」

「いえ、あくまで単なる希望だったみたいです」玲子が肩をすくめる。

「じゃあ、永谷さんは？」

「それは分かりませんけど……あの、お葬式とか、どうなるんでしょうか」

「それはちょっと聞いていないんですけど、分かったら連絡しますよ」

「お願いします」玲子が頭を下げる。顔を上げると、また目が潤んでいた。「でも、どうしてこんなことになったんでしょうね。殺されて、バラバラに……」最後まで言えないようで、右手で口元を押さえた。

「残念ですが、その辺の事情はまったく分かっていないんです。申し訳ありません」

「犯人は、分からないんですか？」

「ええ」

「怖いんですよ」玲子が自分の上体を腕で抱いた。「同じように地方出身で一人暮らしでしょう？　あんな事件があると、自分にも何か起きるんじゃないかって、心配になるんです」

一之瀬は無言でうなずいた。実際玲子のアパートは、安全とは言えない。玄関はむき出しだし、窓からの侵入も難しくないだろう。せめてオートロックつきのマンションなら、多少は安心できるはずなのに。ライター稼業というのは、金の面では恵まれていないのかもしれない。

「戸締まりには十分気をつけて下さい……これぐらいしか言えないのは申し訳ないですが」

「いえ……」

「原田さんの家も、それほど安全ではなかったようですね」

「そうですね。あっちはマンションだけど、オートロックでもないし。結構古い物件ですよ」

「防犯カメラもなかったようです」

「うちも、そんなものはないですけどね。ああ、何だか本当に怖くなってきちゃった。今更……十年も東京に住んでますけど、やっぱり怖い街なんですね」

それを言われると辛い。普段から「都民の安全が」「首都の治安が」と言っているのに、実際には何の役にも立っていないのではないか。


いくつかの謎を抱えたまま、一之瀬は玲子と別れた。若菜と親交のあった人間を何人か教えてもらったが、すぐに当たる気にはなれなかった。気になるのは、若菜の自宅……誰かが鍵を持っているはずだから、自分で調べてみたい。

今度は東京を西から東へ。移動の前に腹ごしらえをしておこうと考え、八幡山駅へ行く途中にあるカレー屋に飛びこんだ。毎度お馴染みのチェーンのカレー屋だが、この際味はどうでもいい。手っ取り早く空腹を満たし、午後も動き回るエネルギーが補給できればいいのだ。よく「カレーの瞬間食い」というが……クソ忙しいサラリーマン、それも営業の人間は、ターミナル駅の中か、その近くにあるカレーショップで、まさに嚙まずに呑みこむ勢いで昼食を摂るのが定番だ。自分もそんな風になってしまうとは……と苦笑してしまう。ほんの数日前には、暇で無聊（ぶりょう）を託（かこ）っていたのに。暇だ、と考えていると、いきなり忙しくなるものかもしれない。

そう言えば、ちょうど実家の近くに来ている。仕事中に顔を出すわけにはいかないが、せめて電話で、母親に釘を刺しておこうか。何だか勝手に暴走しているようだが、どういうつもりなのか、真意を確かめておかないと。

店を出て、甘い缶コーヒーを自販機で買う。気合いを入れようと五辛のカレーにしたので、冷たい飲み物で喉を冷やしてやる必要があった。一気に飲み干して、スマートフォンを取り出す。頬を膨らませてから勢いよく息を吐き、実家の電話番号を呼び出した。

「はい？」

どこか不機嫌な様子で母親が電話に出る。

「ちょっと深雪から聞いたんだけど」

「何？　今、忙しいんだけど」

端（はな）から会話を拒否するような態度。こうなると、強く対応できない……昔から母親には弱いのだ。

「向こうのご両親と会食っていう話をしたんだって？」

「したわよ。あなたの都合は？」

「いや、都合って言われても、今は……忙しいんだよ」

「永遠に忙しいわけじゃないでしょう。それに、どんなに忙しくてもご飯は食べるんだから。ちょっとぐらい、時間を空けなさい。皆、あなたの都合に合わせようとしてるんだから」

「いや、ちょっと無理だよ」一之瀬は腰が引けるのを感じた。昔から母親は強引で、人の意思を尊重しない。

「いつもそうやって逃げてない？　私は頼まれて、何とかしようとしているだけだから」

「頼まれたって、誰に」

「深雪ちゃんに決まってるじゃない」

「深雪が？」話が違う。深雪は、母親が強引に話を進めているようなことを言っていたのに。「そういう話じゃないと思ってたけど」

「察してあげなさいよ。深雪ちゃんと同期の娘が結婚して会社を辞めた話、知らないの？」

「いや……聞いてるけど」去年の暮れだっただろうか。同期入社で、ずっと同じ研究所にいた女性が妊娠・結婚したのだ。以前からつき合っていた男性が相手で、本人は「結婚しても仕事は続ける」と言っていたのだが、妊娠が分かって結局会社を辞めてしまった。取り敢えずは出産と子育てに専念し、その後で復職の機会を狙うらしい。深雪の会社は、女性に対するフォローはいい方なのだ。その話をした後で、深雪が妙に無口になってしまったのを覚えている。あれはやはり、かなりのショックだったのだろう。「裏切られた」と思ったわけではないだろうが、取り残されたように感じても不自然ではない。

「そういう話があると、焦るのよ。あなたがいつまでも愚図愚図してるから、深雪ちゃんの方で、何かアクションを起こそうと思ったんでしょう」

「分かったけど、やっぱり今は無理だよ」一之瀬は少しだけ及び腰になった。深雪が焦っているとなると、無視はできない。いずれはきちんと両家顔合わせをしなければならないだろう。だがそのタイミングがいつになるか……この特捜がいつまで続くかは分からない。

「とにかく、余裕ができたら、時間を作るから」

「時間は、無理してでも作るものよ。時間がないって言ってる人は、だいたい時間の使い方が下手なだけだから」

「そんな、ビジネス誌の特集みたいなことを言われても……」

結局、溜息をついて電話を終える羽目になった。少し母親をやりこめてやろうと思ったのだが、まったく上手くいかず……深雪も焦っているのだろうか。だったら本当は、自分の方で彼女の気持ちを察して、プロポーズという手順を踏むべきなのに。

自分の気の利かなさを呪う。弱気を恨む。こういうことがきちんとできなければ、刑事としても大成しないのではないだろうか。

初めて訪れる若菜のマンションは、かなり古びていた。薄いベージュ色の壁はすすけ、ところどころにひびを補修した跡が見える。東日本大震災の影響だろうか、と考えた。あの地震では、都内の古い建物も結構被害を受けた。

幸いというべきか、まだ検証が続いていた。個人宅の現場検証としては異常に時間がかかっているが、ゴミ置場のようになっている部屋を慎重に片づけながら調べるには、かなりの時間がかかるのだろう。

一之瀬はまず、部屋に顔を出して鑑識の係官に挨拶してから、マンションの中を回った。玄関ホールのタイルは擦り切れ、ずらりと並んだ郵便受けもくすんでいる。半分ほどは名前が入っていなかったが、空き部屋になっているのか、ただ名札を入れていないだけかは分からない。プライバシー重視で、名前を出さない人も少なくないのだ——一之瀬も、郵便受けにも部屋のドアにも名前は入れていない。

若菜は郵便受けに名前を入れていた。念のために蓋から覗いてみる。彼女が殺されたのは、月曜深夜以降。数日分の新聞や郵便物が溜まっていてもおかしくないのだが、誰かが片づけたのか、中は空だった。

ホールを調べてみたが、やはり防犯カメラはない。最近は、古いマンションでも防犯カメラを後付けすることがあるのだが、このマンションは防犯には特に気を遣っていないようだった。

次いで、周囲を回ってみる。基本的にこの辺は、都営新宿線船堀（ふなぼり）駅と東西線西葛西（にしかさい）駅のほぼ中間地点にある住宅街で、ランドマークになるようなものは何もない。住みやすい街かどうかは分からない。少なくとも家の近くでは、遊べるような場所もなかった。若菜は基本的に、家賃の安さと、そこそこ交通の便がいいことを決め手に、ここに住むことにしたのではないかと想像した。ただ、さすがに東京だから、生活に不便というわけではない。すぐ近くにコンビニエンスストアが二軒、軽く食事ができる店も何軒かあるようだ。こういうものに頼っていたとしたら、彼女の食生活はひどく不毛だっただろう。

部屋に戻り、ラテックス製の手袋をはめる。今更自分の手が部屋を汚染するとは思えないが、念のためだ。

室内では鑑識課員が三人、作業中だった。年長の課員でキャップ格の松尾(まつお)が知り合いだったので、取り敢えず話を聞く。

「最近、こういうのを汚部屋っていうんだろう?」腰に両手を当て、リビングルームの中を見回しながら、松尾が言った。

「そうですね」

「うちの娘が自分の部屋をこんな風にしてたら、叱り飛ばすけどな」

「娘さん、何年生でしたっけ」

「高二」

「高二の娘さんを叱れるんですか? 凄(すご)いですね」

「何が」松尾が顔をしかめる。

「一番反抗的な年齢じゃないですか？　部屋に入ったら、激怒するでしょう」

「父親の権威は、守ろうと思えば守れるんだよ……しかしこの部屋は、ひどくないか？」

「確かにひどいですね」同意せざるを得ない。「でも、これでもだいぶ、片づけたんでしょう？」

「調べなきゃいけなかったからな……鑑識は、清掃業者じゃないってんだよ」松尾は本気で怒っている様子だった。

うなずき、リビングルームの中を見回す。一番ひどいのはダイニングテーブルだった。新聞、手紙、段ボール箱……ありとあらゆるものが積み重ねられている。それらが辛うじてバランスを取って安定している感じで、震度一の地震でも即座に崩壊しそうだった。椅子は二脚。片方の椅子の前に、わずかに空間ができていた。大きめの皿を置いたら埋まってしまいそうだ……彼女は、この狭いスペースで食事をしていたのだろうか。

しかし、キッチンはほとんど使った気配がなかった。ガス台には薬缶。その横には鍋が何種類か積み重ねられているが、使いこんだ感じではない。冷蔵庫を開けてみると、一之瀬の家並みの侘しさだった。ミネラルウォーターが三本。うち一本は半分ほどが空になっていた。その他には紙パックの野菜ジュースに牛乳だけ。冷凍庫ではパンが凍っていた。減っているところを見ると、少なくとも朝食ぐらいは家で食べていたようだ。そういえば、電子レンジの前は焦げたパン屑だらけである。

「松尾さん、手をつけちゃいけないところはありますか？」

「どこでも好きに見ていいよ。もうだいたい終わってるから」

「寝室もいいですか？」

「どうぞ。だけど、お前が入っても何も見つからないよ」

馬鹿にしやがって、と思ったが、一歩足を踏み入れた瞬間、松尾の言葉は嘘でも誇張でもないことが分かった。

とにかく、足の踏み場がない。床はほとんど服で埋まっていた。クローゼットの扉が少しだけ開いて中が見えているのだが、そちらにも服がぎっしり詰まっている。あまりにも服が多くて、扉が完全に閉まらないのだと分かった。小さなチェストも、まったく役に立っていない様子である。ただし、床を埋め尽くした衣類から、異臭はしない。おそらく、洗濯した衣類をきちんとしまうのが面倒臭くなって、そのまま床に放置しているのだ。そういえば、大学時代の友人で、やはり同じようにしている男がいた。彼の場合、しまわないだけで、服は基本的に綺麗に畳んで床に置いていたのだが……彼に言わせれば「洗ったのだから清潔」「洗濯済みのものだけ置いてあるのだから、床こそクローゼット」という理屈だった。若菜も同じようなものかもしれない。

ドアからベッドに至るルートができているのに気づいた。そこだけ衣類がなく、細い道のようになっている。おそらく、リビングルームのソファで寝てしまう日がほとんどだったのだろうが、たまにはベッドに入ったのだろうか。

掛け布団はベッドの隅で丸まり、枕はへたっている。皺だらけのシーツに手のひらを当ててみると、かすかに湿っていた。ベッドの脇はすぐベランダ……カーテンは引かれておらず、三月の午後の陽射しが弱く射しこんでいた。ふと視線を上げると、向かいのマンションのベランダが目に入る。朝一番でカーテンを開けると、向かいの住人と目が合うような生活だったわけだ。

リビングルームに戻り、部屋の中央で仁王立ちになっている松尾にうなずきかける。

「どうだった、寝室は」

「ひどいものですね」

「今時、男の学生だって、こんな汚い部屋には住んでないだろうなあ」

実際一之瀬も、軽い嫌悪感を覚えていた。どちらかというと清潔好き、整頓好きなので、この乱雑ぶりと埃っぽさのせいで痒(かゆ)みを感じるほどだった。

「結局、何も出てこなかったみたいですね」

「ああ。パソコンは押収したんだが、ロックされているから、まだ起動できない」

「何か手がかりになりそうですけどね」

「後は携帯だけど、これは見つからないだろうな……犯人は、真っ先に捨てたはずだ」

「それなんですけど、何だか間抜けな犯人じゃないですか？」

「うん？」松尾が右目だけを細くする。

「バラバラにしたのは、証拠湮滅のためですよね？　携帯や財布も見つかっていないわけだし。でも、指輪は外し忘れたでしょう」

「確かにな」松尾がキャップを脱いで、前腕で額の汗をぬぐった。室内でも常にキャップを被っているのは、自分の髪さえ落とさないようにするためだ。現場検証の専門家ではない一之瀬たちも、現場を「汚染」しないように徹底的に教育されているが、鑑識はそれを上回る。要するに、自分たちの仕事を増やしたくない、ということなのだが。

「徹底してないっていうか」

「だけど、そんなもんだぜ」

「そうですか？」

「人を殺した直後は、誰でもまともな精神状態じゃいられない。ましてやバラバラに解体するとなると、焦るよ」

「犯人、一人ですかね」

「俺は複数の方に賭けるぜ」

「俺もです……賭けにならないですね」

「そうだな」松尾がニヤリと笑う。「それで、複数犯だと思う根拠は？」

「時間の問題です。彼女が月曜日の夜——日付が変わる頃まで、知り合いと一緒にいたのは分かっている。それから遺体が発見されるまでは、二日しか経ってなかったんですよ。殺してバラバラにして、遺棄する——一人でやるには時間が足りないんじゃないですか」

「だろうな。よほど、こういうことに慣れた人間なら別だが」松尾がうなずく。

「例えば、医療関係者——外科医とかですか？」

「ああ。ただ、その可能性も低いと思うぜ。お前も知ってるだろう？　たぶん、斧や鉈を使ってると思う。切断面が汚いんだよ。骨も、無理やり叩き割っているみたいだ。解剖の知識がある人間なら、外しやすい関節を狙うだろうな」

一之瀬はごくりと唾を呑んだ。松尾は世間話でもするような調子で話しているが、内容はとんでもない。

「犯人が二人だと、すぐに捕まりそうな気もするんだけどなあ」松尾がゆるりと顎を撫でる。

「情報漏れがありそうですよね」

「このマンションに防犯カメラがついていれば、もう犯人が割れてたかもしれない」

「ええ……」言われて、ふと思いついた。このマンションには防犯カメラはないが、近隣ではどうだろう。今は、大抵のコンビニエンスストアに防犯カメラが設置されている。特捜本部では、そちらのチェックはしているだろうか。

一之瀬はマンションを出て、岩下に電話をかけた。岩下の第一声は、例によって前のめりだった。

「何か分かったか?」

「いろいろ調査中ですが……」

「用事がないなら、一々電話してくるな」岩下が冷たく言い放つ。「こっちは忙しいんだ」

「自宅付近の防犯カメラはどうなってますか?」電話を切られそうなので、一之瀬は慌てて訊ねた。

「もちろんデータは押収したよ」

「チェックは終わったんですか」

「いや」岩下が引き気味に言った。「バタバタしていて、そこに人を割いてる暇がない」

「自分が見てもいいですか?」

「お前にも、そんな暇はないだろう」

「暇はないですけど、気になるんですよ」

「自分の仕事が上手くいってないんだな?」岩下が皮肉に突っこんだ。「それで他に逃げるわけか」

「そういうわけじゃないですけど……」一之瀬はもごもごと言い訳した。「彼女と最後に会った人間——永谷信貴の証言に、怪しい部分が出てきたんです」

「奴の犯行だと思うのか?」

「もちろん、まだ断定はできませんけど、嘘をついている可能性があります」恋人なのかそうでないのか——曖昧な話だが、どうしても引っかかっている。

「そいつは確かに怪しいな」岩下が食いついてきた。「それで？」

「だから、彼女を家まで送っていったのが本当かどうか、分からないじゃないですか」タクシーに乗ったという証言だったが、その裏はまだ取れていない。

「しかし、火曜日から出張だったんだろう？　時間がないだろうが」

「永谷が山形入りしたのは、火曜日の午後なんです。朝イチの新幹線に乗ったわけじゃないんです」

「ああ」

「だから、自宅周辺の動きを見るのは大事じゃないですか？　もしかしたら永谷は、原田さんを家まで送っていないかもしれません。証言自体が嘘だった可能性もあります」

「分かった。ただし、人手は割けないぞ。一人でやれるか？」

「やります」ビデオのチェックは相当面倒臭い——ひたすら忍耐力を試される作業である。だいたい、小さな画面を凝視し続けるうちに、頭痛がしてくるのだ。ただし最近は、刑事の仕事としてビデオチェックは必須項目になってきている。街中に防犯カメラが増えてきたが故だ。「これから署に戻ります」

「任せていいんだな？」岩下が念押しした。

面倒で地味な仕事なのは間違いないのだが、やるしかない。刺さった棘(とげ)はどんなに小さくても、抜かないと痛みが残る。

〈15〉

特捜本部の隣の会議室で、ビデオチェックの準備をした。もちろん特捜本部の片隅で見てもいいのだが、むしろ狭い、暗い部屋の方が集中できる。ブラインドを閉じて照明も落とす。暗闇に近い中でモニターだけがくっきりと浮かび上がった。さて、それでは始めるか――と思った瞬間、ドアが開いて気が抜ける。

「どうもです」春山が遠慮がちに入って来た。

「どうした？」

「いや、ちょっと戻って来たら、一之瀬さんを手伝えって言われて」

「そっちの仕事、大丈夫なのか？」岩下には、一人でやるよう指示されていたのだが……やはり信用されていないのかと、少しむっとする。

「一人でやります」

「こっちは一段落したからいいんですけど……遺体の捜索だけですし」

「大事な仕事だぜ？」

「分かってますけど、結構きついですよ。それに、まったく手がかりもないんで」春山が右手を突き出した。手の甲から手首にかけて、赤いミミズ腫れが出来ている。

「何だよ、その傷。どうしたんだ？」

「藪で引っ掻いたんです」

「放っておいていいのか？」

「大したことないですよ」春山がバッグを近くの椅子に置いた。ついでにコンビニの袋も。結構な大荷物だが、飲み物や食べ物ではない。

「それ、何だ？」

「ああ、煙草です」春山が苦笑した。「来週から消費税が上がるでしょう」

「煙草は消費税、関係ないだろう」

「そうなんですけど、何となく……意味ないのは分かっていますけどね」

「そういうの、便乗って言うんじゃないか？　いや、便乗はおかしいか」

「駆け込み買いに乗っかったのは間違いないですけど……」

「思い切って、煙草、やめればいいじゃないか」

「うちの署、喫煙者が多いんですよ。署長も吸ってますし……署長の影響って大きいですよね」

「分かってますけどね……始めますか？」

「ああ」

二人は小さなモニターの前に並んで座った。飲み物——濃いコーヒーが欲しいところだが、贅沢は言えない。一之瀬は代わりの目覚ましとして、ガムを口に放りこんだ。いつもは一発で目が覚める強烈さだが、今日はあまり役に立たなかった。

映像は複数あった。自宅近くのコンビニエンスストアから提供してもらったものが二本。飲食店の駐車場の防犯カメラが一本。駐車場のカメラの映像は期待できないだろう。客の車同士のトラブルを監視するためのもので、外は映っていないはずだ。そこで一之瀬は、若菜のマンションに近い方のコンビニの映像からチェックを始めることにした。

月曜夜十一時からスタートする。早回しで見ていると、あっという間に目が乾いてチカチカしてきた。白黒で解像度の低い画面がコマ落としのように進んでいくと、ひどい刺激になるのだ。

「動き、激しいですね」春山が囁き声で言った。そんなことをする必要はないのに、やはり真っ暗な狭い室内という環境に影響を受けるのだろう。

「この時間だと、まだコンビニには出入りも多いだろうしな」一之瀬は意識して普通の声で話した。

「道路はちゃんと映ってますね」

「ああ……でも、車は少ないな」

「そんなに広い道路でもないですよね」

「タクシーが……ストップ」一之瀬は映像を自分で止めた。店の前を通り過ぎるタクシーが映っている。当然ナンバーは見えないが、会社は分かった。

結局、十二時までの間に、若菜の家の方向へ向かって、五台のタクシーが通り過ぎた。

「ナンバーが分からないのが痛いですね」

「会社の名前が分かれば、チェックはできると思う」

「面倒ですねえ」春山が吐息を漏らす。「しかも、逆方向から来た可能性もありますよね」

「そうだな」永谷は、銀座からタクシーに乗ってきたと証言したのだが、ルートは覚えていないと言った。普段、あまり歩かない場所だという。

「取り敢えず、この五台の車はチェックだ」

「ビデオ、替えますか？」

「いや、もうちょっと先まで見てみようか。永谷の記憶も、どこまで当てになるか分からないし」

「了解です」言って、春山が欠伸を嚙み殺した。ビデオを見始めてから一時間も経っていないのに、もう疲労困憊といった様子である。

一之瀬は座り直した。折り畳み式のパイプ椅子なので座り心地は期待できず、腰が張っている。無言の時間……タクシーが通る度に会社名をチェックする、地味な作業が続く。

「警察って、こういう仕事、多いですよね」十二時二十分を過ぎた頃、春山が愚痴を零した。「何か、イメージしてたのと違うな」

「しょうがないよ、監視社会なんだから」警察的には、防犯カメラはありがたい存在なのだ。犯罪の証拠がはっきり映っていることも珍しくないし、それが犯罪の抑止にもなる。

「そのうち、もっとやりやすくなるんじゃないかな。防犯カメラのフォーマットが統一されて、すぐに見られるようになって……」

「それって、本当に監視社会っていう感じですよね」

「そうだけど、治安維持は大事だよ——ちょっと待て」

一之瀬は思わず身を乗り出した。画面から注意が逸れていたのか、春山が「何ですか」と呑気な声で訊ねる。一之瀬は映像を少し巻き戻し、十二時二十八分から再開した。

「これ、見てくれ」モニターに指をつけて示す。「彼女じゃないか？」

「ええ？」春山も身を乗り出した。「ちょっと待って下さい。もう一回、いいですか？」

一之瀬は同じ場面をまた見せた。間違いない——自分では確信していたが、春山はまだ疑っているようで、モニターにぐっと顔を寄せ、目を細めて凝視する。

「すみません、もう一回」

「君、目が悪いのか？」

「両目とも一・五ですけど、ちゃんと確認したいだけです」

画面に映っているのはほんの数秒だろう。再度再生した時に時間を計ってみると、画面の右から左へ横切るのにかかったのはわずか十秒だった。

しかしたった十秒でも、分かることはいくらでもある。例えば——若菜は一人ではなかった。脇に男が一人。若菜がカメラ側にいるので姿は全部は見えなかったが、彼女よりも少しだけ背が高いのが分かる。年齢や顔つきまでは判然としない……専門家に解像度を上げてもらえば、もう少しはっきりと分かるかもしれない。男はもう一人いた。最初は、単に二人の後を歩いているように見えたのだが、途中で若菜が振り向いて、うなずきかけたように見えた。男も素早く首を上下させる。前と後ろで会話している様子だった。

三人組だ。

若菜が永谷に送られて家に着いてから、三十分ほどしか経っていなかったはずだ。相当酔っていたからタクシーで送ったと永谷は証言したが、ビデオの中の足取りを見る限り、酔っている様子はない。しっかりと、大股で歩いている。二人の男をリードするような感じだった。

春山が何も言わなかったので、一之瀬はそのまま映像を流した。先ほどもう一つ、気になった箇所があったのである。

「ここ」一之瀬はすかさず映像を一時停止した。

「車ですか？」

「助手席に乗ってるの、彼女じゃないか？」

「そう……みたいですね」春山がゆっくりと体を起こして、モニターから離れた。「たぶん、そうだと思います」

「プリントアウトして係長に見せよう」

「ええと……」春山が頭をがしがしと掻いた。「この二人が犯人ですか？」

「断定はできないけど」

「永谷じゃないんですかね。やっぱり家に送っていっただけで、その後に事件が起きた……」

「今の段階だと、断定は無理だな」一之瀬は繰り返した。「もしかしたら、この車に永谷も乗っているかもしれないし、別の場所で待っている可能性もある」

「車の中は……これ以上は見えないですね」

「あとで、もう少し解像度を上げてもらおうか」

一之瀬は立ち上がった。想像していたよりもずっと、体が強張っている。肩が凝って、首が痛いほどだった。思い切りよく首を左右に倒すと、中で何かが折れるような音が響く。

この動きはあまり体に良くないって、誰かが言ってたな……。

「一之瀬さん、この二人が犯人だとして……もう一件のバラバラ事件も、彼らの犯行なんでしょうか」

「君はどう見る？」

「本人たちをはっきり見たわけじゃないので、何とも言えませんけど……普通っぽく見えましたね」

「バラバラ殺人をするような人間だって、見ただけじゃ分からないだろう」

「ああ、まあ……」春山が曖昧に言った。

「車は何だろう？　車種は？」

「たぶん、軽ですよね。最近の軽は、車高が高いから……ナンバーまで読み取れればよかったんですが」

「そこはさすがに無理か」一之瀬は顎を撫でながら、車を映し出している画面を凝視した。防犯カメラはピンポイントでどこかを狙っているわけではなく、広範囲の映像を記録するようになっているから、映らない部分が出てくるのもおかしくはない。

「できること、いくらでもありますよね」

「ああ」まずは、十二時前に録画されたタクシーのチェックだ。若菜と永谷が実際にタクシーで帰宅したかどうか……さらに周辺の聞き込みを進め、若菜が謎の二人組と一緒にいたかどうかを確かめる。

この二人と歩いている時、若菜は自分の命がこのあと尽きることなど想像もしなかっただろう。

「怪しいな」岩下が顎を撫でた。

「ええ」

「この二人組は何者だ？」

「それは分かりません」

一之瀬は素直に認めた。解像度を上げてもらってプリントアウトしたのだが、それでも姿格好はぼんやりとしか分からない。若菜の横を歩いている男は、ジーンズに革ジャンという格好のようだ。後ろを歩いていた男はジャケットを着ている。下は黒いズボンのようだが、もしかしたら色の濃いジーンズかもしれない。一方若菜は、ジーンズに丈の短いコート姿だった。

「普通に、近所のコンビニに出かけるような格好だよな」

「そうですよね。まだ確定はしていませんが、一度帰宅した後に、この二人に呼び出されて家を出たと考えるのが自然だと思います」

「呼び出されたって、こんな時間に？」岩下がテーブルにそっと写真を置いた。

「それは……東京は二十四時間眠らない街ですから」我ながら説明になっていないなと思いながら、一之瀬は言った。

「この三人の動き、説明できるか」

「推測の部分もありますが」一之瀬はそこでようやく腰を下ろした。手帳を広げ、図を描いて説明する。「コンビニがここ……彼女の家は、北寄りの船堀駅に近い方にあります。コンビニとの距離は約二十メートルしかありません」

「近いな」岩下が腕組みをした。

「タクシー会社に確認したんですが、原田さんと永谷らしき二人を乗せた車が分かりました。後で運転手に直接話が聴けるので、それで確定させます」

「よし」

「今の段階ではあくまで推測なんですが……タクシーは銀座で二人を拾った後、高速を使わずに船堀方面に向かいました。葛西橋通りから船堀街道に入り、北上して原田さんの自宅近くに接近――コンビニの前を通り過ぎたのは午後十一時四十五分です。家まで二十メートルですから、この直後に彼女が家に辿りついたのは間違いないでしょう。残念ながらオートロックではないですし、防犯カメラもないので、帰宅時間は記録されていませんが」

「今はそれで十分だ。それで？」岩下が先を促す。

「原田さんが防犯カメラに映ったのは、午前零時二十八分です」

「風呂に入る間もなかったわけか」

「ええ。それに映像を見た限りでは、特に酔った様子もありませんでした」

「結構酔っ払ってたから、銀座からわざわざ車で送ったって話だろう？」疑わしげに岩下が指摘する。「銀座から船堀は結構遠いぜ？　タクシー代も安くないだろう」

「もしかしたら、演技だったのかもしれませんね」

「演技？」

「早く家に帰りたいけど、相手を傷つけたくないから、酔ったふりをした……」

「何でそんなややこしいことを。帰ると言えば済むじゃないか」

「実は二人は、つき合っていたという情報があります」

「話が違うじゃないか」岩下の眉間に皺が寄る。マッチ棒どころか、釘ぐらいは挟めそうな深さになっていた。

「今日の午前中の聞き込みで判明したんです。原田さんとごく親しい女性の証言でした」

「なるほどね」岩下がゆっくりと顎を撫で回す。眉間の皺が浅くなった。「しかし、本当につき合っていたら、送ってきて家に上がらないか？　泊まるとか。もっとはっきりした情報が必要だな。それと、この二人との関係はどうなる？　夜中に一緒に出かけるぐらいだから、浅い関係じゃないだろう」

「しかし、三人ですからね……」

「夜遊び仲間とかでしょうか」春山が恐る恐るといった感じで割りこんだ。彼が話の途中で入ってくるのは非常に珍しい。

「それはどうかな」一之瀬はすかさず反論した。「原田さんは、そんなに金を持っていたわけではない。遊び回っていたという話も聞いていない。人見知りというか、人づき合いを好むタイプじゃないだろう」

「じゃあ、この二人は……」

「仕事仲間？」一之瀬は思いついたままに言ってみたが、自分でも嘘っぽく聞こえた。「夜遊び仲間よりはそっちの可能性が高そうだが……そう言えば、午後に出てきたデータがある」

「何ですか？」

岩下が一枚のメモ——プリントアウトした用紙を差し出した。オンラインバンクの通帳の詳細。

「彼女のものですね？　パソコンのログインに成功したんですか？」

「いや、銀行に出してもらったんだ。見ろよ、残高」

五百万円を超えている。多い……不安定な収入のライターが、数年でこれだけの額を貯金できるものだろうか。そう言えば自宅では、現金二百万円も見つかっている。もしかしたらどこかで大儲けして、その名残とか……それをはっきりさせるためには、彼女の仕事を全て洗い直さないといけない。だが、明細を見て違和感を覚えた。入金記録は、会社から……彼女が仕事をしていた編集部が多いようだが、その他にATMでの預け入れがある。原稿料を現金で貰っていたのだろうか、と一之瀬は訝った。

「そんなに貧乏じゃなかったわけだ」岩下が顎の下で両手を組んだ。「しかし、何か変だな」

「ええ」

「お前、貯金はいくらぐらいある」

「どうですかね」いきなりの質問を、一之瀬は適当にはぐらかした。「こんなにはないですけど」

「きちんと毎月給料を貰っているお前でさえ、そこまでの貯金がないとなると……どうなんだ？　フリーライターっていうのは、そんなに儲かる仕事じゃないだろう」

「ええ、おそらく」

「何か、サイドビジネスをしていたとは考えられないか」

「夜の仕事とかですか？」若菜の容姿は悪くない。綺麗に化粧して着飾れば、水商売でもかなり儲けることができただろう。一緒に歩いていた二人も、水商売の関係者とか……想像はいくらでも膨らむが、確証は一つもない。あまり暴走すべきではない、と一之瀬は自分を戒めた。

「調べる価値はあるだろう。それと、永谷という男も、まだ無罪放免とはいかないぞ」岩下が釘を刺した。

「そうですね」

「いつ東京へ帰って来るんだ？」

「早くても日曜の夜です」

「それまで野放しか……ちょっと嫌な感じだな」

「そうですね」かといって、山形まで人を派遣して監視を続けるのは、現実的ではない。「まだ具体的な容疑があるわけじゃないですから、東京へ戻って来たタイミングで二度目の事情聴取でどうでしょうか」

「そうだな……」言葉が中途半端に消える。どこか不満そうな様子だったが、具体的に言葉にするわけではない。こういう時は相手の心理状態を慮って……というのがいいのだが、あいにく岩下は、簡単に気持ちを読ませるような人間ではない。勢いに任せて怒っているうちに、本音が見えなくなってしまうタイプだ。あるいは本音を隠すために、怒る演技をしているのか。

「今回の件は、お前に一ポイントやる」

「はい？」

「ビデオは手に入れていたのに、ちゃんとチェックしていなかったのは俺たちのミスだ。お前はそこから新しい状況を見つけ出したんだから、一応は手柄だよ」

「どうも……ありがとうございます」実際に褒められると、何故か素直に喜べない。

「ここで気を抜かないで、一気に攻めることが大事だ。まず、この二人が誰なのか割り出せ。現場での聞き込みが重要だな。それと、永谷も逃がすな。事態がどう転がっていくか分からないから、キープしておけ」

「了解です」

「春山も聞き込みを手伝ってくれ」

「はい」指名されて、春山が勢いよく声を上げる。

「本当はもう少し人を入れたいところなんだが、何しろまだ遺体の捜索が続いているから」

「他のパーツは発見されていないんですか？」

「ああ」岩下の顔に影が差す。

「同一犯なんですかね」

「何とも言えない……否定はできないが、積極的に肯定できる材料もないな」

「厄介ですね。切断面の特徴なんかはどうなんですか？」

「最初の遺体も二番目の遺体も、斧や鉈を使ったと思う。切り口が汚いからな。いかにも素人じみているが……逆に言えば、同一犯による同じ手口とも断定できないわけだ」

「別の事件だったら、もっと面倒ですね」

「一応、特捜は両方の面倒を見てるんだが、マスコミの連中はどうしても同一犯にしたいようだな……新聞はまだしも、テレビや雑誌の連中は、これから大騒ぎを始めるぞ。とにかく、摑まらないように気をつけろ」

その夜、一之瀬と春山は現場——若菜の家の周辺で聞き込みを始めた。ただし、出だしは低調だった。なにぶんにも住宅地だし、隣の人が何をしているか気にもしないのが東京という街の特徴である。

「コンビニの店員が頼りですかね」最初の気合いがあっさり抜けたように、春山が疲れ切った声で言った。

「十時から、だったな」一之瀬は腕時計を見た。予め、スケジュールは確認している。

「週三回の深夜勤らしいですね……きつくないですかね」

「永遠に時差ぼけみたいな感じだろうな。なあ、今のうちに飯を食っておこうか」

「いいですね」春山が生き返ったように言った。「何にしますか?」

「どうしようか……この辺、あまり食事ができる場所がないんだよな」最悪、車の中でコンビニの弁当を食べてもいい。今日は覆面パトカーを使えたのだ。

「近くに中華がありましたよ」

「中華か……」昼もカレーだったし、今日は脂っこい物を食べ過ぎという感じがする。しかし、店を探して時間が潰れるのももったいない。もう今夜は、動ける時間はそれほど残ってないのだ。「しょうがないな。そこでさっと食べようか」

「はい」何故か春山が嬉しそうに言う。

「何だよ、馴染みの店なのか？」

「そういうわけじゃないですけど、中華が好きなんで」

春山が喜んでいるならそれでいいか。覚悟——諦めか——を決めて店内に入ると、今では珍しくなった、昔ながらの町場の中華料理屋である。というより、中華料理も出すラーメン屋か。カウンターがくすんだ赤というのも、昔からの店という感じである。これはこれで、懐かしい感じがしてよかった。隣の客が食べているチャーハンが美味そうだったが、昼間のカレーとかぶる気がしたので、メニューを精査する。定食を食べた方が栄養バランスがいい感じがして、焼肉ライスを選んだ。春山は半オムライスとラーメン。

「半チャーハンじゃなくて、半オムライスって珍しいな」一之瀬はもう一度メニューを見た。

「オムライス、好きなんですよ」春山はご満悦の様子だった。

一之瀬はスマートフォンを取り出した。「ちょっと電話してくる」と言って店を出てすぐに、まだ夜は寒いのだと思い知らされる。こういう夜はラーメンも悪くなかったなと思いながら、登録した永谷の電話番号を呼び出す。既に午後八時、仕事が終わっていれば電話に出ない主義かもしれないが……営業の人間は、電話が鳴ればとにかく出る習慣を身につけているのではないだろうか。自分たち刑事もそうだ。

一度切り、少し待ってからかけ直してみた。やはり出ない。一之瀬がかけてきたことは当然向こうには分かってしまうだろうが、メッセージは残さずにおいた。

気になって、彼が泊まっているホテルにもかけてみる。「早くても帰りは日曜」なら、今夜は当然宿にいるはずだ……フロントで永谷を呼んでもらおうと思ったのだが、一之瀬は予想もしていなかった答えを聞いた。

「チェックアウトされました」

「え？」

「今日の昼前に出られましたよ」

「東京へ帰ったんですか？」一之瀬は嚙みつくような勢いで聴いてしまった。

「いや、それは分かりません。行き先は聞いておりませんので」

ホテルの人間は、それ以上の状況を知らない様子だったので、仕方なく礼を言って電話を切る。気になる。根拠はないが何かが気になる。それに、永谷とのラインが切れてしまいそうな不安が生じた。

店に戻り、カウンターにつく。春山のセットのうち、オムライスだけが先に来ていた。「半オムライス」とはいえ結構大きめで、春山は今にもスプーンを突き刺そうと構えている。一之瀬が戻って来たのを見ると、一度手の動きを止めた。

「いいんですか？」

「いいよ、先に食べてくれ」

「腹減っただろう？」

「じゃあ、すみません」

春山がオムライスの真ん中にいきなりスプーンを差し入れる。こいつは端から食べるタイプじゃないのか……それにしても、オムライスも美味そうだ。チキンライスのオレンジ色と卵の黄色が綺麗なコントラストを作り、食欲をそそる。一口食べた春山が満足そうな笑みを浮かべたが、一之瀬の顔を見ると、笑みは引っこんでしまう。

「どうかしたんですか？」

「いや、ちょっと気になることがあって。もう一回電話してくるから、食べててくれ」

一之瀬は、先日聞いた永谷の自宅に電話を入れた。反応なし。移動中ということも当然考えられる。まだ新幹線も動いているし、あるいは山形県内で別の場所へ移ったかもしれない。いくらでも可能性は考えつくのだが、何かが釈然としない。

可能性にかけて、会社に電話してみた。夜八時過ぎなら、まだ人がいてもおかしくない……出た。自分にはまだツキが残っていると思いながら、一之瀬は永谷が戻っているか訊ねた。

「いや、今日は帰社の予定はありません」あっさり可能性を否定される。

「摑まらないんですが」

「週明け、月曜日に戻ると、今日連絡がありましたよ」

「ずっと天童にいるんですか」

「ええ」

ホテルはチェックアウト済みなのだ——言葉が出そうになったが何とか呑みこむ。もしも非常事態なら、会社にはまだ教えない方がいい。

非常事態——永谷は、出張先から姿を消してしまった可能性がある。

〈16〉

「どういうことなんだよ」

岩下がいきなり冷たく言い放つと、周りの温度が数度下がった……一之瀬は思わず背筋を伸ばし、次の叱責に備えた。しかし岩下の口から出てきたのは、罵りの言葉ではなく舌打ちだった。

その方が応える。

「とにかく、連絡が取れないんです。携帯にも出ません。自宅で張ってみようかと思いますが……」

「時間の無駄だ。もう少し頭を使え」

「分かりました」

「何も考えないで突っ走っているだけじゃ駄目なんだ。時々立ち止まって考えないと、こういうポカをする」

「……ですね」しかし、どうしたらいい？

「お前にやった一ポイントは取り消しだ。これでプラスマイナスゼロだな」

「分かってます」

「考えろ。必死で追跡の方法を考えろ」

唇を噛み締めたまま一礼し、その場を辞した。夜の捜査会議の後も居残っている刑事たちの冷たい視線が、突き刺さる。先に電話で「永谷行方不明」の一報を入れたので、その話はとうに広まっているのだろう。

声をかけられ、顔を上げると、宮村が立っていた。いつもにやけた表情を浮かべているのに、今夜に限っては真顔である。一之瀬は春山に目配せし、「ついて来るな」と無言で指示した。怒られるなら自分だけで十分だ。春山の目が不安気に淀んだが、首を横に振って大丈夫だ、と伝える。

宮村は無言で、階段を使って一階へ降りた。煙草か……こっちだって煙草ぐらい吸いたい気分だよ、と思った。

庁舎の外へ出ると、宮村がすぐに煙草に火を点ける。天を仰ぐようにして煙を吐き出してから「今日はさっさと帰れ」といきなり命じた。

「え？」

「あのな、ヘマした時には、いくらうじうじしていても駄目だぜ。それにこれから、何か上手い手を考えないといけないんだろう？」

「ええ……」

「だったら今夜は家で寝て、頭を冷やせ。昨夜もほとんど寝てないんだし、こんな状態じゃろくなアイディアは浮かばないぞ」

「だけど……帰りにくいですよ」

「少し図々しくなれよ。特捜本部に座って反省してても、何も生まれないぜ」

「宮さん……」

「情けない声、出すな」宮村が右の拳で一之瀬の肩を小突いた。「まったく、お前みたいに弱っちい奴には、いろいろ気を遣ってやらなくちゃいけないから大変だよ。昔だったら、『歯を食いしばれ！』の一言で鉄拳制裁だぞ」

「それ、何の昭和の刑事ドラマですか」

「昭和の刑事ドラマは、全部それだ」宮村が一之瀬の眼前に拳を突き出す。

「昔の人は、言われるよりも殴られた方が理解が早かったんでしょう？」

「お前、そんなふざけたことを言える立場か？」

「……すみません」調子に乗り過ぎた。一之瀬は次の一撃に備え、思わず首をすくめてしまった。

「とにかく、一晩ゆっくり寝て考えろ。この件は、誰も尻拭いしないからな。自分のミスは自分で挽回するしかないんだぞ」

「了解です」言って、鼻から思い切り息を吸った。煙草臭い空気が肺を満たし、一瞬にして体が汚染された感じになる。

「いくらでも続けられるぞ。俺もくどいから」宮村がにやりと笑う。

「じゃあ……」

「ああ、さっさと帰れ」宮村が一之瀬を追いやるように手を振った。

「失礼します」一之瀬はさっと頭を下げた。捜査本部に行って、そそくさとバッグを摑んで外へ出る。ざわざわしているせいで、一之瀬の動きに気づいた人間はいないようだった。逃げ出すようで気が重かったが、冷たい視線に耐えているよりはました。

外へ出た途端、春山と出くわした。情けない顔つきで、何となく目が潤んでいる。ちょっと突いたら、涙が零れそうだった。

「帰るぞ」一之瀬は小声で告げた。

「いいんですか」

「敵前逃亡」言ってしまってから、特捜本部は敵ではない、と思い直す。「今夜はもう、何もできないよ。電車があるうちに帰ろうぜ」

「はあ……」納得できない様子だったが、一応春山はうなずいた。

二人で並んで署を出る。振り返ると、特捜本部のある三階の会議室には、煌々と灯りが点いていた。自分はそこに入れない——必要ないと言われたようなものではないか。宮村はいかにも、こちらを思いやっているように話したが、体よく追い払われただけかもしれない。

何だか急に気温も下がってきたようだ。無言のまま、うつむきがちに木場駅まで歩く。スピードが上がってきて、次第に競歩のようになってしまった。

「何か……すみませんでした」駅までたどり着き、地下鉄の入り口の前まで来た時、春山がぽつりと漏らした。

「何で君が謝る?」

「いや、永谷のことなら、俺にも責任があると思うんです」

「今日は別の仕事をしてたじゃないか。俺一人の責任だよ」

「でも……」

「誰かと責任を共有できたら楽だけど、それはできないんだよな」

一之瀬は靴の踵を歩道に打ちつけた。じんわりと疲れが滲み出て、頭の中を満たすようだった。

「軽くいきませんか?」春山が杯を口元に持っていく振りをした。調子を取り戻したようだ。

「そうだなあ……」一之瀬は背広のポケットからスマートフォンを取り出し、時刻を確認した。十時四十分。これから自宅に辿り着くまでに、三十分弱。酒を呑んでいたら、本当に終電になってしまうかもしれない。宮村のアドバイスを厳密に守る必要はないかもしれないが、さすがに呑む気にはなれなかった。

「やめておきます?」探るように春山が言った。

「結構好きなんだ、君は」

「そうですね。この辺、安い居酒屋が多いですし」

「昔の人って、毎日酒を呑んでたようなイメージがないか？　先輩からよく言われたよ、最近の若い連中はつき合いが悪いって」

「ああ……」バツが悪そうに春山が認める。「金が続かないですしね」

「金の問題じゃないけど、仕事が終わってからも毎日職場の人と一緒に呑んで、何の話をしてたのかな」

自分の場合、仕事の続きだ。しかし、店の中で事件について具体的に話せるはずもなく、酔いが回り始めた頭で、話を抽象的に変換して会話を交わすのは結構大変だ……そういうやり方を叩きこんでくれたのは、所轄で指導役だった藤島である。ふいに、彼に会いたいと思った。藤島は去年の九月、一之瀬と同時に千代田署を離れ、本部の刑事総務課に異動した。本人いわく「現場からは引退だ」。それにはちょっと早いのではないかと思って指摘してみたが、藤島は「管理する人間も必要だからな」とさらりと答えただけだった。同じ庁舎の中にいるので、たまには顔を合わせるが、異動後、ゆっくり話したことは一度もない。こちらはいつもばたばたしているし、藤島も忙しそうだ。こういう時こそアドバイスが欲しいが、今から会うのは無理だろう。

「今夜はやめておこう。昨夜もほとんど徹夜だし、少しは休んだ方がいいよ」

「……ですよね」少し残念そうに言って、春山がうなずく。「帰りますか」

「ああ」

二人は階段を降り、地下鉄のホームに降り立った。同じ方向へ乗るので、もう少し話ができる。電車は空いていたので、並んで腰を下ろした。

「ちょっと変じゃないですかね」座るなり、春山が言った。

「何が？」

「上手く言えないんですけど、一つ一つがちょっとずつずれている感じがします」

「確かにそうだな……」

二人の本当の関係はどうだったのだろう。若菜の死を知らされた時の、比較的落ち着いた態度。一方で、仕事を放り出して急に姿をくらました。どれも、永谷を犯人と指し示す決定的な証拠にはならないが、説明がつかない。こういうのが一番嫌な感じではある……ゼロか一なら分かりやすいのだが、永谷を取り巻く状況は、二つの数字の間を曖昧に漂っているようだった。

「やっぱり、何か関係しているんでしょうか」

「そうかもしれない」あの二人——若菜と一緒に歩いていた二人が、永谷の仲間だったとか。

全ては若菜を陥れるための罠だった？

そうなのかそうでないのか、調べる手はいくらでもあるはずだ。そのために、今夜は徹底して頭を絞らないといけないだろう。

「まず、永谷が本当に山形から逃げ出したかどうかなんですけど……会社の方は何て言ってたんですか？」

「月曜日に戻るという話だったけど、それは永谷の嘘だと思う。直接事情を話して、率直に意見を聴いてみたいな」

「何か、手はありますかね」

「あ」ふいに思いついて、一之瀬は背広の内ポケットから名刺入れを取り出した。貰った名刺を次々に検め——塚田の名刺を引っ張り出して春山に見せる。

「この人だ」

「ＳＳウィンドの総務部長ですか……でも、明日は土曜日でしょう。会社は休みなんじゃないですか？」

「この名刺があれば何とかなる」

　幸い、塚田の名刺にはメールアドレスと携帯電話の番号も入っている。メールアドレスは会社のものだから、休日はチェックしないかもしれないが、携帯電話は休みでも通じるだろう。電話に出なくとも、フルネームが分かっているから、免許証などを調べて住所を割り出す手もある。

　電話をかけたが、出ない……それでもまだまだ、ツキはこちらの手の内にあるのだ、と一之瀬は自分を慰めた。

久しぶりに、夢も見ない睡眠――これじゃ駄目だ、と一之瀬は慌ててベッドを抜け出した。永谷を捜す方法を考えようと思っていたのだが、昨夜はベッドに入った瞬間、意識を失ってしまったのだ。まあ、しょうがない……時間は取り戻せないのだから。まずは塚田を摑まえることから始めよう。

たっぷり寝たはずだが、まだ眠い。眠気を吹き飛ばすために熱いシャワーを浴び、新しいワイシャツに着替える。そろそろクリーニング屋に行かないといけないが、その暇があるかどうか。

ふと、キッチンに置かれた皿に目が向く。昨夜、一之瀬がいない間に深雪が持ってきてくれたカップケーキだ。彼女は時折、発作的にお菓子を作る。一之瀬の家で作る時もあるし、作ったものを置いていってくれる時もあるのだが、昨夜は自宅で作って、一之瀬がいない間に置いていったらしい。今日は土曜日だから、そのまま泊まっていってもよかったのに……しかし、金曜の夜に、いつ帰るか分からない恋人を一人で待ち続けるのは辛いだろう。

せっかくなので、朝食代わりに一つ食べることにした。熱いコーヒーが欲しかったが、準備するのが面倒臭く、野菜ジュースで流しこむ。甘いケーキに甘いジュースで胃もたれがしそうだったが、取り敢えず腹は膨れた。

朝刊を引き抜いて家を出る。一面を見て、昨日がプロ野球の開幕日だったと初めて気づいた。もともと文系で、スポーツにはほとんど興味がないが、藤島には「野球とサッカーの試合結果ぐらいは知っておけよ」とアドバイスされていた。困った時の話の切り口。いきなりヘヴィな政治・経済の話題だと話が転がらないことも多いが、スポーツなら何とかなる。

藤島の教えも、自然に身についたものとそうでないものがあるな、と思い知る。昨日は巨人が12対4で圧勝か、と一応頭に叩きこんだ。

特捜本部に入って、朝の捜査会議に備える。署に入る時には、既にマスコミの連中が大挙して集まっていた。会議終了後、捜査一課長が直接会見するようだ。二つのバラバラ殺人――マスコミの連中が熱くなるのも理解できる。しかし、一課長も投げてやる材料がなくて困るだろう。

まだまだ肩身が狭い思いがしていたので、一之瀬は会議室の一番後ろ、しかも右奥に陣取った。ここなら、前に座る幹部連中からは目立たない。春山には離れて座るよう指示した。自分と一緒にいるとろくなことにならないから……うつむいて会議が始まるのを待っていると、横に誰かが座る気配がした。ちらりと顔を上げると、若杉。今一番会いたくない男である。

「何か、ヘマしたんだって?」意識してかせずか、大声で聞いてきた。

「うるさいな」

うつむいて文句を言ったが、気にする様子もない。平然とした口調で「気が抜けてるからそういうことになるんだよ」と続ける。

「ふざけるなよ。抜けてない」

「見逃したのは間違いないんだろう？」若杉が皮肉っぽく言った。

「……ああ」もちろん、否定はできない。

「取り返すの、大変だな」

「お前ね」一之瀬は思い切って顔を上げた。「たまたま遺体を見つけたからって、調子に乗ってるんじゃないのか？　犯人を見つけたわけじゃないんだぜ」

「俺が見つけなければ、犠牲者はいつまでも浮かばれないままだったじゃないかよ」若杉が口を尖らせた。

「ああ、分かった、分かった」

一之瀬は若杉を追い払おうと手を振った。しかし若杉は足を開いてどっしりと腰かけ、腕組みをして動く気配を見せない。無視だ、無視。こういう手合いは相手にすればするほどつけ上がる。ちょうど捜査一課長が入ってきたので、話を打ち切るチャンスだった。

一課長は終始不機嫌だった。現在の特捜本部が異例の態勢で動いていることをまず説明し——同一犯による犯行かどうかは分からないが、いずれも江東署管内で起きたバラバラ事件という共通点があることから、一つにまとめられた——しばらくは混乱が続くかもしれないが、目の前の仕事に全力投球して欲しい、と強い調子で訴えた。

しかしこれは、いい状況ではない。具体的に指示する材料がないから、抽象的に気合いを入れることしかできないのだ。せめて永谷に関する捜査が進んでいたら、もう少し具体的な捜査方針が決まったかもしれないのに。

会議が終わると、一之瀬はさっさと会議室を抜け出した。他の刑事たちとは一緒にいづらい。裏手にある駐車場に出て、周囲に人がいないことを確認してから、昨夜に続いて塚田の携帯に電話を入れる。相変わらず警戒している様子で口が重かったが、一之瀬は強引に押した。

「永谷さんの行方が分からないんですが」

「どういうことですか」

「出張先からいなくなっています。自宅にも戻っていません。携帯も、昨日の夜から全く通じないんです」

「それは、私に言われても困ります。社員の動向を全部摑んでいるわけではないので」土曜の朝から電話がかかってきて、塚田は心底迷惑そうだった。

「ちょっと会って、話ができませんか？　ご自宅まで伺いますよ」

「それは困ります」塚田の声が強張った。一之瀬が反応しないでいると、一つ咳払いをして話を続けた。「家は……私は別に、容疑者じゃないでしょう？」

「もちろん違います」

「だったら……会社ではどうですか？」

「土曜なのに？　わざわざいいんですか？」

「近いんですよ。今から三十分もあれば行けますから」

「いいんですか？」一之瀬は念押しした。

「家に刑事さんが来たり、私が警察に行くよりはましです」塚田がきっぱりと言い切った。

そこまで嫌わなくてもと思ったが、話が聞けるならそれでいい。三十分後に会社を訪ねることで合意した。

電話を切った瞬間、春山が庁舎から出て来るのが見えた。

「一緒に行きます」行き先も言わないうちに、春山が言った。

「いや、いいよ。俺といると損するかもしれないよ」一之瀬は自嘲気味に言った。

「でも、一之瀬さんにくっついているようにと……」

「誰に命令された？」

「岩下係長です」

監視役か。そんな仕事を言いつける岩下も岩下だが、断れない春山にも問題がある。もっとも、所轄の駆け出し刑事が、本部の係長の命令に逆らえるわけもないのだが。

「塚田さんに会えることになったから、会社まで行く」

「一緒に行きます」春山が繰り返した。

「まあ、しょうがないけど……そのうち、岩下さんにはちゃんと言っておくよ」

「何をですか？」

「君を俺にくっつけないように。勉強にもならないし、とばっちりを食うかもしれない」

どうも自分には、トラブルを引き寄せる特殊能力があるようだ。

「いや、そんな……」否定したものの、春山の言葉は宙に消えてしまった。それはそうだろう。上司に叱責される様を目の前で見ているのだ、自分にも飛び火したらたまらないと考えるのも自然である。

前からそうなんだよな、と皮肉に考える。一之瀬が動くと、妙な事態を呼んでしまうことがままあるのだ。今回も変なことにならないといいのだが……自分ではコントロールできないことだけに、不安はいや増す一方だった。

〈17〉


テレコムセンター駅のホームに降り立った瞬間、一之瀬たちは塚田とばったり出くわした。どうやら同じ車両に乗っていたようで、先に気づいた塚田が声をかけてきた。「会社まで行かなくてもいいですよね？」と遠慮がちに訊ねる。

「ああ……別に構いませんよ。でもこの辺で、座って話ができる場所がありますか？」駅前にオフィスビル、そこから離れると倉庫街という、未だに未完成の街である。新しく作った街だから、ファミレスやファストフードの店ぐらいはあってもおかしくないのに、何も見あたらないのだ。

「日本科学館まで行けば」塚田が左手を上げて腕時計を確認した。「十時からやっている喫茶店があるはずです」

「よくご存じですね。御社からは結構遠い場所ですよね？」

「この辺は飲食店が少ないから、しょうがないんですよ」

「そうですか……では、そちらへ」

塚田の先導で、ＳＳウィンドの本社と反対側へ出る。細長い公園──緑地と言うべきか──を通って日本科学館まで歩き、カフェに入った。混み合っている……当たり前か。こういう場所は、土曜日に遊びに来る親子連れも多いはずだ。

カフェは明るく広々とした空間で、殺伐とした話をするには相応しくなかった。しかし、塚田がこの環境でリラックスして話してくれるなら、それはそれでいい。四人がけのテーブルに座り、それぞれコーヒーを頼んで一息ついた。塚田はミルクと砂糖をたっぷり加える。そこで一之瀬は、初めて違和感を覚えた──塚田がスーツ姿でないからだ、とすぐに気づく。一度スーツ姿を見ると、その姿がインプットされてしまうのだろう。格子柄のズボンにボタンダウンのシャツ、薄い革のジャケットというカジュアルな格好には、どうにも違和感を拭えなかった。

「永谷が行方不明、と仰いましたね」塚田の方で先に切り出した。

「ええ」

「確かに、連絡が取れません」

「やはり、そうですか……」

「営業の方に確認を取りました。営業の連中だけで使っているメールやＬＩＮＥがあるんですが、そっちにも反応がないそうです。昨日の段階で、月曜に戻る、という連絡はあったそうですが」

「何か理由があるんでしょうか」一之瀬はコーヒーを一口飲んだ。苦味は薄いが熱く、眠気が吹っ飛ぶ。

「それは、全然……営業の方でも困っていました」

「でしょうね。会社としてはどうするんですか？」

「いや、どうと言われても」塚田が困ったように、両手で顔を擦る。「警察に相談するようなことなんですか？」

「現段階では何とも言えませんが」一之瀬も、正直対応に困っていた。本人が犯罪に巻きこまれたと決まったわけではないので、大袈裟に動くのはまずい気がする。「仕事は、途中で放り出した感じだったんですね」

「実は昨夜遅く、地元の地権者の方から弊社の担当者に電話があったようです」塚田が打ち明けた。「約束の時間に現れなかったので、どうかしたのか、という話でした」

「それは、会社としては……」

「もちろん、まずいですよ」塚田の表情が強張る。「信用問題に関わりますからね。だいたい、地権者との話し合いはデリケートなものなんです。だから、信頼できる人間を派遣したわけですし……裏切られた感じですね」

塚田の言い分は少し大袈裟過ぎると思ったが、会社にしたら確かに重要なことだろう。もちろん直接的な金の問題もあるが、何より信用ががた落ちになるのがまずい。そして、一度失った信用は、簡単には取り戻せないのだ。

「永谷さんは、会社としては信頼できる社員だったんですね」

「もちろんです。弊社が発足する時に、本社から主力として送りこまれてきた男ですから。営業のエースですよ」

「今まで、こういうことはあったんですか？　約束を違えたり、途中で仕事をすっぽかしたり――」

「ないです」塚田が即座に否定した。「トラブルは一切ない男でしたから。こんなことは初めてですよ」

「何か、私生活のトラブルでもあったんでしょうか？」

「私は聞いていません」

「営業の人たちはどうですか？　普段一緒に仕事をしている人たちなら、私生活に関しても詳しいと思いますが」

「それはちょっと、調べてみないと分からないですね」

「調べて下さい。お願いします」一之瀬は即座に頭を下げて頼みこんだ。塚田が渋い表情を浮かべたのは分かったが、無視する。何かが起きていると分かったわけではないが、ひどく嫌な予感がしている。

「しかし、土曜日ですよ？」

「事件に土曜も日曜も関係ないんです。もしかしたら、永谷さんにも危険が迫っているかもしれない」

塚田の顔が引き攣る。突然部下が捜査の主役になってしまったと気づき、慌てているのだろう。

そういうものだ。事件は突然降りかかり、人を不幸に陥れる。

二人はそのまま、船堀に転進した。若菜と一緒に歩いていた二人連れ――この二人を割り出さないと、話が先へ進まない。昨夜は「永谷行方不明」の報告のため、捜査を途中で打ち切ってしまい、コンビニの店員にも会えなかったのだ。今日はその分、必死に巻き返さないといけない。もちろん今は、若菜が二人組と歩いていた時間とはまったく違うのだが、とにかく遮二無二（しゃにむに）聴いて回るしかない。永谷を追うのは、他の刑事に任された。

二手に分かれて聞き込みをすることにした。二人一組で動くのが捜査の鉄則だが、この際正確さよりも効率優先だ。春山には、マンションの住人とその近くでの聞き込みを指示して、一之瀬はコンビニの周囲を回ることにした。

歩き出しながら、若菜が乗りこんだ車のことを考える。あの車は、コンビニを挟んで若菜のマンションの反対側から走り出してきた。おそらく二人組は、コンビニのすぐ先に車を停めていたのだろう。三人がコンビニの前を通り過ぎた後に車が走り出したのが、その証拠だ。

夜遅い時刻だったから、路上に車を停めておいたのだろうか。しかし道路は片側一車線と狭く、車が一台停まっているだけで渋滞が起きかねないほどである。東京で車を運転する人間は、自分の車が他人の邪魔になっていないか、気にするものだ。決して交通環境がいい街ではないから、そういう風になるのも当然である。

他に車を停められるところは……コンビニの少し先に焼肉屋がある。駐車場が広いのは、都心部からは離れているからだろう。営業時間は、午前十一時から午後十一時まで。ということは、三人が車に乗った時にはもう閉店していたはずだが、この店の駐車場に車を一時停めていたとは考えられないだろうか。車が十台ほど停まれる駐車場には、きちんとしたゲートなどがついているわけではなく、夜間はチェーンをかけているだけのようだ。

ここかもしれないと直感で思い、一之瀬は店で話を聴くことにした。ドアを押し開けようとした瞬間、防犯カメラの存在に気づく。そう、こういう店――駐車場がある店は、客同士の車のトラブルを避けるために、駐車場の様子をずっと録画していたりするものだ。確か、この店の防犯カメラの映像は入手していない……もうかなり前の出来事になってしまったが、もしかしたらまだ記録が残っているかもしれない。

店長に面会を求める。まだ若い――たぶん二十代半ばだ。黒いシャツにカーキ色の前かけという制服姿。ランチタイムが始まる時刻とあって、いかにも迷惑そうだったが、無視する。一々人の機嫌を気にしていては、捜査はできない。入り口ドアの上にある防犯カメラを指差し、「こいつの映像の記録は、どれぐらい残していますか」と訊ねる。

「一週間かな」

よし、それならまだ、月曜日から火曜日にかけての情報は残っているはずだ。気を良くして、一之瀬は話を進めた。

「夜中に、この駐車場に車を停める人、結構いませんか」

「ああ、いるいる」店長が顔をしかめる。「そういうの、警察では取り締まってくれないのかな。違法駐車だよね」

「すみません、担当が違うので」

「映像にはナンバーが映ってることもあるんだけど、いちいちこっちで持ち主を割り出して文句言うのも面倒臭いしさ」

「分かります」これも朗報だ。それだけはっきり映っているなら、コンビニの映像と合わせて車を割り出せる可能性が高くなる。「防犯カメラの映像、提供してもらえますか?」

「何で?」店長が不機嫌そうに言った。

「事件の捜査です」

「この辺で事件が?」

「女性が拉致されたかもしれない、という情報があるんです」一之瀬は微妙に話をずらして説明した。

「こんなところで？　そんなに物騒な土地柄でもないけどね」

それは大きな勘違いで……犯罪発生件数だけを見れば、江戸川区は東京二十三区内でも上位にくるのだ。もちろん人口の差もあるから、それだけで一概に「危険な街」とは言えないが、他の区に比べて警察が忙しいのは間違いない。

「今週の月曜日……月曜日から火曜日に日付が変わった直後の映像が欲しいんです」

「それは別にいいけど……」

「その日、ここで何かおかしなことがありませんでしたか？」

「月曜日でしょう？」

「月曜日から火曜日にかけてです」

店長が、エプロンのポケットからスマートフォンを取り出した。「ああ、月曜日ね……」

とつぶやいた瞬間、眉間の皺が深くなる。

「何かあったんですか」

「何時頃？　十二時？」一之瀬の質問には答えず、店長が聞き返した。

「十二時過ぎです。正確には十二時半ぐらいですかね」

「いたんだけどね」店長が振り返って店を見上げる。「ちょっと従業員が失敗して……閉店した後にずっと説教してたんです」

「ええ」

「だから十二時半頃にここにいたのは間違いないけど、何かあったんですか？」

「誰かがここに違法駐車していて、その車で女性を拉致したかもしれない」

「ちょっと待って下さいよ」

何も説明せず、店長が店に引っこんだ。追おうかとも思ったが、逃げる気配もなかったので待つことにする。すぐに出て来た時には、自分より若い男の従業員——未成年かもしれない——を連れていた。仕事中に強引に連れてこられたのか、右手に肉を挟むトングを持っている。ちょっと不衛生だな、と一之瀬は眉をひそめた。

「お前、今週の月曜の夜、遅くまでいたよな」

「はい」若い従業員が身を固くした。何かヘマをして店長に説教されていたのはこの店員だったのだろうか。

「十二時半ぐらいに店を出ただろう？　駐車場に変な車、停まってなかったか？」

「停まってたっていうか、出て行く車がありましたよ。だから後でチェーンを直して……」

「ちょっと待って下さい」一之瀬は話に割りこんだ。「どういう車だったか、覚えていますか」

「軽です。ナンバープレートが黄色かったから、間違いありません」店員が硬い口調で答える。

「ナンバーは確認しましたか？」

「いや、それは……そこまでは見てません」

「しっかりしろよ、お前は」店長が平手で従業員の背中を思い切り叩く。「変なものがあったら、きっちり見ておけ。どこで何があるか分からないんだから」

妙な気合いの入れ方をするものだな、と一之瀬は訝った。何だか警察に尻尾（しっぽ）を振っているようでもあり……ちょっとヤンチャだった人間が更生すると、こういう風になることがある。

「どこから出ていきました？」

「その……道路に出て」

「馬鹿野郎、道路に出るのは当たり前じゃないか」店長がまた従業員の背中をどやす。

「店長、私が話を聴きますので……」一之瀬は思わず割って入った。

「おっと、すみませんね」店長が一歩下がった。しかし少し手を伸ばせばすぐに殴れる位置である。

一之瀬は気を取り直して、従業員に正面から向き合った。ほっそりとした体形で、自信なげに視線を彷徨（さまよ）わせている。

「どの辺に停まっていたか、という話です」

「ああ……はっきりしませんけど、多分道路に近い側だったと思います」

「何人乗っていたか、分かりますか？」

「いや、そこまでは……」

「女性はいましたか」軽い誘導尋問。

「ちょっと覚えてないです」

「お前、記憶力ゼロじゃねえかよ。本当にしっかりしろよ」背後に控えた店長が、呆れたように言った。

「いや、夜中に一瞬見たものを、そんなにはっきり覚えてはいられないですよ」一之瀬は思わず従業員を庇（かば）った。「とにかく、映像で確認しますから、ご協力をお願いします」

「いいですよ」

店長の確約を得て、一之瀬はほっと一息ついた。これで失点を回復できるかもしれない。甘く見ると痛い目に遭うが、希望を捨てたらこんなきつい仕事はやっていられない。

一之瀬は、聞き込み要員として春山を現場に残したまま、特捜本部へ引き上げた。本当は、ビデオも二人でチェックした方がいいのだが、人手が足りないから、一人で頑張るしかない。

先日使った小部屋に籠り、ビデオを確認した。焼肉屋の入り口付近から、駐車場全体が見渡せるような広角で映っている。

「さて、と」小声で自分に気合いを入れ、揉み手をしてから身を乗り出す。目がチカチカしてきたのは、暗い画面のせいか……最近、急に目が悪くなってきた感じがする。この年になって近眼というのも困ったものだ。

十二時から始め、早送りで画面を確認していく。店はとうに閉店しているので、基本的に動きはない。暗闇の中、時々店の傍を通り過ぎる車のヘッドライトがさっと流れていくだけだ。

ほどなく、一台の車が歩道に乗り上げ、ヘッドライトが駐車場を照らし出した、そのまま停まっている……助手席から男が出てきて、歩道の端の方で何かごちゃごちゃとやっている。はっきり見えないが、チェーンを外しているのだろうと想像した。実際、すぐに車が動き出し、駐車場に入ると、一番端のスペースにバックで車を停めた。他に車が停まっているわけでなし、その辺に適当に停めておいてもいいのだが、ドライバーは変に几帳面、というかマメな人間かもしれない。

その間、助手席から出た男はずっと立ったまま待っていた。ヘッドライトが消え、運転席のドアが開き……クソ、角度の関係か、ナンバーだけが見えない。車種すらはっきりしなかった。「背が高い車」であろうとは思われたが、最近の軽自動車は、基本的に居住空間を稼ぐためにトールスタイルを採用しているタイプばかりで、背が低い車というと、ホンダのS660やダイハツコペンぐらいしか思い浮かばない。

時刻表示を確認する。十二時二十二分……実際に車が入ってきたのはその一分ほど前だろうか。二人の男が駐車場から出て行ったが、影のようなので服装までは分からない。

それから十分後、二人が戻って来た。よし。一之瀬は思わず両手を拳に握った。若菜が一緒だ。いや、闇のせいではっきり若菜だと分かったわけではないが、男二人女一人の組み合わせは、コンビニの防犯カメラに映っているのと同じである。

「いけるな」一之瀬はつぶやき、さらに前傾姿勢になって画面に顔を近づけた。男二人は前に、女性が後ろに乗る。少なくともドアは四枚……それだけでは、車種は絞りこめない。

車が動き出した。店からわずかに灯りが漏れており、それでナンバーが見えるかもしれないと予想したのだが……見えた。ぼんやりしてはいるが、黄色地に黒のナンバーがかすかに見える。下二桁が「46」。少し戻ってもう一度再生する。二度目で、品川ナンバーだということは分かったが、残りの数字がどうしても読み取れない。だが、これだけの手がかりがあれば、何とか持ち主は割り出せるはずだ。また「わ」ナンバーではないのでレンタカーではないと判断する。

車種は……かすかに光ったマークから、ダイハツらしいことは分かった。効率優先のパッケージなのか、リア側はすっぱりと切り落とされ、地面に対して垂直になっている。確かに荷物の積み下ろしは楽そうだが……自分が車を買う時は、軽はやめようと思った。交通事情の悪い東京には適したサイズなのだが、何となく味気ない。

ブレーキランプは縦型――ボディの中程からルーフにまで届くほどだった。他にも、ルーフの後端部分に、横に細長いブレーキランプがある。本当にダイハツの車だったとしても、この手がかりだけで車種を特定できるだろうか。

一之瀬はビデオの確認から離れ、パソコンを立ち上げた。サイトでダイハツの車を確認する。箱型――ワンボックスの軽は四種類と分かった。一つ一つ確認していくと、ブレーキランプが縦型でルーフまでつながっているのは一車種、ムーブしかないことが分かった。

よし、これでいける。

車種が絞りこめて、ナンバーの一部が分かっていれば、絶対に所有者は割り出せる。そこから、実際にこの車を運転していた人間にたどり着くまでは時間の問題だろう。実際には、所有者が運転していた可能性が極めて高いのだし。

あとは、この映像をもう少し細かく分析すればいい。解像度を上げて、ナンバーを全部割り出すのも不可能ではないだろう。

ツキはまだ残っている。自分はこの事件に見捨てられたわけではないと一之瀬は確信した。

〈18〉

一之瀬は一人で確認作業を進めた。春山を現場に放置したままなのは申し訳なかったが、ある程度材料をまとめて、岩下の目の前に出してやりたかった。

中江亜紀良、二十九歳。「ＪＵＢ」というＩＴ系の小さな会社を経営していることが分かった。ＩＴ系の社長のマイカーが軽自動車というのは、違和感があったが……本人の名前で登録されているのは間違いない。

ホームページで確認すると、本社の所在地は恵比寿だった。業種は……「ＩＴ系コンサルタント」ということらしい。中小企業のＩＴ化などを手がけているようだが、よく分からない仕事である。資本金は二百万円、従業員数は十二人、取引先に、一之瀬の知った企業の名前はなかった。何となく、社長の中江が脱サラか学生起業で細々とやっている会社、という印象を持つ。

幸いなことに、中江の顔写真も、免許を確認する必要もなく手に入った。ホームページの「企業理念」のところに、本人の写真が載っていたのである。きちんとスーツを着て、髪も最近は珍しいきっちりとした七三に分けている。しかし、これが防犯カメラの映像に残った男と同一人物かどうかは分からなかった。あの映像は暗過ぎ、どこまで調整しても顔のディテールが分かるまでにはならなかったのだ。

ここまで分かったからには、どうしても会いたい。住所と電話番号は割り出したが、かけてみても出なかった。できるだけ早く勝負をかけたいのだが……今日は土曜日。一日中、家族サービスで外に出ていてもおかしくないが、もしかしたら仕事をしているかもしれない。間違い電話を装って会社に電話をかけると、女性の声で応答があった。どうも、週休二日制の会社ではないようだ。

会社で摑まるかもしれない。こういう業種の人は、土日もなく必死で働いている印象がある。

「なるほど」岩下が二枚の写真を両手に持って見比べた。一枚はホームページの写真。もう一枚は免許証の写真だ。「現場にいたのと同一人物だな」

「自分は確信できませんけど……」

「それで、原田若菜との関係は？」一之瀬の疑念を無視して岩下が訊ねる。

「それはまだ分かりませんが——」

「お前はどう思う？」岩下が一之瀬の言い訳を遮った。

「何とでも想像できると思います。小さいですけど、ＩＴ系企業ですから、原田さんの取材を受けたことがあるとか……」一之瀬はうつむいたまま、ぼそぼそと言った。確信はまったくない。

「そうか。よし、引っ張れ」

「いいんですか？」一之瀬は慌てて顔を上げた。

「確認すべきことがあるから引っ張る。難しい話じゃないぞ」

「分かりました」

「多少強引に進めてもいい。今のところ、原田若菜につながる唯一の手がかりと言っていいんだからな。もう一人の男はどうだ？」

「まだ手がかりはありません。中江に確認するしかないですね」

「よし、分かった」岩下が二枚の写真をテーブルに置いた。「春山は？」

「まだ現場で聞き込み中です」

「それはそのまま続行させろ……いや、現場にもう少し人を突っこむか」傍（かたわら）の電話機を引き寄せる。「中江については、お前と宮村で担当しろ。ただし、直接話を聴くのはお前だ」

「いいんですか、自分で」

「何か問題でもあるのか？」岩下が眉根（まゆね）を寄せる。

「いえ……」

「自分で割り出したんだから自分で調べる。当たり前じゃないか」

まるで昨夜の失態などなかったかのような態度である。一晩寝ると全てを忘れてしまうタイプなのだろうか、と一之瀬は訝った。

「自分で摑んだネタは最後まで離すな。そんなの、刑事として常識だぞ」

自分が知らない常識だ、と一之瀬は啞然とした。情報は常に共有、誰でもそれを追っていけるようにする——そういう風に教わってきたのに。もしかしたら岩下は、古いタイプの刑事なのかもしれない。そういうのは、年齢には関係ないのだろう。

覆面パトカーの中で、一之瀬は宮村にその疑問をぶつけてみた。

「岩下さんが古いタイプっていうのは、いったいどういうイメージなんだ?」宮村が疑わしげに言った。

「いや、昭和の人って、周りも全員ライバルで突っ張り合ってた……みたいなイメージがあるんですけど」

「何だよ、それ」宮村が声を上げて笑った。「無駄に熱いってことか」

「そういう感じ、ないですか?」

「あるかもしれないな。もちろん俺も、昭和の時代の警察を実際には知らないけど」

「本当の警察じゃなくて、刑事ドラマはどうなんですか?」

「あんなのを観たって、本当のことは分からないぜ。俺は突っこむために観てるんだから」

それもどういう趣味かと思うが……子どもを起こさないように、ヘッドフォンをしてテレビの前に陣取り、ビール片手に「あんなの、あり得ねえ」とぶつぶつつぶやく——結構危ない人だ。

「お前、チャンスをもらったんだよ」

「そうなんですか？」

「一度ヘマしただけで、完全に仕事を取り上げちまう人もいるからな。岩下さんはすぐに激怒するけど、その辺に関しては、実は冷静なんだ」

「そうですかねえ」

「そうだよ。俺だってヘマしたことはある。でも岩下さんは、それで見捨てるようなことはしなかったから。だいたい今時、一回のミスで見放すようじゃ、ついていく部下はいないよ。リーダーは我慢、我慢で粘り強くいかないと」

そうかもしれない。藤島辺りに言わせると、そういうのは「甘い」ということなのだが……岩下より十歳ほど年長の藤島たちの世代は、どんな風に鍛えられたのだろう。時には鉄拳制裁？　実際、昭和の終わり頃に刑事としての第一歩を踏み出した人だから、いかにもありそうな話だ。

「まあ、俺に言わせれば、お前のチャンスなんかどうでもいいんだけどな」

「そうですか？」むっとして一之瀬は言い返した。

「そんなことより、ちゃんと犯人を挙げることの方が大事だぜ。基本中の基本だ」

「……そうでした」つい基本を見失っていた。自分の点数を気にするのは勤め人として当然だが、それで事件が解決しなかったら本末転倒である。

「とにかく、これが初めてのまともな手がかりかもしれない。外さないようにな」

「了解です」

ついアクセルを踏む足に力が入ってしまう。木場付近から恵比寿までは結構遠いのだが、三十分ほどで着いてしまった。

恵比寿は、山手線の東と西でずいぶん光景が変わる。東側は恵比寿ガーデンプレイスが完成して以降、ずいぶん小綺麗な街になった。一方西側は昔ながらの住宅街、それに気安い繁華街が広がる、下町風情さえ感じさせる街である。

ＪＵＢは西側にあった。駅からは歩いて七、八分だろうか……いわゆる「ＳＯＨＯビル」で、小さな会社ばかりが入ったマンションのような建物である。

「連絡してないですけど、いいですかね」車を近くのコイン式駐車場に停め、一之瀬は宮村に訊ねた。

「諸刃の剣だなあ」車のドアを閉めながら宮村が言った。「こういう小さい会社だと、社長自ら飛び回っているかもしれない。いないところへ顔を出して、用心させたらまずいしな……でも、事前に電話をかけると、警戒される」

「……ですね」

「突っこもうぜ。いるかいないかは賭けだ」

「了解です」

郵便受けで会社の部屋番号を確認し、オートロックのインタフォンを鳴らして返事を待つと、すぐに女性の澄んだ声で「はい」と返ってきた。一之瀬は少し屈みこんで、「警視庁捜査一課の一之瀬です」と告げた。

「はい」二度目の返事の声は、少し緊張感が増していた。

「社長――中江さんはいらっしゃいますか？」

「どういったご用件でしょうか」

なかなかしっかりした社員だと一之瀬は感心した。いきなり本人につながず、ワンクッション置く――もっとも、いきなり「警察だ」と言われて、すぐに社長を呼び出す社員もいないかもしれないが。

「捜査の関係で、伺いたいことがあります。社長につないでいただけますか」

「……お待ち下さい」

一之瀬は一歩引いた。振り返り、宮村の顔を見る。宮村は肩をすくめた。

「感づかれたかもしれないな」

「社員も関係しているって言うんですか？」

「かもな」

まさか、会社ぐるみの犯罪とか……可能性ゼロではないだろうが、取り敢えずは考えないようにしよう。ほどなく、声が戻ってきた。今度は女性ではなく、若い男の声。

「ちょっとそちらで待ってもらえますか」

一之瀬が答える間もなく通話は切れ、エレベーターが動き始める。

「本人が来ますかね」

「どうかね。秘書とか社員をメッセンジャーに使うかもしれない」宮村がぽつりと言った。

一人だった。ホームページのプロフィール写真とはだいぶ様子が違い、ややカジュアルな感じである。薄青いボタンダウンのシャツに濃紺のブレザー、ジーンズという格好で、足元は、よく磨きこまれた茶の革靴だった。髪型も七三ではなく、緩くオールバックにまとめている。

「中江ですが」疑わし気な視線を向けてくる。

「会社に入れてもらえないんですか」一之瀬は軽くジャブを放った。

「何か、会社に用があるんですか？」中江が打ち返してきた。「だったら、わざわざ私を名指しで呼び出す必要はないですよね」

一本取られた。頭の回転が速いのは間違いなさそうだ。

「用件はこれからお話しします。署までご同行願えますか」

「は？」中江が目を見開く。

「ですから、署まで一緒に来ていただけますか」一之瀬は繰り返した。話の内容が理解できていないとは思えないが。

「警察に呼ばれるようなことはないと思いますが」中江は冷静だった。

「思い当たる節もないですか？」

「ないですね」

「だったら、会社で話を聴いてもいいんですが」一之瀬は中江を挑発した。「思い当たる節がないなら、問題ないですよね？」

「……ちょっと待ってもらえますか」中江が折れた。「財布も携帯も持たずに出かけられない」

「じゃあ、上までご一緒します」

「疑り深いんですね」

「警察官は、そういう風に教育されていますので」

中江がジーンズのポケットからキーを取り出し、インタフォンの横にあるセンサーに当てた。ロックが解除され、中江はさっさとエレベーターの方に向かう。一之瀬は宮村に目配せし、ここに残るよう無言で頼みこんだ。もしも、裏の方に逃げ道があったら……一人は下で待機、警戒しなければならない。

五階で降りると、中江は自分の会社のドアを開け、振り向いた。わざとらしく、人差し指を立てて見せる。

「一分、待って下さい」

「ええ」

「別に、逃げようとは思っていませんから」

「私は何も言ってませんが」

一之瀬の皮肉に対して真顔でうなずき、中江がドアの向こうに消える。一之瀬は反射的に時計に視線を落とし、秒針の動きを見守った。「逃げない」とは言っていたが、あれは本当だろうか……心配していたが、四十五秒経ったところで中江が出て来る。服装は変わっていないが、アタッシェケースをぶら下げていた。ヴァレクストラのプレミエ……六〇年代風という感じだろうか、クラシカルなデザインは一目見れば分かる。安くはない――いや、はっきり高い。ということは、中江の会社はそれなりに業績好調なのだろう。

「お待たせしました」

「では、よろしくお願いします」一之瀬はさっと頭を下げた。失礼にならない程度に、さらにはあまり丁寧になり過ぎないように。

エレベーターに乗りこむ。無言で十数秒……それが長い。ちらりと中江を見ると、バッグを持っていない左手を拳に握っていた。軽く握るのではなく、血管が浮くほどきつく──中江も平静な状態ではないのだと思い、ほっとする。

宮村と合流し、覆面パトカーに乗りこむ。一之瀬がハンドルを握り、宮村が後部座席で中江と並ぶ……宮村は、中江の会社のことについて聴き始めた。仕事の内容は、社員の様子は──ごく普通の社会人同士の会話。

「土曜でも仕事なんですか？」

「大抵は出てますね」

「お忙しい？」

「貧乏暇なしですよ」

そう言う中江の口調は、どこか皮肉っぽかった。どこが貧乏だ、と一之瀬は白けた気分になった。

「その年で社長っていうのはすごいですね」

「必死でしたよ。この何年か、ずっと」必死と言いながら、中江の口調は穏やかだった。

「学生起業ですか？」

「ええ」

「本当に、すごいですすねえ」宮村が呑気な口調で繰り返す。「学生時代に会社を作るなんて、私にはそういう発想はまったくなかったな」

「今は会社を作るのも楽ですから」

「作るだけなら、ねえ。ちゃんと利益を出してランニングしていくのは、もっと大変でしょう」

「どんな仕事でも大変ですよ」中江がさらりと言った。

「こっちは公務員なんで、ピンときませんねえ」

それきり会話が途切れた。後部座席からは、ぴりぴりした空気が伝わってくる。さっさと最寄りの署――渋谷中央署に行きたいのだが、こういう時に限って明治通りが渋滞している。土曜日なのに……。

渋谷中央署の駐車場への出入り口は、明治通り側にしかない。恵比寿方面から行くと反対側になるので、細い道をぐるりと回りこんでいく必要があった。交差点で信号待ちに引っかかる度に、ハンドルを握る手に力が入ってしまう。どうして宮村は沈黙しているのか……これだったら、自分が後部座席に座り、中江の相手をしていればよかった。

ようやく渋谷中央署に到着する。ほんの十数分のドライブだったが、両の掌にびっしり汗をかいていた。そんなに緊張することはないと自分に言い聞かせたが、これが初めての本格的な手がかりかもしれないのだ。取調室に入った瞬間、相手が「申し訳ありませんでした」と泣き出して全てを白状する――そういう可能性もないとは言えない。

渋谷中央署にはあらかじめ話を通しておいたので、すぐに取調室に案内される。エアコンが入っていて快適な温度だったが、窓がないせいで、息が詰まる感じだった。

一之瀬はドアを背にして座り、反対側に中江を着席させた。宮村は、少し離れた記録者席。中江がプレミエをテーブルに置き、手帳とスマートフォンを取り出す。

「電話は遠慮してもらえますか」

一之瀬の要請を無視して、中江がスマートフォンをいじる。

「電話はちょっと——」

「電話はかけませんけど、録音します」一之瀬の再度の要請を無視して、中江がさらりと言った。「別に逮捕されたわけじゃないでしょう？　だったら録音する権利ぐらいあると思いますが」

「あなたに都合の悪い話が出てくるかもしれませんよ」

「そういうことは、そもそもないので——まず、どういう事情なのか説明してもらえますか？」中江が冷静に切り出した。

「この前の月曜日から火曜日にかけて、どこにいましたか」一之瀬は説明抜きで切り出した。相手を不安にさせた方が、本音を引き出せることがある。

「それは、夜ということですか」

「ええ」

「家にいましたよ」

「それを証明できる人はいますか」

「まさか」中江が馬鹿にしたように笑った。「一人暮らしで、どう証明しろと？」

「結婚してないんですね」

「そんな暇はないですよ」中江が鼻を鳴らす。

「あなたは、火曜日に日付が変わった直後に、江戸川区内で目撃されています。自宅のある目黒からはずいぶん遠いですね」

「そんなはずはない。家にいましたよ」

「でもあなたには、それが証明できない」

「できませんね……これ、無駄な言い合いじゃないですか」中江が腕を組んだ。

「あなたの車は？」

「いやいや……」中江が苦笑する。「そんなの、とうに割り出しているんでしょう？　謎かけみたいなことをする必要はないですよ」

「直接あなたの口から聴きたいんですが」

「どういう事件なのか話してもらえないと、何も言えませんね。これ、いわゆる任意っていうやつでしょう？」馬鹿にしたように中江が言った。

「ええ」

「だったら喋る必要もないし、このまま帰ってもいいわけですよね？」中江が、テーブルに置いたスマートフォンに手を伸ばす。

「ただし我々は、必要な情報が手に入るまで、何度でもあなたに会いに来ます」

「警察はしつこいってわけですか」馬鹿にしたように中江が言った。結局、スマートフォンには触らない。

「我々が一生懸命仕事をしないと、浮かばれない人がいますから」

「ああ、そうですか……それで、私のマセラティが何か？」

「マセラティ？」

「小金を儲けたIT系企業の馬鹿な若い経営者は、すぐにクソ高いイタ車を買いたがるんですよ」自嘲気味な台詞だったが、それが本音でないことは一目瞭然だった。頑張って仕事をして、自分の好きなように金を使う——それを誇りにしているに違いない。

「軽自動車を持っていませんか？　ダイハツの」

「ありますよ。あれは仕事用です」

「マセラティは仕事用じゃないんですか」

「荷物を運んだりする時には、マセラティよりも軽自動車の方がいいんです」

「その軽自動車で、月曜から火曜にかけて、江戸川区に行ってませんでしたか？」一之瀬は話を引き戻した。

「江戸川区なんて、全然縁がないですね」

「船堀の近くです」

　都営新宿線。しかし一之瀬は訂正しなかった。何となく惚(とぼ)けている感じがする。話すこと自体を拒否しているわけではないから、いつかボロを出すのではないか。

「『焼肉味洞園(みどうえん)』という店をご存じないですか」

「いや、知らないですね」

「店が閉店した後で、勝手に駐車場に車を停めると、問題ですよ」

「私がそういうことをしたと？」中江が右の掌を胸に当てた。「交通法規はきちんと守っていますよ。今まで違反キップを切られたこともない――そういうことも、当然調べたでしょう」

「私有地ですから、交通関係の法律は適用されませんね。むしろ家宅侵入かと思います」

「いずれにせよ、覚えはないですね」

「写真が残っているんですが」ここが勝負所だと思い、一之瀬は防犯ビデオから起こした写真をテーブルに置いた。中江からちゃんと見えるように逆さにする。「これは、あなたの車じゃないんですか」

「車種は同じようですね」中江が目を細める。「軽はどれも同じように見えるけど」

「ナンバーを解析しました。あなたの車です」

「覚えがないですね」

「これはどうですか？」二枚目の写真。助手席から男が降りて、駐車場入り口のチェーンを外すところだった。

「これが私だと？　別人でしょう」

「あなたは運転席ですか」

「いや、違いますよ。私は運転していません――この日は」

「だったらこれは、どういうことなんですか」一之瀬は二枚の写真を重ね、その上に手を置いた。Ｎシステムに照会したが、引っかかってこなかったのが痛い。途中の足取りが分かれば、さらに突っこめたのだが。「誰かがあなたの車を勝手に持ち出したと？」

「可能性がないとは言えませんね」

「本当にそうですか？」

「うちの車庫……持ち出そうと思えば持ち出せるかも」

「立派な防犯システムがあるんじゃないんですか？」

「いやいや――そんな大層な家じゃないんで」

「そうですか？」

「何だったら、見ますか？」中江がさらりと言った。挑発的な感じは一切ない。

「いいんですか？」

「任意でしょう？　協力しますよ」

「そうですか」急に態度が変わったのが不可解だったが、これはチャンスだ。

「面倒なんですよ」中江がちらりと腕時計を見た。「今日も、土曜日だからってのんびりしていいわけじゃないんで。時間がないんです。だから、そちらが知りたいことは全部喋りますから、さっさと解放して下さい。一時間あなたと話しているだけで、売り上げが百万円ぐらい吹っ飛ぶんですよ」

いくら何でもそれは大袈裟だろう……しかし、家や車を調べさせてくれるというなら、何を言われてもいい。もしもこの男が若菜を殺して切り刻んだとしたら、その現場は家ではないか？　特に浴室が怪しい。そこまで鑑識が調べられれば、何か手がかりが見つかるはずだ。

宮村が振り向き、軽くうなずく。よし、次の手だ。

「では、ご自宅まで一緒に行っていただけますか」

「構いませんよ」中江が荷物をまとめた。「でもいったい、何なんですか？」

一之瀬は迷った。相手に容疑を知らせない――正しいやり方ではないが、もう少し引っ張ってもいい。疑心暗鬼にさせれば、気持ちが揺れ動き、つい吐いてしまうこともある。ただし、いつまでも言わないでいると、後から問題になることもある。

最小限の情報を渡すことにした。

「原田若菜さんという女性をご存じですか？」

「いえ」

即答。早過ぎる。普通は、もう少し考えて返事をするものだ。疑わしい——そう思ったが、一之瀬は敢えて追及しなかった。考えろ。どうして警察にしつこく追われるのか、悩め。それで気持ちが揺らげば、絶対に顔に、態度に出る。そこに一之瀬がつけ入る隙が生まれるのだ。


〈19〉


目黒区鷹番（たかばん）。高級住宅地の中にある一戸建てが、中江の自宅だった。車が二台入る車庫がある……買えば軽く億を超える物件だろう。中江はすぐに、ガレージのシャッターを開けた。右側に問題のムーブ、左にマセラティのクーペ。軽自動車の値段はマセラティの十分の一ぐらいか、と一之瀬は推測した。

「車のロックを解除してもらえますか」

「いいですよ」

気さくに言って、中江がバッグからキーケースを取り出した。いくつもの鍵……その中から軽自動車のキーを探し出し、すぐにロックを解除する。

一之瀬は手袋をはめ、リアゲートを開けた。宮村は前に回りこみ、後部座席のドアを開ける。鑑識がいれば、もっときちんと調べられるのだがと思いながら、中をざっと検める。ゲートの奥はすぐに後部のシートだが、シートを倒せばラゲッジスペースが一気に広くなる。一之瀬は、いつも持ち歩いているマグライトを取り出した。プロの鑑識課員に比べれば、現場を調べる技術などゼロに等しいのだが、強い光を当ててみると、それまで気づかなかった異変が見つかることもある。宮村も同じようにマグライトを使い、後部座席のあちこちを照らしていた。

特に何も見つからない……一之瀬は「宮さん、シートを倒してもらっていいですか」と頼んだ。宮村が無言でシートを倒す。一之瀬はボディの側面、シートの裏側などをマグライトで照らしながら調べていった。しかし、異常は見当たらない。

強いて言えば、綺麗過ぎる。もちろん、車をいつも綺麗に掃除しておく人はいるだろうが、この軽は中江の証言によればセカンドカー、仕事用の車である。それほど綺麗にしておく意味はないはずなのに、車内にはきちんと掃除機をかけ、さらに徹底してタオルなどで拭ったような感じがあった。

死体の痕跡を消し去るように。

軽自動車から出て、隣に停まった濃紺のマセラティを見る。それほど綺麗ではない。雨の中を走ったままにしてあるようで、フロントのフェンダー辺りは泥で汚れていた。どうやら中江は、「洗車が趣味」のタイプではないらしい……しかし軽の方は、神経質なまでに掃除をしている。

何かがおかしい。

「どうですか」中江が苛ついた口調で言った。

「家の中を見せてもらえますか」一之瀬は切り出した。

「それはお断りします」中江が、今度は即座に拒否した。

「どうしても？」

「ええ」

「見られるとまずいものでもあるんですか？」

「独身の男の部屋なんて、人に見せるものじゃないでしょう」中江の顔が皮肉に歪む。

「ろくに掃除もしていないのに」

「その割に、軽自動車は綺麗にしてますね。舐めたみたいに磨き上げてる」

「まだ新車みたいなものだからですよ。ほとんど乗っていないし」

一之瀬は運転席のドアを開け、インパネを確認した。オドメーターはエンジンを起動しないと見えないタイプのようだ……しかし「新車みたいなもの」という中江の言葉に、嘘はないように思える。車の内外に、新車特有の艶がまだ感じられた。

「とにかく、家の中は勘弁して下さい。どうしてもというなら、一日時間をいただけますか？ 業者を呼んで、ちゃんと掃除させますから」

それでは無意味だ……一之瀬は、バスルームのあちこちに血が飛んでいる様を想像したが、さすがにそれはないだろうと思い直す。自分の家で遺体を解体したなら、その後は車以上に徹底的に掃除したはずだ。

「では、取り敢えずこれぐらいで」宮村が唐突に言った。「ご協力、ありがとうございました」

「いえ」中江がちらりと一之瀬に視線を向ける。疑っている……一之瀬の本音を読もうとしたようだった。そっと目を逸らしたが、果たして中江は、一之瀬の目に何を見たのだろうか。


「おかしいですよね」

ムーブを運転してまた会社に行くという中江と自宅前で別れ、覆面パトカーを出した瞬間、一之瀬は思わず言った。

「だな」宮村が同意する。「中途半端に反抗的だし、中途半端に協力的だ」

出しましょうか」
「ですね……」一之瀬は左手でハンドルを握ったまま、右手で顎を撫でた。「提出命令を
「あの軽は、もう一度きちんと調べたいな」
「あれ、絶対に何か隠してますよね」

「あくまで任意で、だ」

「分かってますけど……徹底して掃除したみたいですね」

「用心深い男なんだろうな……ちょっと、そこを左へ曲がれ」

言われるまま、一之瀬はウィンカーを出して細い路地に入った。宮村がすぐに「停まれ」と命じる。一之瀬がブレーキを踏み、車が停まるか停まらないうちに、ドアを押し開けた。「どこかでUターンしてきてくれ」と言い残して歩き出す。中江の動向を見るつもりだな、とすぐに分かったので、先にある小さな交差点を利用して車の向きを変えた。宮村は、電柱の陰に身を隠して道路の様子を見守っていたが、一分ほどすると駆け戻って来て車に飛びこむ。

「出してくれ」

「中江は家を出たんですか？」

「ああ」

中江と別れて、五分かそれぐらい。短い時間だが、誰かと電話で相談するぐらいの余裕

はあっただろう。誰か――例えば共犯者とか。

一之瀬は慎重に車を出した。目の前をムーブが通り過ぎるのを確認して、広い道路に戻る。間にタクシーが一台挟まったが、尾行にはこれぐらいがちょうどいい。助手席に座った宮村が、すぐにスマートフォンを取り出す。岩下に電話をかけたのだと分かった。

「――ええ、そうです。一応車は綺麗だったんですが、どうも怪しいんですよ。鑑識に調べてもらうために、手を打ちます。はい、家の方は……拒否ですね。強い拒否でした。ええ、何とか家に入る方法も考えます。そうです、今尾行中です。これから会社に戻ると言ってますので、それを確認します……え？　応援ですか？　分かりました。じゃあ、会社に着いたところで交代します」

電話を切ると、宮村が「大事（おおごと）になってきたぞ」と告げる。

「応援が来るんですか」

「ああ。今のところ、奴が唯一の容疑者だからな。応援の人間が来たところで、俺たちは交代して、軽を押収する方法を考えよう」

「分かりました……とにかくやるしかないでしょうね。今日のうちにでも」

「お前、さっきはちょっと丁寧過ぎたな」宮村が指摘する。

「そうですか？」

「もっとガツガツ行ってもよかったんだよ。殺しの件も、はっきり言えばよかった。それで向こうの反応を見る手はあった」

「原田若菜の名前を出した時に、少し反応が早過ぎました」

「確かに、な」

「絶対に知ってますよ。間違いありません」

「決めつけるなよ」宮村が忠告する。「決定的な材料はまだないんだから」

「分かってますけど、焦りますよね」

「焦ってもしょうがない。まずは、中江を逃がさないようにするのが最優先だ。あとは、もう一人の男を割り出さないと……そっちの方が難問だな。今のところ、何も手がかりがない」

「何とかしましょう」自分を奮い立たせるために一之瀬は言った。「初めてのチャンスなんですから」

「お、やる気満々じゃないか」

「何か……釈然としないんですよ。はっきりさせないと気持ちが悪いでしょう?」前方を凝視しながら一之瀬は言った。タクシーが左折し、ムーブのテールランプがはっきり見えるようになる。逃がすか、と一之瀬はハンドルをきつく握り締めた。


一之瀬と宮村は再度、中江の会社を訪問した。今度は、鑑識の係官たちも一緒である。

中江は当然、迷惑そうな表情を浮かべたが、軽自動車の提出については同意した。「それで気が済むなら、どうぞ」という軽い口調である。軽く考えているのは本音だろう、と一之瀬は判断した。ただしこの男は、鑑識の力を舐めている。何もないように見えるところで、どれだけ決定的な証拠を発見してきたか……自分は何も見つけられなかったことを棚に上げ、一之瀬は中江に挑発的な視線を向けてみた。

もちろん、中江は乗ってこない。まだ冷静さを保っている。

特捜本部に戻ると、すぐに捜査会議が始まった。今日の主役は一之瀬である。容疑者とみなせる人物が見つかったこと、車を押収して詳細に調べ始めたこと——一之瀬が報告すると、その場の空気がいきなりヒートアップした。声が漏れるわけではないが、興奮で体温が上昇し、その場の温度さえ少し上がる感じ。こういう場面に一之瀬は何度も遭遇してきたが、自分がその中心にいることを意識すると、やはり興奮する。今回の事件では、成功したり失敗したりだったが、これで何とか失点は取り返せたのではないだろうか。報告を終え、ほっとして腰を下ろした途端に、中江をもう一度引っ張るべきかどうかで、岩下と管理官の小野沢の激論が始まった。そういうのは、全員揃った捜査会議の席ではなく、幹部だけで相談してくれればいいのに……と一之瀬は少し白けた気分になった。

前の方に座っていた一之瀬には、すぐに明確な構図が見えてきた。中江を呼んで、できればすぐに逮捕に持っていきたい岩下と、それに反対する小野沢。岩下は普段から強気で強攻派だから、一気に捜査を進めようと考えるのも不思議ではない。何だったら別件でも……と言い出した時には危険な臭いを感じたが。別件逮捕は、後々何かと問題になる。結局立場の差を利用して、小野沢が勝った。二十四時間の監視を始め、その間に証拠を集めて逮捕へ向かう——ごく当たり前、無難な方針だが、結局はこれが一番近道だろう。

一之瀬は、家に上がりこむ理由がないだろうかと考えていた。どれだけきちんと証拠湮滅したつもりでも、家は車とは違う。必ず掃除し切れない場所が残るはずだし、一之瀬は自分の目を信じてもいた。何か異変があれば、必ず見つけ出せる——。

「今夜から二十四時間態勢の監視をつける。奴はまだ会社にいるようだから、まずは会社からだ」岩下が腕時計を見る。「会社を離れて自宅へ戻り次第、監視を交代。その後は八時間交代で監視、とする」

「こっちの姿を見せてもいいんじゃないかな」小野沢がぽつりと言った。腕組みして座ったまま、宙のどこか一点を見つめている。

「いや、それは」岩下が反論する。

「妙に入念に準備しているタイプなんだろう?」小野沢が指摘する。「そういう奴は、環境の変化を嫌う。自分が準備してきたことが、全部無駄になるからな。張り込みされていることが分かると、焦ってヘマするかもしれない。圧迫張り込みだ」

圧迫張り込み？　そんな言葉があるのか、と一之瀬は首を傾げた。

「危険じゃないですか」今度は一転、岩下が慎重になった。この二人は、性格が逆というよりは、状況に応じて「剛」と「柔」の役割を使い分けているのかもしれない。特捜本部全体が同じ色に染まらないように。

「多少の危険はいいんだよ」小野沢が平然と言った。岩下より五歳ほど年長のベテラン捜査員で、くぐってきた修羅場は片手におさまらないほどらしい。若い頃、一連のオウム事件の捜査では命の危険も感じた……と呑み会の席で一之瀬も聞いたことがあった。それ故、時として大胆になるのか。常に前傾、前向きに進もうとする岩下に比べれば、その辺の塩梅──ブレーキとアクセルのバランスに慣れているのかもしれない。

「……せめて一日ぐらい、様子を見ませんか」岩下が出した折衷案を、小野沢も了承した。

「時間はかけたくないな」小野沢が言った。何故か、一之瀬を見ている。「まあ、一之瀬がすぐに証拠を見つけてくれるだろうよ。あるいは共犯を」

返事するわけにもいかず、一之瀬はうなずくしかできなかった。「困った顔をするなよ」と突っこまれても、返す言葉がない。刑事たちの間に失笑が広がった。一之瀬は俯き、唇を噛み締めた。何かヘマをして、叱責されるなら理解できるが、こんな風に馬鹿にしなくてもいいじゃないか。

捜査会議がお開きになったので、一之瀬はそそくさと別室──防犯カメラの映像を確認した部屋——に引っこんだ。もう少しきっちり映像を見ていけば、何か手がかりが見つかるかもしれない。一番欲しいのは、共犯の存在だった。対象が二人いると、供述の矛盾などを突ける。

ドアが開き、春山が姿を見せた。

「ああ、座れよ」一之瀬は声をかけた。春山は、何だかげっそり疲れた様子だったのだ。

「失礼します」後ろ手にドアを閉め、春山が椅子にゆっくりと腰を下ろした。

「お疲れみたいじゃないか」

「一日、歩きっぱなしでしたから……一之瀬さん、上手くやったんですね」

「ついてたんだよ」

「ツキも実力のうちって言うじゃないですか」

「褒めても何も出ないぞ」

「別に褒めてませんけど」

一之瀬はさっと腕時計を見た。七時半——「飯は？」と声をかける。

「いや、まだです。捜査会議、終わるのがちょっと早かったですね」

「何か食べに行こうか」所轄で弁当を用意してくれているのだが、何となく気が進まない。冷たい弁当を食べていると、身も心も冷たくなってくるのだ。

「そうですね……ちょっとぐらい抜け出しても大丈夫ですよね」

「今夜は何か、仕事を振られているのか？」

「明日の朝から、中江の監視を引き継ぎます」

「じゃあ、後は帰るだけだろう？」

「今夜は、一之瀬さんはどうするんですか」

「終電ぎりぎりまで、ビデオの分析をしようと思う。何か手がかりを見逃しているかもしれないし」

「店はどうします？」

「そこまで考えてなかったな」

「木場駅の近くには食べるところがあまりないんですけど……ちょっと歩いて門前仲町まで行けば、何でもありますよ」

「じゃあ、そっちで何か見つけようか。食べ終わったら、君は直接帰ればいい」

「了解です」春山が勢いよく立ち上がる。食事の話になって、急に元気になったようだった。

　春山はさすがにこの辺の事情には詳しく、メーンストリートの永代通りを避けて、分かりにくい裏道を門前仲町方面へ進んだ。

「いい定食屋があるんですよ」

「定食屋、いいね」最近、栄養バランスが崩れ気味だ。

「ああ、そこ……ビルの一階、分かります？」

「あれ？　喫茶店じゃないのか」

「いや、定食屋なんです」

　入ってみると、確かに定食屋だった。店の外観も内装も昭和の喫茶店という感じだが、メニューは豊富である。生姜焼き（しょうがや）きやトンカツ定食などの定番メニューもあるし、カレーも美味そうだ。

「お勧めは？」

「何でも美味いですよ」春山は満面の笑みを浮かべて、写真つきのメニューを眺めている。

「じゃあ、カレー……野菜カレーにしようかな」揚げたナスやピーマンなどが入っていて、健康にも良さそうだ。

「俺はロースカツ定食にします」

「がっつりいくんだな」

「昼飯、サンドウィッチ一個だったんですよ」

「じゃあ、その分カロリーを補充しておかないと」

　注文を終えて目を瞑（つむ）る。急激に眠気が襲ってきて、今にも寝てしまいそうだった。食事の前なので、眠気覚ましのガムも嚙めない。必死で目を見開き、冷たい水を一気に流しこんで、何とか意識を保つ。

料理が運ばれてきて、二人とも黙々と食事を始めた。野菜カレーは意外に本格的で、スパイスの辛さを奥深くに感じる。いや、相当辛い……野菜の甘みのおかげで、辛うじてバランスが取れている感じだが、それでもいつの間にか、額に汗が噴き出ていた。

食べ終え、紙ナプキンで口を拭うと、急に甘い物が飲みたくなった。

「俺、アイスコーヒーを頼むけど、どうする？」

「あ、俺もいただきます」春山はまだ、ロースカツをふた切れ残していた。やけにゆっくり食べているのは、料理を味わうためか。

一之瀬はアイスコーヒーを二つ頼み、ミルクとガムシロップをたっぷり加えた。一口飲むと、口中の辛味がすっと消えていく。ほっと一息ついて、スマートフォンでニュースをチェックした。連続バラバラ殺人は、最初は紙面などを賑わせたものの、その後はぱたりと消えている。マスコミが飽きっぽいのか、あるいは情報がないのか……後者だろう、と一之瀬は思った。

「犯人は、サイコ野郎じゃないかっていう噂が流れてますよ」ようやくロースカツ定食を食べ終えた春山がぽつりと言った。

「噂？　どこで」

「ネット」

「それは、真に受けちゃいけないよ。当たってる時もあるけど、大抵は根拠のない話なんだから」

「それは分かってますけど、ありそうな話じゃないですか」

「どうかな」一之瀬は中江の顔を思い浮かべた。それなりに儲けているらしい、ＩＴ系企業の若い社長。話した限りでは、そういう異常さは感じられなかった。もちろん、仮にそうだとしても、必死に隠しているはずだが。

「一之瀬さんの勘でどうなんですか？　中江は……」

一之瀬は唇の前で人差し指を立てた。こんなところで具体的な名前を出すべきではない。春山も気づいて、素早く頭を下げた。

「話した感じでは、そういうイメージはないな」

「ですよね……事件の間隔も狭過ぎるし。ああいうの、大変なストレスになるんじゃないですか」

「俺らの感覚ではね。でも、それ自体が快感という奴もいるはずだから」

「信じられないですね」ぶるりと身を震わせ、春山がアイスコーヒーのグラスに手を伸ばした。ブラックのままグラスから直接飲み、ふっと溜息をつく。

「ダメージが大きいみたいだな」

「何が何だか分からないんですよ。もう少し見通しがいい事件なら、やる気も出るんでしょうけど」

春山が、グラスで濡れた指先をテーブルの上に滑らせた。途中で水はかすれたが、8の字を横倒しにして書こうとしたのは分かった。無限……出口のない捜査をイメージしているのか。

「そんなに落ちこむなよ」反射的に慰めてしまった。

「分かってるんですけど、やっぱり疲れます」

「いい経験じゃないか」

「でも、自分が刑事に向いているかどうか、分からなくなってきました。何だか空回りしている感じだし」

「それは俺も同じだよ」一之瀬はうなずいて認めた。

「一之瀬さんもですか？」春山が目を見開く。

「ああ。別に、どうしても刑事になりたかったわけじゃないし」

「そうなんですか？」

「最初は何も考えてなくてさ」一之瀬はうなずいた。「警察学校を終えた時……交番から上がって何の仕事をするか、特に希望もなかった。刑事課勤務になっても、何かしっくりこなかったし。いや、今もかな」

「そうは見えないですけど」

「じゃあ君は、人を見る目がないんだよ」一之瀬は苦笑した。「それなりに悩んでるんだぜ」

悩んでいるように見えないとしたら、それも問題だ。まるで単なる能天気な男のようではないか。

「動きがない時は、余計なことを考えがちなんだよ。でも動き出せば、本筋のことしか考えられなくなる」

「そういう時が来るんですかね」

「来るっていうか、自分で引き寄せないと」

何だか藤島が乗り移ってしまったみたいだ、と一之瀬は苦笑した。反発することも多かったが、教育係の言葉は自然に身に染みこんでいたということか。

〈20〉

日曜日、早朝。東京でも、一週間に一度だけ、街が完全に眠りにつく時間帯だ。一之瀬は仕事で朝の七時頃に首都高を走ったことがあるが、あまりにもがらがらでびっくりしたことがある。何となく、世界が滅びたらこんな感じになるのでは、と思ったものだ。

殺人事件二件の捜査が継続中ということで、当然一之瀬たちに休みはない。午前八時からの捜査会議開始も、平日とまったく同じである。寝坊するわけにもいかず、一之瀬はいつもと同じ六時に目覚めた。疲れがまったく取れていない。昨夜もずっと映像を見続け、江東署を出たのは終電近い時間だったのだ。家を出て、駅前のマクドナルドでフィレオフィッシュの朝食を慌ただしく済ませる。コーヒーの残りはテークアウトにして、がらがらの小田急線に乗りこんだ。

コーヒーをちびちび飲み、新聞を読んで眠気を吹き飛ばそうと努める。なかなか上手くいかず、千代田線に入ってからはつい居眠りしてしまったが、東西線に乗り換えた後でようやく目が覚める。遅いんだよ、と自分を嘲笑いながら、木場駅で降りた。

ホームに降り立った瞬間、普段とは違う空気に気づく。誰かに監視されているか、尾行されている感じ。一瞬間をおくために、ホームの中程で立ち止まる。壁面のイラストを見る振りをして周囲を見回したが、誰もいない。一体何が……勘違いだろうかと地上に出て、江東署に向かって歩き出した瞬間、また気配に気づいた。無視だ、無視――少し歩調を早めて五歩歩いたところで、いきなり振り返る。

斉木だった。

何なんだよ。一之瀬は舌打ちして、斉木を睨みつけた。

「今日は偶然じゃないだろうな」

「うちも人使いが荒いんだよ。日曜の朝に尾行なんかさせなくても、な」

「何で俺が、外事二課に尾行されないといけないんだよ」

「ちょっと話をしようぜ」

「遅れてるんだ」一之瀬はわざとらしく左腕を持ち上げてみせた。「捜査会議に遅刻したら、査定が下がる」

「捜査会議より大事なこともあるだろう。そっちの捜査にも役に立つかもしれないし」

「何だって？」意外な申し出だった。露骨な餌という感じだが、無視していいとも思えない。外事二課が、バラバラ殺人事件の手がかりを持っているとは思えないが、思わぬところにヒントがあっても不思議ではない。

「ちょっと公園に寄ろうぜ。どうせ、所轄に行く途中だろう」

「本当に時間がないんだけど」しかも、誰かに見られる恐れがある。特捜本部に入っている刑事が、公安の人間と会っていると分かったら、何を言われるか分からない――いや、この件は岩下にきちんと報告しよう。自分の身を守るためにも。

二人は無言で歩き出した。斉木は、一之瀬が一緒に公園に行くものだと思いこんでいるようで、胸を張って大股で歩いている。その態度が何となく気に食わず……結局こいつは、俺に何か適当にカマをかけているだけだろう、と一之瀬は判断した。やはり、訳の分からない話につき合う必要はない。

「手がかりにでもなりそうな話なのか？」

「可能性はあるな」

「そもそも、何でお前がそんなことを知ってるんだ？　いや、お前じゃなくて外事二課が知ってるのか？」

「出処（でどころ）は気にするなよ」

「そんなネタは信じられないな。だいたい、こっちの捜査に役立つ情報なら、正式ルートで流せばいいじゃないか。それならこっちだって、喜んでお礼を言うよ。飯ぐらい、奢ってもいい」

「別にお礼が欲しいわけじゃない」歩きながら斉木が肩をすくめる。

二人とも無言になる。斉木がいなければ悪くない朝だな、と思った。三月も終わり近く、今朝は気温も高めでコートがいらない。この辺は歩道に街路樹も多く、歩く楽しさがあった。しかも人が少ない……東京では珍しい静けさを味わえる朝だ。

斉木は自分からは口を開こうとせず、一之瀬の斜め後ろをついて来る。次第に鬱陶しくなり、一之瀬はどこでこの男を振り切るかを考え始めた。この先――公園の木場口の先に信号があって、そこで三ツ目通りを渡らねばならない。同行はその辺が限界だろう。三ツ目通りを横断したら、江東署はすぐ近くである。斉木も、そのまま所轄までついては来ないだろう。

一之瀬は、公園の木場口で立ち止まった。

「中に入らないのか？」斉木が不思議そうな表情を浮かべる。

「いや」

「マジで大事な話なんだけど」

「だったら、捜査二課の上を通じて話せばいいじゃないか。何で俺に直接なんだ？　俺はただの平刑事だぜ」

「俺のやってることも、上は全部知ってるわけじゃない。俺たち下っ端同士で情報を共有して、上をあっと言わせてやるっていうのはどうだ？」

こいつは、こんなに野心のある人間だっただろうかと訝る。昔は、無事これ名馬の典型的な公務員——自分と同じだ——という感じだったのだが。

「手柄が欲しいのか？」

「もちろん」斉木がニヤリと笑う。「お前は欲しくないのか？」

「変なルートで情報を取っても、喜べないな」

「何だよ、それ」斉木が両手を軽く広げる。「どこから出ても、情報は情報じゃないか」

「そうとも言えないんじゃないか？　だいたい俺、外事二課のネタがうちの役に立つとは思えないんだけど」

「そんなの、聞いてみないと分からないだろう」少し憮然とした表情になって斉木が言った。

「じゃあ、今聞かせろよ」一之瀬は斉木に向けて右手を差し出した。こぼれ出す情報があるなら、この手で全部受けてやる。

「こういう場所じゃ話せないな」

「もったいぶるなよ」

「情報の秘匿は必要だろう」

「そういうことを言いながら、大した情報じゃなかったりするんだよな。それとも、犯人に直結するような情報なのか？」

「お前、原田若菜がどういう人間か、分かってるのか？」斉木が突然切り出した。これまで散々攻撃してきたのに、まったく応えていない様子だった。

「調査中だ」一之瀬は低い声で言った。

「へえ」軽い相槌。決して馬鹿にしている様子ではないのが、かえって苛つく。

「何だよ、何かあるのか」

「あるよ」

「だったら、言えよ」一之瀬は一歩詰め寄った。「何でそんなにもったいぶってるんだ？」

「こっちも欲しい情報があるんだよ。こういうのはバーターだろうが」

「話が適当過ぎるな」一之瀬は首を横に振った。

「こっちの話は、常にがっちり決まるものじゃないから。そういう曖昧な世界に生きてるんだよ」

「格好つけてるだけだろう」

「まあ……」斉木がニヤリと笑った。「俺は別に、焦る必要はないんだけどな」

「どういうことだ？」

「獲物はもう、釣り針に引っかかってるからさ」

「誰が獲物なんだ？」

「お前が協力してくれないんだったら、こっちからは言わないよ」

「おい――」

「気が変わったら連絡しろ」斉木はさっさと踵を返し、木場駅の方へ歩き始めた。

気に食わない野郎だ。同期とはいえ、許し難い。いったいどういうことなのか、若杉にでも聞いてみようか……あの男なら斉木のことを知っているかもしれない。

一つだけはっきりしたことがある。斉木は、一之瀬が知っている中で一番我慢強い人間だ。立場が逆だったら、自分はとうに切れていただろう。

捜査会議のスタートにはぎりぎり間に合った。報告と指示が続く間も、一之瀬の心は上の空だったが……斉木の件がずっと頭に引っかかっている。

会議が終わるや否や、一之瀬は岩下に今朝の一件を報告した。

「また外事二課？」岩下が眉を吊り上げる。

「ええ。今日はどこかから尾行されていたようです」

「何だ、それは」岩下が首を傾げる。「お前、いつからそんな重要人物になった？　何で外事二課がお前に執着してるんだ？」

「同期だから話しやすいと思ってるとか……」確信はなかったが、一応言ってみた。

「お前が話すわけないよな」岩下が皮肉に唇を歪ませる。「変なところで頑固だから」

「何か、格好つけてるんですよ。秘密主義っぽい振りをして」一之瀬は唇を尖らせた。

「外事二課の動き、どうなんですか？　何かあるんですか」

「それなんだがな」岩下の隣に座っていた小野沢が急に割りこんできた。「どうも様子がおかしい。理事官が非公式に向こうと接触して様子を探ったんだが、どうにも答えがはっきりしない」

「そんなこと、あるんですか？」一之瀬は仰天して訊ねた。「あいつらが秘密主義なのは知ってますけど、上同士の話し合いでも、そんなに隠し事をするんですか？」

「可能性があるとしたら、向こうの捜査とこっちの捜査がどこかでぶつかっている……かもしれない」小野沢も歯切れが悪かった。「向こうが追っていた犯人が殺されて、こっちが裏の事情を何も知らずに捜査している、とかな」

「原田若菜が、外事のマル対だって言うんですか？」そう言えば斉木は、若菜のことを妙に気にしていた。「原田若菜がどういう人間か、分かってるのか」——あれはやはり、若菜の裏の顔を示唆（しさ）していたのかもしれない。

「そんなことは分からん」小野沢がむっつりした口調で言った。「それを調べるのがお前の仕事だろうが」

「……そうですね」

「お前、その同期の奴とは喧嘩別れか」岩下が訊ねる。

「追い返しました」

「甘いねえ」腕組みをした岩下が、馬鹿にしたように言った。「適当に調子を合わせて、こっちの事情は教えないで向こうの情報を引き出すぐらいできないと」

「すみません」一之瀬は憮然としながらも謝った。

「まあ、公安から情報をもらうようになったら、捜査一課も終わりだけどな」

こういうせめぎ合いが、今も本当にあるとは思えなかった。オウム事件で刑事部と公安部が合同で捜査して以来、「壁」は崩れたという話を先輩たちから聞いていたのに……あれは異例中の異例で、今はすっかり元通りになってしまったのか。

「何を企んでいるのか分からないが、奴らに吠（ほ）え面（づら）をかかせてやれ」岩下がけしかけてきた。

一之瀬は無言を貫いた。うなずきもしない。確かに斉木のやり方は気に入らないが、岩下もあまりにも頑なではないか。しかし岩下は、それ以上何も言わなかった。口だけだったかもしれないと思い、一之瀬は改めて一礼してからその場を去った。背中を汗が伝っているのが分かる。

宮村がすっと近づいて来た。

「何を相談してたんだ？」真剣な口調だが、目は笑っている。何事に限らず首を突っこんでくるのがこの男の癖だ。

「いや、特には……」あまり話を広めてはまずいと思い、一之瀬は口を閉ざした。

「何だよ、何だよ」にやにや笑いながら、宮村が一之瀬の背中を平手で叩く。「俺に対して秘密主義はないだろうが。公安みたいな奴だな」

まさか、もう事情を知っている？　驚いて宮村を見たが、きょとんとした表情が浮かんでいるだけだった。

「どうした？　俺、何かまずいことでも言ったか？」

「いや……何でもないです」

さっと頭を下げ、一之瀬は部屋を出た。今日もしばらく、防犯カメラの映像を見続けることにしている。もう何十回目になるか……既に手がかりはないと確信しても、そう思った次の瞬間には、見逃しがあるかもしれないと怖くなる。

部屋に入り、ドアを閉めた。鍵をかけるまではしないが、それでも外の世界から遮断されてほっと一息つく。こういう作業には何より集中力が大事だ。ブラインドを閉め、照明を消して、モニターの前に陣取る。できるだけリラックスしつつ、視線と頭は映像に集中して……駄目だ。五分と経たないうちに、一之瀬は立ち上がっていた。今日はまったく集中できない。こんなところに籠っているのではなく、街を歩き回って手がかりを捜すべきではないかと思えてきた。

他にできることは……ふいに思いついた。中江——JUBについて、分かる人間がいるかもしれない。ネットであれこれ検索してみたのだが、プラスの話もマイナスの話も出てこない。噂が立つような規模の会社ではないということか……。

スマートフォンの住所録を呼び出し、先日登録したばかりの酒井亮平の番号を呼び出す。日曜日の午前中に申し訳ないと思いながら、そのまま電話をかけた。

「はい、酒井です」

相手の声が明瞭だったので、少しだけほっとする。寝ていたわけではないようだ。

「先日お伺いした、警視庁捜査一課の一之瀬です」

「ああ、どうも」愛想はないが、拒絶するような雰囲気でもない。

「お休みのところ申し訳ないんですが、ちょっと知恵を貸していただけますか」

「我々に休みはないですよ」酒井の声に皮肉が混じった。「休んだら、他の人に仕事を取られますからね」

「厳しい業界ですね」

「失礼しました」一之瀬は咳払いして話を先へ転がした。「JUBという会社、ご存じですか？」

「ああ、知ってますよ。ITコンサルの、小さな会社ですね」

「ITコンサルって、具体的にどういう仕事をするんですか？」いい機会だと思って訊ねてみた。

「いきなり基本的な質問ですか」電話の向こうで酒井が笑った。

「すみません、純粋文系なので……知らない世界なんです」いくら何でも卑屈かなと思いながら、一之瀬はつい頭を下げてしまった。

「コンサルティングは……お分かりですよね」

「ええ、何となく」

「それの、IT系に特化した仕事です。今は、仕事の支援になる技術はものすごくたくさんあるんですよ。顧客管理、物流管理、営業管理……それまで手仕事でやっていたのを、ITを利用して効率化できるようになっているんですけど、そういう知識がない会社がいきなり導入しようとしても無理でしょう？　IT系コンサルは、そういう会社を対象に、相談に乗る仕事です」

「儲かりますか？」

「うーん……一概には言えません。新しい技術を導入する時、大きな会社なら社内で抱えたシステムエンジニアが担当できます。困るのは、専門家がいない中小企業ですよね。そういう会社を相手にして、どれだけ搾（しぼ）り取れるか——言葉は悪いですけど、そういう仕事です」

「じゃあ、それほど金にはならない？」

「まあ、自転車操業のところは多いようですよ」

「マセラティなんか買えませんか？」

「マセラティって、いくらぐらいするんですか？」

「軽く一千万円を超えると思います」

「それは——」声を上げかけ、酒井が言葉を呑みこむ。急に低い声になって続けた。「それ、具体的にはどういうことですか？　ＪＵＢの関係？」

「ええ。社長の車がマセラティで」

「おかしいなあ。あの会社、そんなに業績がいいわけじゃないですよ」

「社長は、目黒の鷹番に大きな一戸建てを構えてますけどね」

「経費で落として賃貸かもしれないですね。いや、それもないか。そんな高い車を買ったり、目黒の高級住宅地に一戸建てを借りるようなキャッシュフローは、あの会社にはないと思いますよ」

「そんなに苦しいんですか？」

「かつかつでしょうね」酒井が言った。「そういうＩＴコンサルは多いです。ただ私は、あの会社を直接取材したことがないので、何とも言えませんけど。あくまで一般論です」

「調べてもらうことはできますか？」

「え？」

「あなたには伝もあるでしょう。情報収集能力だって、こういうことにかけては警察以上のはずだ」

「過大評価ですよ」酒井が自嘲気味に言った。「所詮ライターですから、期待されても……」

「それでも、お願いできませんか」一之瀬は食い下がった。「原田さんのためなんです」

「彼女のため？　どういうことですか」

「それは……すみません、中途半端ですけど、言えないんです。捜査のためとしか——それで分かっていただけませんか」

「ちょっと待って下さい……彼女、あの会社を取材したことがあったんじゃないかな」

「え？」

する。

「確か、大学の先輩とか言っていたような記憶が」
「本当ですか？」
「いや、記憶が定かじゃないので、はっきりしたことは言えませんが」酒井が慌てて訂正する。

これが本当なら、大きな手がかりになる。一之瀬は立ち上がり、部屋の灯りを点けた。スマートフォンをきつく握り締め、一瞬目を瞑る。何なんだ、この一件は――頭の中でぐるぐると疑念が渦巻く。まるで大学のＩＴ研という狭い世界の中で、全てが完結しているようではないか。もしかしたら、若菜と一緒にいたもう一人の男も、ＩＴ研のＯＢかもしれない。

中江は、年齢から言って若菜の二学年上ぐらいだろう。当然、普通に接触もあったはずだ。学生起業したというから、ＩＴ研の中でも有名人のはずで、誰かに話を聴くのは難しくないはずだ。

ＪＵＢに対する調査を頼み、丁寧に礼を言ってから電話を切った。間髪いれず、ＩＴ研の中で話を聴かせてくれそうなメンバーを思い浮かべる。特別協力的な人はいなかったなと思いながら、高瀬さおりに電話をかける。日曜日に連絡してしまったことを最初に詫びてから、本題に入る。

「中江さんですか？　二年上ですね」

「よく知ってますか？」

「まあ、ＩＴ研の先輩として」

さおりの口調には、どこか醒めた気配が感じられる。何かあったな、と一之瀬はピンときた。

「中江さん、在学中に起業しましたよね」

「ええ」

「それはつまり……何というか、有能だったんですか？」

「ちょっと……あの、私的には何と言っていいか分からないんですが」

「率直に喋っていただいて結構ですよ」

「ちょっと無理があるというか。あの、悪口じゃないんですけど」さおりが言い訳した。

「分かっています。率直な感想ということで聞きます」

「そういうタイプじゃないと思ってました。社長というか……もちろん、学生で起業するとなると勢いも大事ですけど、基本的には有能じゃないと駄目ですよね」

「それは……自分で会社をやろうとするぐらいなら、当然でしょうね」

「中江さんが会社を作るって聞いた時、皆唖然としたんです。本当に、そういうタイプじゃなかったんで。ノリだけはいいんですけど、まさか、社長なんて」

「ええ」

「口が悪い人は、就活したくないから会社を作ったんだろうって言ってましたから」

「でも、今でも会社は続いてますよ」

「らしいですね。ちょっと……よく分かりませんけど」

まるで失敗を期待するような口調で、中江に対するさおりの本音——適当な奴——が透けて見えた。

「当然、原田若菜さんとも知り合いなんですよね」

「ええ」

「具体的に、どんな感じですか」

「彼女、バイトしてました」さおりがさらりと言った。

「バイト？　バイトっていうのは……」

「中江さんは四年生になった時に会社を作ったんですけど、若菜はそこで仕事をしてたんです。お手伝い、みたいな感じだと思いますけど」

これは——線がつながった、と一之瀬は思った。スマートフォンを握る手に再び力が入る。同好会の先輩と後輩というよりも、一歩踏みこんだ関係があったかもしれない。

「もしかしたら、男女の関係だったということはありませんか」

沈黙。それを肯定と受け取って、一之瀬は畳みかけた。

「同好会の先輩後輩、会社の社長とバイト、そして男女関係にもあった——そういうことですか？」

「たぶん――あくまでたぶん、ですよ」さおりが慌てて言った。「若菜、いつもはっきりしたこと、言わなかったから。つき合ってる人のこととか、全然知らなかったです」

「でも、中江さんのことは知っていた？」

「それは……同じ同好会なので。嫌でも噂が広まりますよね」

「噂ですか？　それとも、何かはっきりしたことがあったんですか？」

「腕を組んで歩いているのを見たことがありますけど……それだけじゃ、ちょっと弱いですよね」

「普通、つき合っていないと、腕は組まないと思いますけど」

一之瀬がどんどん突っこむと、さおりは次第に当時の状況を思い出してくれた。学食で額を寄せ合って二人きりで話し合っていたこと、ＩＴ研の会合でも、いつも隣り合わせに座っていたこと――かなり古い話なのに記憶が鮮明なのは、若菜には他に男の影が一切見えなかったからだという。

「その頃は、永谷さんと関係があったわけじゃないんですね」

「それは、ゼロとは言えませんけど……」さおりは自分の言葉を疑っているようでもあった。「ごめんなさい、何だか若菜という人が分からなくなってしまって」

「隠れた一面があっても変ではないですよね」

「本当にそうなら……二股とか？」

「その後、原田さんと中江さんはどうなったんですか？　卒業後もつき合っていた？」

「ごめんなさい、それは分かりません」否定の言葉だけははっきりしていた。「中江さんは卒業後も会社を続けて……でも若菜は、三年生になってからはそこでは働いていなかったはずです」

「他に就活もしなかったのに？　バイトから引き続き、働けばよかったのに」

「でも、恋人が経営する会社だと、いづらかったのかもしれません。周りの目もあるでしょう？　あ、もちろん、その後若菜と中江さんがつき合っていたかどうかは分かりませんよ」

「中江さんの会社はどうなっているんですか？　それなりに成功しているようですけどね。ずっと続いているわけだし」

「ごめんなさい、その辺のことは知らないんです。特にフォローもしていなかったし、中江さんも、OB会なんかに顔を出すわけでもなかったから。今はつき合いがないんです」

「あなたなら、情報も集められると思いますけど……どうですか？　証券会社にお勤めなんだから、会社のことを調べるのは得意でしょう」

「そういうのは、上場企業に限りますよ。中江さんの会社、未上場だし小さいんでしょう？」

「でも、間違いなく儲かってるんですよ」一之瀬はまた、マセラティと目黒の一戸建ての話を持ち出した。

「何か……分かりやすくチャラいですね」

さおりが小声で言った。面と向かっていたら、彼女が苦笑するのを目の当たりにしたことだろう。

「そういう人なんですか」

「否定しませんけど……でも、分からないですよね。卒業してから、もう七年も経つんだから。本当は一生懸命仕事をして、会社を超優良企業に育てていたりして」

それは分からないと思ったが、口には出さずにおいた。まだ実態が摑めたわけではなく、あくまで曖昧な情報があるだけだから。

「中江さんのことについて何か思い出したら、教えてもらえますか」

「中江さんが何かしたんですか？」

「今のところは何とも言えません。情報が欲しいだけなんです」

電話を切って、溜息をつく。「何とも言えません」「ノーコメント」が平気で口に出せるようになったな、と気づいた。

〈21〉


「署に呼ぶんですか？」一之瀬は思わず眉を吊り上げた。まだ午前十一時。朝の捜査会議で、「監視続行」が決まったばかりなのに、もう方針が変わったのか。

岩下が書類に視線を落としたまま「ああ」と短く答える。

「何か、新しい動きでもあったんですか」

「奴、出張らしいんだ。朝自宅を出て、そのまま羽田に向かった」

「それで？」

「当然、尾行していた連中は驚くよな。高飛びだと考える」

「それで身柄拘束ですか」

「いや、あくまで任意だ。だから長くは無理だな。本人も抵抗している。会社にえらい損害が出るって喚いているそうだ」

「でも、結局同意したんでしょう？」

「ああ」

「一つ、叩ける材料があります」

「何だ」岩下が顔を上げる。その顔には疑念半分、期待半分の微妙な表情が浮かんでいた。

「中江と原田若菜は、大学の同好会で先輩後輩の関係だったんです」

「何だと？」

岩下が立ち上がった。顔からは血の気が引いている。そこまで驚くような情報だったのだ、と一之瀬は改めて認識した。電話での事情聴取の結果を説明し、このポイントを叩くべきだと進言する。

「よし。そこは、担当者にきちんと言い含めておく」

「できたら、事情聴取は自分が……」一之瀬は遠慮がちに切り出した。

「いや、他の人間を当てる。お前には、摑んでいるネタ元があるだろう？　そこをもっと強く押せ。まだネタを引き出せそうじゃないか」

「分かりました」一之瀬はうなずいた。中江と直接対決してみたいという気持ちは強いが、他の手がかりにアクセスできそうな機会を逃すこともない。捜査は基本的に分担、スーパーマン刑事が一人で何でもできるはずもない。

「今の件、メモに落としておいてくれ」

「了解です」

「それと、別件でちょっと本部に行って来い」ゆっくりと腰を下ろしながら岩下が言った。

「今ですか？　何があるんですか？」

「お前、この前の研修の書類、出してないだろう」

「あ」言われてすぐに思い出した。この特捜が始まる少し前に受けた、IT研修。刑事総務課が主催したもので、最近はこの手の研修が多い。現代の犯罪捜査には必須ということで、受講は避けられない。問題は、一之瀬が受講者を代表してレポートを出すように決められていたことである。何もレポートなんか出させなくても……どうせろくに聞いてもいないんだし……とは思ったが、決まりは決まりだ。

「できてるのか」

「できてます。出し忘れただけです」

「だったら、さっさと提出してこい」

「総務課から言ってきたんですか？　何もこんな時に……だいたい今日、日曜でしょう？」

「向こうがすぐに欲しいって言ってきたんだよ。日曜もクソもない。だいたい、締め切りを忘れる方が悪いんだ」岩下がぴしりと言った。「やれる時にやっておかないと、仕事は溜まる一方だぞ」

「……じゃあ、メモを出したらすぐに行ってきます」

この後の捜査については、電話で済むことも多い。ざわついた特捜ではなく、捜査一課の大部屋で電話をかけ続けるのも手だろう。二件のバラバラ殺人で多くの刑事が現場に投入されているうえに、今日は日曜日で静かなはずだ。

「締め切り厳守だぞ」

「……分かりました」

何もそんなにしつこく言わなくても。どうでもいい話を、こんなタイミングで——警察というのは融通がきかない組織だと改めて思い知る。役所の中の役所が警察だ。

「お前さんの責任だ」

久しぶりに藤島の説教を聞き、一之瀬は懐かしさ半分、鬱陶しさ半分の複雑な気持ちを味わっていた。

「ちょっと忘れてただけですよ。もうでき上がってたんです」

「締め切りを忘れたら、そんな書類は存在しないに等しい」

「イッセイさん、前よりきつくなってないですか？」

「所変われば人変わる、だ。お前も本部へ来たんだから、こういう仕事は如才なく済ませろよ」

「こんなに雑用が多いとは思いませんでしたよ」一之瀬は思わずぼやいた。

「阿呆、研修は雑用じゃないぞ。ＩＴ関係の知識がないと、いざという時に専門家を探して右往左往することになる」

「今まさに、そういう事件なんですよね」

一之瀬が零すと、藤島が片眉をすっと上げる。「聞いてるよ」とぽつりと言って、一之瀬に椅子を勧めた。

捜査一課と違い、刑事総務課の部屋はこぢんまりとしている。何となく居心地が悪いのは、整然とし過ぎているからだ。一之瀬は元々、自分は整頓好き、ルールの中でやるのが合っている人間だと思っているのだが、事件と相対する日が続くうちに、だんだんがさつになってきたような気がしている。

「静かですね」一之瀬は思わず声を潜めた。

「元々ここは、そういう仕事場だよ。もっとも今日は日曜だから、人がいないのも当たり前だ」

「イッセイさん、こんな雰囲気で平気なんですか」

「何が」藤島が目を細める。

「だって、こんな静かなところへ異動してきて……肩、凝らないですか」

「どこにいても仕事は仕事だ」藤島が平然とした口調で言った。「人間は適応力が高い生き物だから、簡単に慣れるもんだよ。でも、慣れたと思ってると、失敗する」

一之瀬は耳が赤くなるのを感じた。特捜本部での失敗が、藤島の耳には入っているのだろうか。

「刑事総務課っていうのは、情報の結節点でね」藤島が耳を掻いた。「特捜を設置する時には手伝うし、金の計算もやる。そういう中で、いろいろな話が流れてくるんだよ」

「ええ」

「秋に異動して半年か」

「そうなります」

「一課の雰囲気にも慣れて……特捜はいくつ経験した？」

「これが初めてです。殺しの捜査は三件ありましたけど、どれもすぐに犯人が捕まりましたから」

「でも、すっかり一課の刑事になったわけだよな」藤島が念押しした。「そういう時にこそ、人間は油断しがちなんだ……って、いつまでも俺にこんなことを言わせるなよ」

「……すみません」謝るのもどこか筋違いだと思いながら、一之瀬は思わず頭を下げてしまった。

「警察ってのは、日々卒業なんだよ。昇任があって異動があって——一つ階段を上がる度に、一つ成長してないと嘘だぜ」

「そうですかねえ」

「そうだよ」藤島は一之瀬のレポートを振って見せた。「新しい階段を見つけるんだな。

いくつになっても先生役は見つかるはずだから。もしかしたら年下かもしれないし」

「ええ？」まさか、春山が何か教訓をくれる？　まだ緊張し切っている春山の言動に心を揺さぶられるとも思えないが。

「俺だってそうだぞ。刑事総務課にも人材はいる。大友鉄って知ってるか？」

「いえ」警視庁には四万人も職員がいるから、知り合える人数には限りがある。

「お前さんにとっても、捜査一課の先輩だよ。奥さんを亡くして、子育てのために刑事総務課に異動してきたけど、時々難しい事件の捜査に引っ張り出されてる。それだけ優秀――持ってる男なんだ。そういう人間がいると、いい影響を受けるね」

「藤島さん、現場復帰を狙ってるんですか？」

「おいおい、俺、今年五十一だぞ」藤島が苦笑する。「今更だ。もちろん、やれと言われたらやるけど、定年までの残り十年は、管理部門で頑張ることになるだろうな」

「それでいいんですか？」一之瀬が初めて会い、指導を受けていた藤島は、あくまで現場の刑事だった。それがこうもあっさり、現場を引退して管理部門に引き籠ってしまうとは……現場に生きる人のようなイメージを持っていたのに。藤島ぐらいのベテランになれば、異動に関しても希望を通せるのではないだろうか。

「人間、置かれたところで頑張るしかないんだ」

「そうかもしれませんけど……」

「とにかくそういうことだ。それだけ。さっさと特捜に戻れよ」

「藤島さん、俺のレポート待ちだったんでしょう？　これからまとめるんですか？」

「いや、帰るよ」

「え？」

「日曜だぜ？　そんなに急ぐ仕事でもない」

「勘弁して下さいよ。大慌てで上がって来たんですよ」一之瀬はつい文句を言った。

「こういう時じゃないと、お前さんとは会えないだろうが。俺が訪ねて行くわけにもいかないし」

「じゃあ、そのためにわざわざ本部に……」

「ま、そういうことだ。凹んだり張り切ったり、忙しいって聞いてたからな。一つだけ言えるのは、平常心が大事ってことだ。ちょっとしたことに一喜一憂していたら、気持ちも体も保たないぞ」藤島が立ち上がった。

「すみません。何か、自分のために――」

「ああ、いいから」藤島が顔の前で手を振った。「そういう面倒臭い台詞は聞きたくない。さっさと出かけようぜ。お前さんには現場が待ってるんだろう？」

まさか、藤島にこんな形で気合いを入れられるとは。逆効果だよ、と一之瀬は情けない気分になった。実際彼の言う通り、自分は階段を一段上がったはずだ。巡査部長になり、所轄の刑事課から本部の捜査一課に異動――栄転と言っていい。それが、かつての指導役に背中を叩かれるとは、何とも情けなかった。

まだまだだな。

飯田橋経由で東西線に乗り、木場駅で降りて江東署を目指す。今日は薄曇りで、気温もそれほど上がっていない。明後日から四月か、と考えて愕然とする。自分には特に変化があるわけではないが、やはり年度替わりには気持ちが切り替わる。ただし今年は、そうはいかないだろう。この特捜本部のせいで、ばたばたしたまま四月を迎えることになりそうだ。

木場公園の前を通りかかった瞬間、スマートフォンが鳴る。酒井だった。協力的でありがたいと感謝しながら電話に出る。

「一之瀬です」

「酒井です。ちょっと話していいですか?」

「すぐにかけ直します」情報提供者に電話代を負担させるわけにはいかない。一之瀬は公園に入り、静かに話ができそうな場所を探した。ところが日曜日の公園というのは人で溢れているもので……子どもたちが走り回り、散歩をしている人も多く、繁華街の路上にいるのと大差ない感じだった。

公園内を縦横に走る通路から一歩外れて奥へ向かい、階段のところで足を止める。ここならあまり人は来ない……一之瀬はすぐに酒井にコールバックした。

「すみません、お待たせして」

「いえ……あの、JUBについてなんですけど」

「ええ」その調査を頼んだのが朝方——もうとうに昼を回っているが、それにしても話が早い。

「あちこちに噂を聞いてみました。財務状況なんかの正確な数字は分からないんですけど、業務は縮小傾向のようですね」

「そうなんですか？　どうしてまた」

「同業者が増え過ぎたっていうこともあるでしょうし、社長本人が、もうこのビジネスに興味がないんじゃないかな」

「仕事を適当にやっているとか？」

「最近、頻繁に海外に行っているそうですよ。それも中国」

「中国？」あまりピンとこない。もちろん中国の企業もIT化を進めているだろうが、その際に日本のIT系コンサルを頼るとは思えなかった。「それは仕事で？」

「よく分からないんですけど、本来の業務に関係したことじゃないと思います。中国との取り引きはないはずですから」

「だったら遊びですか？」遊びで頻繁に中国へ行っていたら、それこそ仕事がおざなりになってしまうだろう。

「そこははっきり分からないんですよ。社員もよく知らないみたいで。もちろん、私が直接社員に話を聞いたわけじゃないですけど」

「なるほど」ピンときた。斉木――外事二課のターゲットの一つが中国である。頻繁に中国に行く中江の存在が気になっていた？　斉木も、「獲物はもう、釣り針に引っかかってる」と言っていた。あれは中江のことだったのか。

「いずれにせよ、贅沢ができるほど業績が順調だったとは思えないですね」

「分かりました。ありがとうございます」

これは大きな手がかりになるかもしれない。出国の記録はすぐに調べられるはずだ。この材料で中江を直接揺さぶりたい――しかしまずは、岩下に報告。それから何とか自分を売りこもう。もう一度、中江を直接調べてみたい。

一之瀬は売りこみに失敗した。既に中江の取り調べは始まっており、今更担当者を変更するのはまずい、と岩下が判断した。

「しかし……」

「さっきの情報を、今確認中だ」岩下は、いつもの前のめりの姿勢ではなく、やけに冷静だった。

「今回も中国行きだったんですか？」

「いや、札幌だ。本人は出張だと言っている」

「日曜なのに？」

「明日早朝から仕事だから先乗り、だそうだ」岩下が鼻を鳴らす。「本当かどうかは知らないがね。やっぱり、トンズラするつもりだったのかもしれない」

「ええ」

「いいから、お前は待て。今、宮村が叩いてるから」

「宮さんがですか？」宮村が取り調べの名人だという話は聞いていない。

「こういう時は、奴のねちっこい性格が合ってるんだよ」

一之瀬は思わず首を捻った。ねちっこい？　一之瀬の印象では、宮村はそういうタイプではない。どちらかと言えば軽く、さらりとした感じだ。

「お前、あいつのこと、何も知らないな」岩下がからかうように言った。

「そうですか？」

「あいつにはいくつもの顔がある。モジュール型なんだ」

「交換可能っていう意味ですか？」一之瀬は目を剝いた。

「そう。相手によって態度を変える。たぶん上手くやるから、期待してゆっくり待ってろ。

飯でも食ったらどうだ？　弁当があるぞ」

「はあ……そうですか」

何だか気合いが抜けてしまい、一之瀬は一礼して岩下のもとを立ち去った。まあ、どっちにしても食事はするのだが……用意されていた弁当を前に、箸を割った瞬間、春山がすっと近づいて来た。まったく気配に気づかなかったので驚き、思わず箸を止めてしまう。

「忍者か、君は」

「はい？」

「足音もしなかったぞ」

「ああ、すみません……あの、鑑識の話、聞きました？」

「いや――中江の軽自動車の件か？」

「そうです。結論から言うと、何も出てきませんでした。ただ、綺麗過ぎるというか……直近に、徹底して掃除したみたいですね。洗剤の痕跡が見つかっています」

「まさか、遺体を……」急に食欲がなくなった。

「それは断定できません。血痕とか、そういうものも見つからないので。そもそも、絞殺かもしれません」

「完全に掃除して、証拠湮滅したかな」

「その可能性、ありますね」春山も弁当を手にして、早速食べ始めた。捜査の進展具合にはまったく影響されない旺盛(おうせい)な食欲である。

「今、中江を叩いてるそうだ」

「聞きましたけど」春山が声をひそめる。「大丈夫ですかね。かなりおとぼけって感じなんでしょう？」

「おとぼけというより、正々堂々としてた」一之瀬は訂正した。「どこが悪いんだっていう感じなんだけど、実際、攻めるポイントがないんだ。ただ、議論は上手い」

「分かりやすくチャラい」と言っていたのはさおりだったが、一之瀬の印象はそこからは遠い。平然とした調子で屁理屈を振りかざし、簡単には怒りを爆発させない――かなり世慣れたタイプに思えた。大学を出てからの年月で、いろいろな経験を積んだのだろう。危ない橋を渡ったり、会社が傾くような経験もしていたはずだ。

「とにかく待とう。こっちでも裏づけ捜査することがあったら、手伝わないと」

「一気に白状しないですかねえ」

「そんな甘い考えは捨てた方がいいよ」

「でも、二度目の取調室ですからね……プレッシャーは感じるでしょう」

確かに。中江にとっては、前回よりも厳しい取り調べになるだろう。あの男がどこまで耐えられるか……これは戦いだ、と一之瀬は思った。

〈22〉


結局、中江は帰された。岩下は憮然とした表情で報告を受け、宮村はバツが悪そうに頭を掻いた。一之瀬はさりげなく宮村の背後に近づき、二人のやりとりを聞いた。

「とにかく、何も知らないの一点張りなんですよ」宮村が言い訳するように言った。

「少しきつくプレッシャーをかければよかったんだ」

「それにも限界があるでしょう」宮村が反論する。

「中国行きの話は？」

中江が、ここ一年だけでも、八回も中国に渡っていたのは確認されている。目的は全て「観光」。何度か旅行するうちに友人もでき、仕事の合間の息抜きに、渡航していると説明したという。

「向こうでの具体的な行動は？」岩下が突っこむ。

「それを聴くと、『そこまで言う必要あるんですか』ですからね」宮村が肩をすくめる。

「裏を取るから教えて欲しいと突っこんでも、『必要ないでしょう』とかわしてくるんですよ」

「そういうとぼけた奴の扱いぐらい、何てことないだろう」

「いやあ、なかなか……警察にも慣れた感じですよ」

「慣れてる？　前科も逮捕歴もないぞ」岩下が指摘する。

「面目ないです」結局宮村が白旗を上げる。「もう少し突っこむ材料があれば、何とかできたかもしれませんが……」

「人のせいにするなよ。そんなに自信がないなら、取り調べ担当に大友鉄でも呼ぶか？」

「それはないでしょう」急に宮村が気色ばんで言った。「刑事総務課の連中に助けてもらうほど、落ちぶれてないですよ」

ここでも大友の名前が出てきた。そんなに有名人なのだろうか……自分の人脈はまだまだ狭いな、と一之瀬は思った。

「じゃあお前は、大友と張り合って勝てるのか？」

「いや、それは……」宮村が言い淀む。

「自信がないなら偉そうに言うな――それと、一之瀬」

「はい」思わず甲高い声で返事をしてしまった。

「お前、そんなところでこそこそするな。普通に話に入ってこい」

「すみません」

「中国ネタ、もう少し掘れないか？」

「そうですね……」酒井からはこれ以上情報を取れないだろう。しかしそこで、一之瀬は別のネタ元を思いついた。「ちょっと、一人で動いていいでしょうか」

「それは構わないが」岩下が疑わし気な視線を向ける。「誰か話が聴ける相手でもいるのか？」

「心当たりがないでもありません」

「そいつは、お前の独自のネタ元なのか？」

違う。藤島から引き継いだ人間だ――正体は不明。藤島が「余計なことは聞くな」と釘を刺したのを律儀に守っているので、未だにまったく見当もつかない。藤島本人は知っている様子だが……一之瀬は警察庁か内閣情報調査室のキャリア、ないしは財界の隠れた要人ではないかと想像している。事件だけでなく、経済ネタにも妙に詳しいのだ。

「会う時は一人がいいんですが……」

「分かった。そういうネタ元もいるよな。好きにやれ」

「では……」一之瀬は一礼して、岩下の前から離れた。宮村が恨めしそうな視線を向けてくる。いったいどの「顔」を使ったか分からないが、上手くいかなかったわけで……宮村は憮然としている。

特捜本部の部屋を出て、人気のない廊下で電話をかける。相手はすぐに電話に出てくれたが迷惑そうで、「今日は会えない」とあっさり言った。

「進行中の事件の話なんですが」

「だったら、明日の朝食を奢ってもらおうか。八時半に表参道でどうかな？」

「私は構いませんが、そんな時間でいいんですか？」普通の勤め人がそんな時間にゆっくり話しながら朝食を食べていたら、間違いなく遅刻だ。

「私は構わない――君は遅刻だろうが。もしかしたら今、江東署かね？」

「ええ」勘の鋭さにはいつもながら驚く。あるいはこちらの動きを常に監視している――近くにスパイを飼っているのか。

「君、パンケーキは好きか？」

「いや、それほどでは……」つい正直に答える。「そもそもあまり、朝食は摂らないので」

「朝食をちゃんと食べるのは、人間の基本だよ」

あなたは部下にそのように指導しているのですか、とつい訊ねそうになった。絶対に正体を探ってはいけない、という藤島の教えが脳裏を過って口をつぐむ。

「そうそう、財布の中身を確かめてから来た方がいいよ。結構な値段の店だから」

相手――一之瀬と藤島は「Q」と呼んでいた――が店の名前を告げた瞬間、一之瀬は悪夢の記憶を思い出した。一度深雪に誘われ――彼女はスウィーツ好きだ――行ったことがあるのだが、あの時は外で何時間待たされただろう……遅い昼食のつもりが、早い夕食になってしまった。
「あそこですか……」
「何か問題でも？」
「あの店、並びますよ」
「それは心配ない。南沢（みなみさわ）という名前で予約しておく」
あの店は予約ができただろうか……確か、夕食以外は予約できなかったはずだ。だから
あれだけ待たされたのだし。それを告げると、Qが声を上げて笑う。
「心配ない。どんなところでも抜け道はあるから」
「それが権力者のやり方ですか？」
「私は権力者ではないがね。君は何か勘違いしているようだが——では、八時半に」
電話を切って、首を傾げる。ますます分からない人だ。Qは和菓子好きである。会う時
には必ず名店の羊羹（ようかん）や大福を持っていくのが暗黙の了解なのだが、パンケーキのような
「洋物」も好きなのだろうか。その割にスリムな体形を維持しているのだが。
分からないことだらけだ。謎は謎のままにしておいた方がいいとも言うが、Qに関して
は疑わしいことばかりである。一番怖いのは、彼が闇社会の住人で、知らぬ間に自分がそ
こに取りこまれてしまうことだ——それは少し、想像が過ぎるかもしれないが。
顔を上げる前に、異様な雰囲気に気づく。何事かと慌てて周囲を見回すと、若杉が肩を

怒らせて歩いて来るところだった。大股で、ほとんど小走りのようなスピード。一之瀬を見つけると、眉を吊り上げて怒りを露わにする。まずい……何だか知らないが、俺を吐け口にしようとしているようだ。一之瀬は慌てて目を逸らし、特捜本部に逃げこもうとしたが、一瞬間に合わず摑まってしまった。

「何だよ、嬉しそうじゃないか」

「そんなこと、ないよ」

「こっちは一日歩き回ってくたくただってのに」

「お前はそういうのが得意なんじゃないか？」

「ずっと続けてればへばるさ。俺だって人間なんだから」

「マジで？」

「ふざけるな」さらに怒りを露わにして、若杉が詰め寄って来た。「お前は好き勝手にやってるだけだろう」

「遊軍と呼んで欲しいな」

「呑気なもんだな」若杉が溜息をついた。「遺体の捜索、お前もやってみろよ。どれだけ大変か分かるから」

「俺は体力派じゃないから」一之瀬は逃げに入った。「そういうのは、お前に任せる。だいたい、何でまだ見つからないんだ？」

「俺に聞くなよ」

「……そうだな」つい忘れがちになるが、この件の捜索はまったく進んでいないのだ。

「お前が引っかけてきた相手——中江とか言ったっけ？」

「ああ」

「そいつがやったんじゃないのか。サイコ野郎なんだろう？」

「話してみた限り、そんな感じでもない」もちろん、異様さが必ず表に出てくるとは限らないのだが。しかし、若杉と話しているうちに、妙に気になってきた。自分が見抜けていないだけで、実際には中江はサイコ野郎なのかもしれない。

「お前の観察眼が当てになるかね」

「さあね……分からないから、まだ話を聴くよ。ま、お前は頑張ってくれ。持ってる男なんだろう？」

「煩いな」嫌そうな表情を浮かべ、若杉が大股で立ち去った。

上手く追い払った感じにはなったが、自分にはまだやることがある……一之瀬は特捜本部の隣の会議室に入った。ずっとビデオを見続けていた部屋で、今は無人。鍵をかけてしまえば、誰にも煩わされずにゆっくりと電話ができる。灯りを点け、壁の時計を確認——午後六時。捜査会議は七時スタートだから、一時間の猶予(ゆうよ)がある。

中江のことを聴くなら、大学のＩＴ研の人間たちだ。さおりに何度も電話をかけるのは気が引けたので、春香を呼び出す。彼女なら人の悪口を喋る——基本的に口が悪い印象があったから。露骨に迷惑そうな声を出したので、まずい時間に電話をかけてしまったのだと気づく。

「もしかしたら、食事の準備中ですか？」

「普通の家は、そうですよ」非常識だと非難するような口調。

「時間はかかりません。少しだけお願いできますか？」一之瀬は強引に押した。

「……ちょっと待ってもらえますか」

春香の声が消えた。がさがさと何かを擦るような音——送話口を手で押さえて移動しているのだろう。

「どうもすみません」謝ってはいるものの、無愛想な声だった。

「中江亜紀良という人を知っていますか？」

「ええ、IT研の先輩ですけど」即答。「中江さんが何か……」

「どんな人か、教えてもらえますか？」

一之瀬の予想通り、春香はべらべらと喋った。食事の用意は大丈夫かと心配になるぐらいだったが、時折相槌を打つだけで自由に話を進めさせる。学生時代に若菜が中江の会社でバイトをしていたという話が出たところで、一之瀬は本題に入った。

「中江さんはどんな人でしたか？」

った。

「他って?」春香が不機嫌に言った。「そういう話は聞きました。他にはどうですか?」

「ああ」思わず苦笑してしまう。自分の説明では満足できないのかとでも言いたげだ
「チャラい人」

「性格ではなく性癖と言いますか」

「何のことですか?」春香はさらに不機嫌になった。

「性的な嗜好とかです」

「知りませんよ、そんなこと」春香が憤然として言った。「何で私に聴くんですか?」

「皆さんに聴いています」決してあなたが特別ではない、と説明したつもりだったが、春香の怒りはなかなか収まらなかった。「何か変な噂とか、そういうことは……」

「ゲイだとか?」

「え?」

初耳だった。中江は一時、若菜とつき合っていたのではないか? そのことを告げると、春香が鼻を鳴らす。

「そうかもしれないけど、そっちの趣味もあるんじゃないかっていう話で。若菜とよく一緒にいたのは間違いないですけど、その他の時間には、いつも自分のパートナーとべったりだったから。パートナーって、仕事のパートナーですけどね」

「ＪＵＢの社員ということですか？」

「というより、共同経営者？」そこで春香がまた鼻を鳴らした。「どういう共同経営者か知りませんけどね……とにかく、一緒に会社を作った仲間です。何だか様子がおかしいって、噂してましたよ」主語を省いたが、「自分が」だろう。春香は人の噂、それに悪口が大好きなタイプだ。

「本当にそういうこと、あったんですか」

「現場を押さえたわけじゃないから分かりませんけど、そういう雰囲気はありましたよ」

「でも、原田さんとつき合っていて、その人とも……同時にということですか？」節操がないというか、どういう性的嗜好なのだろう。男性でも女性でもＯＫという人がいるのは頭では分かっているが、釈然としなかった。

「誰も現場を見たわけじゃありませんからね」春香が釘を刺した。「あくまでそういう噂、ということです」

「その人……中江さんのパートナーはどういう人なんですか？　大学の同級生？」

「ええ」

「名前、覚えてますか？」

「もちろん。ＩＴ研の人ですから」

「ということは、連絡先も分かりますね？」

「昔の電話番号やメアドなら。教えましょうか」

「お願いします」

何なんだ？　やけに素直、というか協力的である。これまでの春香の態度からすると、嘘のようだ。一分ほどして電話に戻ってきた春香が、すらすらと名前と連絡先を告げる。

「工藤恒明さん、ですね？」一之瀬は確認した。

「ええ」

「今、何をしてるんですか？　今でもJUBに？」

「いいえ、その会社にいたのは在学中だけで、卒業後は普通に就職したはずですよ。JUBに見切りをつけたんじゃないですか？」

「現在の勤務先は、分かりますか？」

「ええと、あそこです……」春香が黙りこむ。「IT系なんだけど……たくさんあるから」

「思い出して下さい」

「言われてすぐ思い出せたら、苦労しませんよ。何かヒントをくれませんか」

「そんな無茶な」一之瀬は思わず苦笑してしまった。春香は高慢ですぐに人を見下すタイプであると同時に、ひねくれたユーモアの持ち主でもあるらしい。

「ああ、日本NKT」春香がさらりと言った。「あんな大きな会社の名前を忘れちゃいけませんよね」

「ちょっと待って下さい」一之瀬は記憶をひっくり返した。すぐにつながる。「それ、坂上さんの会社ですよね」

「坂上……ああ、坂上君？　そうですね。そう言えば坂上君が、そんなこと言ってました。先輩もいる会社だからって」

「それは何か、そういう関係が……」

「別にないでしょう」

一之瀬はその後も春香を突き続けたが、それ以上の情報は出てこなかった。工藤恒明の存在だけが気になっている……もしも工藤が中江の「恋人」だったら、何か捻じれた関係があるのではないだろうか。それこそ若菜との三角関係がもつれて、殺しに至ったとか。

工藤恒明という男を追うのが、最新の任務になった。電話を切る前に、春香に礼を言う。

「ご協力ありがとうございました……でも、どうして簡単に工藤さんのことを教えてくれたんですか？」

「これだけ喋れば、もう私には用事がないでしょう？　警察からの電話なんて、何度も受けたくないです。だからもう、私へは電話しないで下さい」

何とまあ、はっきりと……しかし、次の手がかりが摑めたのだから、これでよしとしなければ。さらにもう一歩を踏み出せる。歩くのをやめなければ、いつかは答えに辿り着けるはずだ。

〈23〉

工藤恒明の居所はすぐには摑めなかった。自宅には不在。日曜の夜ということで、勤務先でも連絡が取れなかった。月曜日に持ち越しになってしまったのは気になったが、一之瀬にはこの朝、別の用事があった。

Qに会うこと。宮村には、遅れると報告しておいたが、詳しい説明は避けた。

八時半の開店時刻ちょうどに着くと、店の前には既に長い行列ができていた。しかし列を追い越し、店員に「南沢」の名前を告げると、あっさり席に案内された。他の客の手前、何だか申し訳ない気がしたのだが、あくまで仕事なのだと自分に言い聞かせる。

Qは既に席に着き、ゆったりと足を組んで日経新聞を読んでいた。一之瀬がテーブルの前まで来ると、顔も上げずに「遅いな」と文句を一つ。

「まだ八時三十二分ですよ。開店してから二分しか経ってないでしょう」時計をちらりと見ながら一之瀬は言った。「あなたより早く座るには、いったいいつ来ればいいんですか」

「その辺は、工夫次第で」

滅茶苦茶な……一之瀬は苦笑しながら椅子を引いて座った。この男は時々、ひどく理不尽なことを平気で言う。

Qが新聞を畳んでテーブルの上に置いた。上質そうな生地の濃紺のスーツ。ワイドスプレッドカラーの白いワイシャツにドット柄のネクタイという、どこから見ても英国紳士然とした格好である。足元は見えないが、光るほど磨いたストレートチップでも履いているのではないだろうか。ふと、脇の椅子に置いたブリーフケースに目がいく――エルメスのサック・ア・デペッシュ。特徴的な紐飾りですぐに分かったが、こいつの値段は、中江が持っているヴァレクストラの比ではない。間違いなく本物の金持ち……またQの正体が分からなくなった。

「本当にパンケーキを食べるんですか？」一之瀬はメニューを見て、疑わしげに訊ねた。

「私はね。君は君で、好きなものを食べるといい」

当然だ。金を出すのはこっちなんだから――そう思ってメニューを眺め渡した瞬間、顔から血の気が引くのを感じた。クソ高い……Qが食べようとしているパンケーキは千四百円。スクランブルエッグとトーストでも千二百五十円だ。それにプラスしてベーコン、ソーセージ、トマトと盛りだくさんのメニューだと、千九百円になる。一之瀬の感覚では朝食の値段ではないし、しかも飲み物は別料金だ。極秘のネタ元であるQとの会食費用は経費で請求できないから、懐が痛むばかりである。

Qは店員を呼び、フレッシュオレンジジュースにコーヒー、それに最初の宣言通りにパンケーキを頼んだ。合わせて二千五百円の朝食は、一流ホテル並みだ。

「君は、普段朝食は食べないと言ってたね」

「だいたい、野菜ジュースとコーヒーです」

「それはよくないね。朝食は一日の活力源だ。エネルギーの問題としても精神的な問題としても、食べない人間は午前中は仕事ができない。そんなことだから、一週間近く経っても事件が解決しないんじゃないか」

「知ってるんですか？」

「今、世間を騒がせている事件といえば、あれぐらいだろう。日経でさえ、でかでかと扱っている。あの日経が、だよ」Qが拳で新聞を叩いた。

「そうですね」

「とにかく食べなさい。だいたい君の場合、ゆっくり朝食を食べている時間がないのが、そもそもの問題じゃないのか？　時間の使い方が間違っている」

クソ、こうなったらやけくそだ。一之瀬は自分もオレンジジュースにコーヒー、それにスクランブルエッグとトーストのセットを頼んだ。注文を終えてすぐに思い直し、ローストトマトも添えてもらう。

「ま、高い金を出すだけの価値はあるよ、この店は」Qが嬉しそうに言った。

「実は、前に来たことがあります」

「どうだった？」

「待たされ過ぎて、味はよく覚えていません」

「なるほど」Qがにやりと笑う。「デートで？」

「ええ」

「まあ、ここは女性向けの味だね。私は、朝食ならニューオリンズの『ブレナンズ』をベストに推す」

聞いたこともない名前だ。いったいどういう店なのか想像もつかず、一之瀬はうなずくに止めた。「何が美味いんですか」と聞いたら、Qはその話だけで三十分は語るだろう。

飲み物が出てきたところで、一之瀬は本題を切り出した。

「実は、ある男と中国の関係を知りたいんです」

「君にしては珍しい話だね」Qの顔が歪む。

「この一年で、八回ほど中国に行っている人間がいるんです」

「それは、別に珍しくもないだろう。私の知り合いでも、月に一回は必ず行く人がいる。ビジネスだ」

「その男の場合、本人がビジネスではないと言っています」

「女かな」Qがぽつりと言った。「君は複雑な事情を考えているかもしれないが、世の中は案外単純だ。現地に女がいれば、頻繁に通うのもおかしくない」

「ゲイかもしれないんですが」

Qが一瞬きょとんとした表情になった。おそらく、五十歳をだいぶ越えているはずなのに、そうすると妙に子どもっぽく見える。しかしすぐに眉をひそめ、怪訝そうな顔つきに変わった。

「君はゲイに対して偏見を持っているようだな」

「そんなことはありません」一之瀬は即座に否定した。「そういう性癖を持った人がいる事実は受け止めます……もしかしたら、男でも女でも大丈夫というタイプかもしれませんけど」

「なるほど。その男が頻繁に中国に通っている、と」

「ええ」

「彼は、今回の事件の関係者か？」

「被害者の知り合いです」

捜査の内情を打ち明けることになってしまうので、ここから先は話すのが難しい。一之瀬は、Qとのつき合いの難しさを実感していた。捜査の秘密を漏らさずに、必要な情報だけを引き出すのがベストである。そのためには、この件に関する情報をもっと整理しておくべきだった。裸のまま放り出してしまうと、Qはあらぬ推測をするかもしれない。推測するだけならともかく、その情報を誰か別人に話す――その可能性を考えると、つい口が重くなってしまう。Qに話をするのは、少し早過ぎたかもしれない。

しかし、金を使う分、多少はリスクを負ってもいい。とにかく話して、少しでも情報を引き出さなくては。

「実はこの件に、何故か外事二課が絡んできているんです」

「ほう」この事実も、特にQの関心を引いた様子ではなかった。

「こういう殺人事件で、アジア担当の外事二課が首を突っこんでくるのは異例です。情報が欲しいようですが、曖昧な態度なので、こちらも困っています」

「あそこはそもそも、そういう秘密主義のセクションらしいね」

他人事のような態度。こういう言い方を聞いていると、やはりQは警察の「外」の人間ではないかと思えてくる。

「とにかく、この男と中国の関係をもっと詳しく知りたいんです」

「なるほど」

料理が運ばれて来て、二人の会話は中断した。Qが甘いもの好きなのは知っているが、どうしてわざわざこの店を選んだのだろう。光がたっぷり入りこむ作りで、店内は明るい。ほぼ満席で、女性の占有率は九割超――いや、一之瀬たち以外全員女性だ。生臭い話、危険な話をするような雰囲気ではない。

　Qがパンケーキにナイフを入れる。相当柔らかく厚みもあって、ふかふかだと分かった。得々とした表情を浮かべながら頰張り、満足そうに微笑んでから、オレンジジュースを一口飲んだ。

「朝は糖分を摂った方がいい。脳細胞が活性化される」

「肝に銘じておきます」

　白けた口調で言ってから、一之瀬は自分のスクランブルエッグに手をつけた。口に入れた瞬間、驚く。滑らか……口に入れた途端に溶けてしまう。こんなスクランブルエッグは初めて食べた。大抵はボソボソしていて、多少は「嚙む」作業が加わるのだが、このスクランブルエッグだったら、皿を傾けてそのまま丸呑みできそうだ。

「美味いですね」

「だろう？」Qがにやりと笑う。「朝食は人生の楽しみだね」

「焼酎だけでなく？」Qと夜会う時は、焼酎の品揃えが豊富な店で、というのが暗黙の了解だ。特に「魔王」がある店は外せない。

「あれはあれ、これはこれだよ。一日の始まりと締めくくりが大事ということだ」

「よく分かりました」蘊蓄が始まると話が長い。一之瀬は適当に返事して、食事に専念することにした。

　しばらく無言で食事が続く。Qにしても、朝から焼酎の蘊蓄を語るより、このパンケーキを味わうことの方が大事なようだった。

食べ終えると、Qがいきなり切り出す。

「その男の名前は」

「中江亜紀良」あまりない名前なので、字解きをした。亜細亜の「亜」、紀元節の「紀」に「良い」。

「少し時間を貰えるかな」Qはメモを取ろうともしなかった。

「もちろんです」

「容疑者なのか？」

「そこまではいかないんですが……被害者に近い立場の人間です」そしてサイコ野郎かもしれない——しかしそこまでは言えなかった。これは事実ではなく、あくまで推測である。

「調べてはみる。しかし、難しいかもしれないな」

「あなたでも、ですか？」

「中国は広いからね」Qがコーヒーを飲み干して立ち上がった。「どうも、ご馳走様」

「もう行くんですか？」

「これでも忙しい身でね。朝食はきちんと食べるにしても、のんびりしている暇はない」

一之瀬が一礼すると、Qもうなずいて去っていった。さて……会計が怖い。財布の中身は十分足りているだろうか、と本当に心配になってきた。

さすがに二日続きで中江を呼ぶ理由はなく――北海道への出張は結局取りやめになったようだ――今日は監視に止める。代わりに、工藤恒明に対する事情聴取が行われる、と聞かされた。

工藤が自宅へ戻って来たのは、何と午前八時。Qに会うために、一之瀬が電車に乗っていた時間である。日曜の夜に徹夜で夜遊びしていたのか、あるいは仕事だったのか……疲労困憊の様子だったが、自宅に赴いた捜査員が同行を求めると、あっさり応じたという。会社の方はいいのか、と確認すると、「電話一本入れれば」と軽い答えが返ってきただけだった。

取調室にいる工藤の姿をマジックミラー越しに見る。座っていても、かなりの長身であることは分かった。鋭角な顎に大きな目。髪は耳を覆うほどの長さで、脂っ気がない。ワイシャツにスーツという格好だが、ネクタイはしていなかった。昨夜はいったい、何をしていたのだろう。

「オールだったんだとさ」横に並んだ岩下が苛立った口調で言った。「日曜の夜にオールで遊んでるっていうのは、どういう人間なんだ？　勤め人なら、日曜の夜は週明けに備えてしっかり体を休めるのが常識だろうが」

「どこで何をやってたんですか？」

「本人は、西麻布（にしあざぶ）のクラブにいたと言ってるけどね」岩下がクラブの「ラ」にアクセントを置いて言った。「何か、気に食わないんだよな」

「態度はどうなんですか？」

「見ての通り、穏やかだ。実際に喋っているかどうかはともかく」

「あの男に関して、ちょっと話を聴ける相手がいます」

「ああ――お前、日本NKTの人間に事情聴取したんだったな」

「学年は違いますが、同じIT研のメンバーです」

「よし。詳しく事情を聴いてくれ」

「直接会ってきます……俺が戻るまでに、自供してるといいですけどね」

「どうかね」岩下が顎を撫でる。「中江の仲間だとすると、そう簡単には口を割らないような気がする」

　さもありなん、だ。嫌な予感を抱きながら、一之瀬はすぐに署を飛び出した。どうやら今日は、椅子を温めている暇もなさそうだ。

　坂上とは、先日話をしたコーヒーショップで会った。工藤を警察に呼んでいる、と打ち明けると、途端に顔が真っ青になる。

「まさか、犯人じゃないでしょうね」

「そういうわけではないんですが……中江さんという人を知ってますよね？　中江亜紀良さん」

「ええ。ＩＴ研の先輩です……って、中江さんが何か問題でも？」

「原田さんと接点があったようです」一之瀬は少しぼかして情報を伝えた。

「じゃあ、中江さんが犯人……」

「そういうはっきりした情報は、まだありません」否定しながら、一之瀬はコーヒーを一口飲んだ。朝食のコーヒーはさすがに美味かったが、この店の三百五十円のコーヒーも悪くない。気を取り直し、体を前傾させ、少しだけ坂上に顔を近づけて話を続ける。「工藤さんもＩＴ研のＯＢですよね。昔——学生時代に中江さんと会社を興して働いていた、と聴きました」

「ええ。あの頃、ＩＴ研ではちょっとした起業ブームで、毎年会社を立ち上げる人がいたぐらいでした」

「就活よりも起業、だったんですかね」

「就職が厳しい時代でしたからねえ」坂上がうなずく。

「でも結局、工藤さんはこちらに就職したんですよね」

「やっぱり学生起業ですから、うまく軌道に乗らなかったはずです。普通に安定した職場を選ぶのは当然でしょう？」

「こちらでは何の仕事を？」

「セキュリティ関係ですよ。詳しい話は……ちょっと専門的になるので省きますが」

「そうですね。その方がありがたい」一之瀬は苦笑した。確かに、刑事総務課主催のＩＴ研修はきちんと受けておくべきなのだろう。次の機会には、しっかり意識を持って話を聞こう、と一之瀬は頭の中にメモした。「後輩の立場から見て、どんな人ですか？」

「あまり接点がないんですよ。特に会社に入ってからは」言い訳するように坂上が言った。

「うちも大きい会社ですからね」

「工藤さんとは、今朝、自宅に戻って来たところでようやく会えたんですよ。昨夜はオールで遊んでたそうです」

「消費税が上がる前に、羽目を外そうとしたんじゃないですか？　明日から八パーセントですよ」

「そのまま会社に行くつもりだったかもしれませんけど……ちょっといい加減じゃないですか」

「でも、仕事をきちんとしていれば、プライベートな時間については文句を言われる筋合いはないでしょう」

「それはそうかもしれませんが……」納得いかず、一之瀬は語尾を濁した。すぐに気を取り直して質問を再開する。「工藤さんと中江さんは、今でもつき合いがあるんでしょうか」

「あるかもしれません」坂上の答えは曖昧だった。「いや……ちょっと待って下さい。前にそういう話を聞いたことがあるような……どうだったかな」額に手を当て、うつむく。やがて、はっとしたように顔を上げたが、浮かんでいたのは怪訝そうな表情だった。

「何か思い出しました？」

「以前、中江さんの会社が、うちと何かコラボできないかって言ってきたことがあったはずです。私の担当するような案件じゃなかったので、内容は詳しくは知りませんけど……向こうから持ちかけてきたみたいです」

「こんなに会社の規模が違うのに、コラボなんかできるんですか？」

「ああ、そうそう」坂上が納得したようにうなずく。「思い出しました。担当部署から私の方に連絡があって、『大丈夫な人間なのか』って聞いてきたんですよ。中江さんが、同じＩＴ研の人間ということで、私の名前を出したんです」

「何と答えたんですか」

「いや、それは……何とも言えないって……」坂上は歯切れが悪かった。

「担当者は、中江さんの人間性なんかを知りたかったんじゃないんですか」

「人間性は……あの、こういうことを言うと格好つけてると思われるかもしれませんけど、人の悪口を言うのは好きじゃないんです」

それで察してくれと言わんばかりに、坂上が口を閉ざす。しかし一之瀬は、なおも突っこんだ。

「つまり、悪口を言われてもしょうがないような人なんですね」

「いや、ですから……」

「実際、悪口は聞いています」

「そうですか」坂上がすっと背筋を伸ばした。「まあ、あの——そういう印象は、ないでもないです」

「私が聞いた話では、『チャラい人』だそうです」

「そういう人が自分で仕事を始めると、どうなるか分かります？」

「会社はすぐに潰れるでしょうね」

「でも、中江さんの会社はそこそこ長生きしています。それが、私には不思議なんですよね。本当に中江さんは、経営者には向いていない……会社なんか作ったら、すぐに潰しちゃうタイプだと思ってました。ノリ一発だけじゃ、仕事はできないですよね」

「分かります。ところで、中国と何か関係があるのは知ってますか？」

「中国？　いや……」坂上は顎に拳を当てた。「中国って言えば、学生の頃に行ったことがありますけど……」

「それは仕事ですか？」

「いや、視察っていうべきですかね。学生が視察っていうのもおかしいですけど……中国で働いていた先輩に誘われたんです。向こうのＩＴ事情視察、みたいな感じですね」

「同好会の夏合宿みたいなものですか？」

「近いですね。三泊四日で……視察もしましたけど、実際は飯ばっかり食べてたな」坂上が苦笑する。

「それが、いつですか？」

「私が二年の時です。もちろん、ＩＴ研の人間全員が行ったわけじゃないですけどね」

「中江さんは？」

「中江さんも工藤さんも行きましたよ。そもそも誘ってくれたのは、中江さんが親しい先輩だったんです」

「その人は……今も中国の会社で働いているんですか？」

「そのはずですよ。だって、中国人ですから」

「何なんだよ。話が中国の方へ一直線じゃないか」岩下が右手をすっと前に伸ばした。

「こいつは本当に、外事二課マターなのか？」

「そうかもしれません」

「奴らが俺たちの先を行っていた？　気に食わないな」

「内偵しているところで、こんな事件が起きて予定が狂ってしまったとか」

「そうかもしれない」岩下が腕を組み、唇を引き結んで天井を見上げた。ほどなく視線を一之瀬に戻して口を開き「その中国人の名前は？」と訊ねる。

「周（しゅう）です。周浩然（こうぜん）。下の名前は、中国語で『ハオラン』とか読むそうですよ」

「来歴は？」

「詳しいことは分かりませんが、学生時代にうちの大学に留学してきて、ＩＴ研にも入っていたそうです。卒業後中国に戻って就職したそうですが……これも噂ですし、その後の足取りはまだ分かっていません」

「まあ、それだけ材料があれば何か分かるだろう」自信なさげだったが、岩下は自分に言い聞かせるようにつぶやいた。

「工藤はどうでしたか？」

「中江と知り合いだということは認めた」

ということは、若菜と一緒に歩いていた二人のうち一人は、工藤なのか。しかし一之瀬が見た映像は暗く、生で見た工藤の姿と合致しない。

「原田若菜とはどうなんですか？」

「知っている、とは認めた。大学の後輩だからな……でも、それ以上の関係はないと否定している」

「そうですか……」一之瀬は募る苛立ちを意識しながら相槌を打った。糸はつながりそうでつながらない。

「工藤はもう帰したんですか？」

「残念ながら、引っ張っておく材料はない」

「あの夜――先週の月曜日から火曜日にかけてのアリバイはどうなんですか」

「家にいたと言っているが、当然裏は取れない……独身だしな」

「だいたい、中江の車はどうしたんでしょうね。防犯カメラに映っている車は、間違いなく中江の軽自動車ですよ」

「本人が知らないと言っている以上、突っこみようがない。変な言い訳をしたら、もう少し厳しく追及できるんだが……盗まれた、とかな」

「盗んだ車を、わざわざ家に戻す人間はいないでしょうからね」

「クソ、気に食わんな」

岩下がしがしと髪を掻いた。慰めるべきだろうかと思ったが、上手い言葉が浮かばない。いいタイミングでスマートフォンが鳴ったので、一之瀬は「失礼します」と言ってその場を離れた。

「一之瀬です」

「ああ、どうも」Qだった。「ちょっといいかな」

「どうぞ」特捜本部の部屋から廊下に出る。「話せます」

「中江という人間は、本当に頻繁に中国に行っているようだね」

「ええ」

「一年間で八回と言っていたね？　そんなものじゃ済まないよ。過去に遡れば、この五年で五十回近く中国に渡っている」

「そんなに？」本人の言うように本当に現地に友人がいるとしても、多過ぎるのではないか。

「ああ。それに、向こうの知り合いも、よく日本に来ているようだね」

「その人間は特定できているんですか」

「周浩然」Qは「しゅうこうぜん」と発音した。

「チョウハオラン、ですね」

「君は中国語ができるのか？」Qが驚いたように言った。「能ある鷹は爪を隠すというけど――」

「違います」一之瀬は思い切り否定した。「たった今、別の筋から聞いた名前なんです」

「なるほど……知らぬは君たち捜査一課ばかりなり、かもしれないね」

「つまり、警察でも他のセクションは知っているということですか？」例えば外事二課。

「一部筋で注目されている人間なのは間違いないようだね」

「もっと突っこむべきですか？」

「私は、警察の捜査についてアドバイスできる立場にはない。あくまで情報を持っているだけだ」

そう言ってQは、一之瀬にとっては初耳の情報を教えてくれた。それで一気に、外事二課が何を考えていたかが想像できるようになる。問題は、この情報の真贋だ。Qの情報には、今まで完全な外れは一度もなかったが、「ぶれ」はあった。

「ありがとうございました」

「元気がないね。役に立たなかったかな？」

「いえ、ネタが重過ぎて、背中が曲がります」

「大袈裟な……」Qが笑い飛ばしたが、すぐ真剣な声になった。「そうとも言えないか。世界が終わるとは言わないが、相当厄介なことになるのは間違いない。君たち以外にも、苦労する人間が出てくるだろう」

「例えばあなたとか、ですか？」一之瀬はかまをかけた。

「君の読みは、だいたい外れるね」Qがまた馬鹿にしたように笑う。「私のことは詮索しない方がいい」

「……そうですね。失礼しました」一之瀬は素直に引き下がった。Qとあれこれ突き合うよりも、今はやるべきことがある。

〈24〉


こちらから斉木を呼び出すのは、当然初めてだった。間違いなく外事二課に在籍しているのは確認していたが、実際に電話に出るまでは信じられなかった。あの連中は、桜田門の本部ではなく、どこか都内の別室で、こそこそ謀議を巡らしているイメージがある。

「これはまた、どうしたのかな」斉木が皮肉っぽく言った。

「ちょっと会えないか？　確認したいことがあるんだ」

「情報交換？」

「いや、聞きたいことがある」隠し事はもうたくさんだ。

「一方的にか？」非難するように斉木が言った。

「もちろん」

「それじゃ、困るな。こっちだってバランスは考える。コスパの悪い捜査はできないんでね」

「殺しの捜査にコスパもクソもあるか！」一之瀬は思わず声を張り上げてしまった。

「よせよ……お前、そういう暑苦しいタイプじゃないだろう」斉木が冷水をぶっかけるように言った。

「いいから、出て来い。出て来ないんだったら、そっちへ押しかけてやる」

「そいつは困るな……じゃあ、日比谷か有楽町で高いお茶でも奢ってもらおうか。お前、あの辺は詳しいだろう」

「それでいい」一之瀬は、千代田署の裏にあるビルの喫茶店を指定した。何ということのない、昔ながらの喫茶店なのだが、ビルの地下一階にあって人目につかない。

「そこで三十分後……もうちょっと後の方がいいか？」

「四十分」念のためにと、一之瀬は十分上乗せした。

「じゃあな」むっつりした口調で言って、斉木が電話を切ってしまった。

一之瀬は岩下にすぐに報告した。

「ここへ呼びつけてやればよかったんだ」岩下が不機嫌に言った。

「さすがにそれはできないでしょう」

「五百円以上かけるなよ」

「はい？」

「奴らに高いものを奢ってやる必要はない。五百円を超えた分はお前の自腹だからな」

「そこまで嫌わなくてもいいんじゃないですか」自分も斉木に対してムカついていること

を忘れ、一之瀬は窘めた。

「俺はあいつらが大嫌いなんだよ！」岩下が叫んだ。「何だったら、一発かましてきてもいいからな。喋らなかったら、拷問してもいいから吐かせろ」

滅茶苦茶な。苦笑しながら、一之瀬は特捜本部を飛び出した。本当に斉木をぶん殴るようなことにならないといいな、と思いながら。基本的には平和主義者、暴力は苦手なのだ。


一之瀬は、約束の時間に五分遅れて喫茶店に入った。斉木の前には、既にコーヒーが置かれている。灰皿には吸殻が二本。

「しかし、安い店だなあ」斉木が露骨に不満気に言った。

「文句があるなら、何も頼むなよ」

「いや、別にいいけど」

実際、安いのだ。ブレンドコーヒーが四百円というのは、今時珍しい。しかも有楽町という場所柄を考えればなおさらだ――別に岩下の「五百円以内」を意識したわけではないが……ここは、藤島お気に入りの店でもある。真っ赤なソファに小さな白いテーブルというのが、いかにも昔の喫茶店という感じで、メニューももろに昭和の喫茶店のそれだ。ミルクコーヒーはあるがカフェラテはなし……サンドウィッチも、昔ながらの玉子サンドやハムサンドなどだ。

「せっかくだから、美味いスウィーツでも奢ってもらおうと思ったんだが」

「何だよ、それ」スウィーツ男子という言葉が巷で聞かれるようになったのは、二、三年前からだろうか。一之瀬自身は、深雪が作るケーキ以外は、甘いものを口にする機会がほとんどない。「甘い物が欲しいなら、クリームあんみつかホットケーキでも食べればいいじゃないか」パンケーキではなくホットケーキか、と考えると頬が緩んでしまう。今朝、ふわふわのパンケーキを食べていたQは、ホットケーキについてどう思っているのだろう。そもそも、パンケーキとホットケーキの違いは何か。食事とおやつ？

「まあ、いいや。こういうのは好みじゃないんだ」斉木が白けた口調で言って、メニューをテーブルに戻す。一之瀬がコーヒーを頼むと、すぐに「で？」と切り出してきた。

「周浩然」

　斉木のコーヒーカップが宙で浮く。一滴でもコーヒーを零すのが惜しいというように、極めてゆっくりとソーサーに戻す。一之瀬の顔を凝視したまま、ソーサーに添えられた小さなクッキーを取り上げ、口に放りこんだ。

「やっぱり、甘い物が必要なんだな」一之瀬は言った。「血糖値が下がってるんだろう」

「その名前、どこで知った」斉木が低い声で訊ねる。

「言えないな」斉木の秘密主義を皮肉るつもりで言った。

「それじゃ、話にならない」

「この手の話を知ってるのは、自分たちだけだと思ってるのか？　日本の情報機関は、横の連絡が全然ないんだな」

斉木の頰がぴくぴくと引き攣る。水の入ったコップを、粉々に握り潰そうという勢いで握りしめる。

「どうした」一之瀬はすかさず挑発した。「何か都合が悪いことでも？」

「花巻重工、知ってるか？」唐突に斉木が言った。

「そりゃ、知ってるさ」重厚長大産業の代表のような会社である。

「そこのサーバーがハッキングされて、顧客情報が抜かれた可能性がある」

「花巻重工の顧客情報？　ああいうところは、個人データなんか持ってないんじゃないか？」

「もちろん、顧客も企業だよ。取引状況なんかのデータが盗み出されたらしい」

「らしいというのは？」

「まだはっきりしない」

「それと周浩然と何の関係が？」あるいは中江と。それとも若菜と。

「お前はどう思うんだよ」斉木が挑発的な口調で訊ねた。

「どうって、今初めて聞いたんだぜ」

「捜査一課の人間は、頭が硬いのかね」斉木が耳の上を人差し指で突いた。「刑事には柔軟な考えが大事なんじゃないのか」

「いいから、さっさと言えよ。謎かけしてる場合じゃないだろう」

「最近は、ハッキングに対する追跡もある程度はできるようになっている。どこのサーバーを踏み台にしたか、そのサーバーがどこの国のものか……その追跡調査の中で、一条若菜の名前が浮上してきたんだ」

「まさか。彼女がハッキングを？」

「確証はない。海外のサーバーだから、英語名だしな。ただ、ワカナ・イチジョウという名前を追跡していったら、原田若菜という本名に辿り着いた」

「それで彼女のことを追いかけていたのか……」

「追っていた人間が殺されれば、何かあったと考えるのが普通だろう」声を潜めて斉木が言った。

「そういうのは、サイバー犯罪対策課の担当じゃないのか？」

「筋が違うんだよ。端緒はあそこが摑んだけど、そこに絡んでくる人間が……」

「周浩然。だから、お前のところが乗り出した？」

斉木が無言でうなずく。中国人が絡んでいることが分かって、外事二課がサイバー犯罪対策課から事件を分捕った——ということだろう。もちろん、まだ立件に向けての具体的な捜査という感じではなかっただろうが。

「いや。だいたい、企業間の取り引きの情報が流れても、それですぐに問題が起きるわけじゃないと思う」

「じゃあ、立件できないじゃないか」

「サーバーに不正侵入しただけでも、不正アクセス禁止法に触れるぞ」

「あんなの、実質的にはザル法だろう」

「技術の発達に法律が追いつかないだけだ……もちろん、それだけだったら、俺たちも手は出さないよ。サイバー犯罪対策課に勝手にやらせておく」

「何があったんだ？」一之瀬は小さなテーブルの上に身を乗り出した。

「花巻重工のサーバーに、微調整を加えた会社があるんだ」

「微調整？　不正に？」

「いや、業務として」

「まさか」一之瀬ははっと顔を上げた。「ＪＵＢか？」

斉木がにやりと笑ってうなずく。「あそこ、不思議な会社みたいじゃないか。大した規模でもないのに生き残っている。あの業界だと、十人ぐらいの規模の会社は、長生きできないそうだけどな。上手く軌道に乗せて規模を拡大するしかない……細々と続けていくのは、むしろ難しいらしいぜ」

「それは置いておくけど、何でＪＵＢ程度の小さな会社が、花巻重工みたいに大きな会社のサーバーの仕事を請け負えるんだ？　花巻重工だったら、自分の会社にいくらでも専門家を抱えてるだろう」

「ＩＴ業界のことはよく分からないけど、一種の商習慣、かな。ＪＵＢは小さくても、一応は専門家集団だから。微調整に専門家の力を借りることもあるだろう。珍しくもないらしいぜ」

「分かった」いや、分かっていない。小さな情報が集まってきているだけで、全体像はまだ見えていないのだ。斉木は——外事二課は摑んでいるのだろうか。一之瀬は彼の目を真っすぐ見た。

「周浩然については？」

「よく分からない。うちの方でも名前が出てきているけど、役回りがはっきりしないんだ」斉木が肩をすくめる。

「本当に？」

「こっちだって、何でもかんでも摑んでるわけじゃない。謎の方が多いよ」

それを信じていいのかどうか……一之瀬は困惑を覚えた。こいつらは結局、実際に事件にできるかどうかも分からないまま、情報の断片を弄(もてあそ)んでいるだけではないだろうか。そう考えると、また怒りがこみ上げてきた。ことは殺人事件——しかもバラバラ殺人なのだ。

「よく分かった」

「何か——そっちが摑んでいる情報と合体させられたか？」

「まだ分からない」

「どうするつもりだ？　これで特捜の捜査は進むのかよ」

「それも分からない」

「おいおい、しっかりしろよ」斉木が肩をすくめる。「一応、親切で協力してやってるんだぜ」

「ご協力、どうも」一之瀬は硬い口調で言って伝票を摑んだ。「もう、全部吐き出して空っぽじゃないか？」

「そうだな。でも、コーヒー一杯じゃ割に合わない」

「もしも、こっちの犯人に辿り着く情報があれば、いくらでも奢ってやるよ。ステーキでも、焼肉でも」

「そこまで力を貸す義理もないと思うけどな。あくまでそっちの仕事だろう？」

こういう禅問答のようなやり方をしていて、斉木は面白いのだろうか。警察は役所の中の役所——隣の部署にいる人間の仕事には手を貸さない、というのもその特性の一つである。首を突っこまず、余計なことを言わず、もちろん助力を申し出たりもしない。本当の大事件なら協力し合うこともあるだろうが、そういう時はトップの判断が必要になる。今回、外事二課も、サイバー犯罪対策課が摑んだ情報を勝手に分捕っていっただけではないだろうか。

「本当はまだ何か、隠してるんじゃないのか」

「いや」短く明確な否定。

「情報を抱えこんで、こっちが事件を解決できなくても、横で笑って見ているつもりか?」

「ま、お手並み拝見ってところだな」斉木が首を傾げる。「お前らは、警察……うちの顔なんだから。都民の治安のために、せいぜい頑張ってくれ」

皮肉な物言いを頭にインプットしてから、一之瀬はレジに向かった。こいつは……何か、大きな勘違いをしている。

いつか必ず、その性根を叩き直してやる。それは警視庁の機構改革——意識改革につながるような大規模な話だろうが、現状のままでいいわけがないと一之瀬は強く思っていた。

夜の捜査会議で、一之瀬は斉木から仕入れた情報を披露した。自分でもまだ、消化できているとは言えない状況だったが……真っ先に突っこんできたのは、管理官の小野沢だった。

「状況は分かった。で、お前の推理は?」

「穴を開けたのかな、と思います」ぼんやりと考えていたことだった。「サーバーのメインテナンスを担当すれば、いくらでも工作ができます。会社の担当者が気づかないうちに、ハッキングするための穴を開けておくことも可能でしょう。それで、実際にハッキングされたわけですから」

「しかし、何のためだ？」小野沢は納得しなかった。「漏れ出たのは、使いようがない情報だったんじゃないか。どこの会社とどこの会社が取り引きしているか、その内容は――そんなことを知ってどうなる？」

「同業他社なら、欲しい情報かもしれません」言いながら、一之瀬はまったく自信を持てなかった。「ライバル社の動向は気になりますよね……」

「そこまでして欲しい情報なのかね」小野沢が首を傾げる。「今の話の流れだと、中江と原田若菜が組んでハッキングをしかけたように聞こえる。だけどそれで、原田若菜はどんな利益を得たのか？　家にあった金は、そういうことで手に入れたのか？」

「例えば、花巻重工の取り引き情報をライバル他社に売りつけたとか……」一之瀬の説明は途中で消えてしまった。

「そんなものを買う会社があるかどうかだ」小野沢がぴしりと言った。

「そうでなければ、恐喝かもしれません。盗んだ情報を買い取らせる」その方が現実味があるのでは、と一之瀬は思った。被害者の企業は体面を気にして、警察に相談しないかもしれない。

「そうだな……とにかく、無視していい情報じゃない。二人の関係はもっと厳しく調べるべきだ」

「そう、ですね……」一之瀬は中途半端に終わってしまった報告を悔いながら腰を下ろした。未だ行方不明の永谷なら、何か知っているだろうか。何故見つけられないのかと、一之瀬は怒りを覚えた。

「永谷はまだ摑まらないんですか？」

「ああ」小野沢が渋い表情で答える。

「もっと人を割くべきじゃないでしょうか。何だったら、自分も捜索に加わります」

「検討しておく」

今夜の捜査会議は、これまでにも増してまとまりがなかった。自分たちはこれだけ材料を集めてきたのだと胸を張りたくなる反面、それぞれがうまく繋がらないのがもどかしい。まるで群島だ。あちこちに散った島をつなぐ交通手段がない。結局、永谷の捜索への参加も指示されなかった。

げっそり疲れ、一之瀬は別室に引きこもろうかと思った。これ以上映像を見直しても何も出てこないだろうが……特捜本部を出ようとした瞬間、春山に声をかけられる。

「大丈夫ですか？」

「あ？　ああ」慌てて顔を擦る。「ちょっとばてたかな」

「弁当、ありますよ」

「そうだな……」冷たい弁当の味気なさはよく知っているが、何か食べておきたい。

一之瀬は弁当を受け取り、隅の方に座った。もちろん弁当を食べる権利はあるのだが、何となく後ろめたい。せっかく斉木に会ったのに、十分な情報を引き出せなかったという思いは強かった。

「また出動するみたいですね」春山が低い声でつぶやく。

部屋の出入り口の方を見ると、若杉たち数人の刑事たちが出て行くところだった。

「何なんだ？」

「仮称、夜間特別捜索隊です」春山が、どこか白けた口調で言った。

「ああ……残りの遺体か」ぞっとして食欲が失せてしまう。

食欲はないが、無理にでも弁当を食べておくことにした。代わり映えしない幕の内弁当……ぶりの照り焼きに鶏の唐揚げが二つ、煮物、卵焼きとかまぼこ――本当にうんざりして、ご飯にかかったゴマや梅干しまで不味（まず）そうに見えてくる。しかし春山は、まったく気にしない様子で弁当に箸をつけた。

「中江が二件の事件の犯人だっていう説は、どうなんですかね」食べながら春山が切り出した。食事中の話題にはいかにも不適切なのだが、気にする様子もない。

「中江は、人を殺したりバラバラにすることで喜ぶタイプとは思えないんだよなあ」一之瀬は少し乾いたブリの照り焼きをかじった。味が濃過ぎる……どこの仕出し屋か知らないが、これなら持ち帰りの弁当屋の方がましだろう。少なくともご飯は温かい。のり弁の鄙びた味わいが、妙に懐かしく思い出された。

「ですよね……だとすると、別の犯人なんですかねえ。人をバラバラにする人間が、そんなにたくさんいるとは思えないんですけど」

「そこは確かに、引っかかるところだよな」話に応じながら、一之瀬は悶々とした気分を味わっていた。こんな適当な内容なら、刑事でなくても話せる。「今夜、何か言われてるか？」

「いえ、特には」春山が何故かにやついた表情になる。「一杯行こう」と誘われるのではと期待しているのかもしれないが……世の中、そんなに甘くない。

「ちょっとブレストしないか？」

「ブレスト？」

「今分かっていること、分かっていないことを整理して、可能性を探るんだ」

「そういうの、自分みたいな平の刑事がやっていていいんですか」

「ブレストだって仕事だよ」

「まあ、そうでしょうね」春山が苦笑する。「ビールでも呑みながら、の方がいいんですけど」

「酒を呑むと、ブレストにならないから」

しかし、酒抜きでもブレストにならなかった。あまりにも情報が広がり過ぎ、どこに本筋があるのかすら読めない。特捜本部の隣の狭い部屋に、二人きりで籠っていたのもよくなかったのかもしれない。息が詰まる……夜なので、ブラインドを開けても、入ってくるのは街灯の灯りだけだし。

「でも、一つだけはっきりしてるじゃないですか」

「何だ？」

「中江か工藤が白状すれば、一気に糸は解れますよ」

「そう簡単にいけばいいけどなあ」一之瀬は苦笑した。「二つ目のバラバラ事件は、まったく手がかりがないし、大変だ」

「それ、変ですよね」真顔になって春山が立ち上がる。狭い部屋の中を、右へ行ったり左へ行ったりし始めた。

「身元すら分かっていないしな」

「困ったですねえ」春山が零したが、それほど困った様子ではなかった。

「結局、一つ一つ解決していくしかないのかな」

「いったいいつまで、この特捜に縛られるんですかね」春山が溜息をついた。

「もちろん、犯人を捕まえるまで、だよ」

「……ですよね」うんざりしたように春山が唇を歪める。どうも、我慢強くはないようだ。

その時、二人のスマートフォンが同時に鳴った。一之瀬は、テーブルに置いた自分のスマートフォンを素早く取り上げた。岩下。

「どこにいる？」岩下の声には珍しく焦りがあった。

「隣の部屋です。ミーティング中でした」少し後ろめたい気分を抱きながら一之瀬は言った。ブレストでは結局、新しいアイディアは出ていない。

「すぐに戻れ」

「どうしたんですか」

「犯人が見つかった——二つ目のバラバラ事件の犯人だ」


〈25〉

江東区というのは公園の多い区で、それまでも若杉たち「夜間特別捜索隊」は、公園を中心に遺体の捜索を続けてきた。今回の現場は夢の島公園。園内の砂町運河沿いをうろついていた不審な男を発見、職質したところ、いきなりバレーボールを入れる球形のバッグを投げつけて逃げ出したのだという。自称百メートル十一秒台の若杉が五秒で追いつき、取り押さえた――というのが若杉本人の説明だった。

バッグには、人間――女性の頭部が入っていた。

若杉たちは即座に特捜本部に連絡を入れ、その十分後には、居残っていた刑事たちが一斉に公園に殺到した。一之瀬と春山は応援の一番手になり、若杉が取り押さえた犯人といち早く面会した。

免許証によると、今田涼介(いまだりょうすけ)、三十歳だった。住所は江東区ではなく、隣の江戸川区。縦にも横にも大きい男だったが、若杉にはまったく敵わなかったようで、顔の左半分が腫れ、目は完全に塞(ふさ)がっていた。口元には乾きかけた血。ジャージの上下に革ジャンという格好で自宅でくつろいでいたのが、急に外へ出た感じである。

「喋れますか?」一之瀬は声をかけたが、今田は何も言わず、睨みつけてくるだけだった。まずいな……この顔の怪我(けが)は、タックルで生じたものではあるまい。拳で殴りつけないと、こんな傷はつかない。しかも若杉は、今田を運河沿いの手すりに手錠でつないでいる。やり過ぎだ。

「手錠、外せよ」一之瀬はまだいきり立っている若杉に声をかけた。

「これだけ人がいて、逃げられるわけないだろう。両手錠だけでいいんだよ」

ぶつぶつ言いながらも、若杉は手すりから手錠を外した。そのまま今田の両腕を前に回し、自由だった左手にも手錠をかける。二人の周囲を、数人の刑事たちが取り囲んだ。一之瀬は真っ先に声を上げた。取調室ではなく現場で容疑者と向き合う——しかも逮捕直後。こういう時は早い者勝ちだ。

「女性を殺してバラバラにした。間違いありませんね」

「ああ」今田はあっさり認めた。立派な体格の割にか細い声だが、震えているわけではない。

「遺体はどこに捨てたんですか？」言ってしまってから、一之瀬は言い直した。「今までいくつ捨てたんですか」

「今日で三つ目だよ」

「最初が腕と胴体……そして今日が頭部ですか」

一之瀬は、少し離れたところでバレーボールのバッグを調べている鑑識の連中に視線を投げた。そう言えばちょうど、人の頭が入るぐらいの大きさ……それを考えると震えがきた。

「被害者は誰ですか？」

「女だよ――俺の女」

「殺して？」

「バラバラにした？」

「した」

短い肯定の言葉が続く。こんなにあっさり認めるものだろうか、と一之瀬は内心驚いていた。もちろんこれまでにも、逮捕されると同時に自供してしまう犯人はいた。だがそれは、大したことのない事件――こそ泥や、軽度の傷害だった。しかしこれは、レベルが違う。殺人、死体損壊、同遺棄。簡単に社会復帰できない事件なのだ。犯人は必死に否定するだろうと一之瀬は考えていた。

「遺体の他の部分は？」

「ああ、家にあるよ」

「保管してあるのか？」聴きながら、何だか気持ち悪くなってきた。

「うちにはでかい業務用の冷蔵庫があってね」今田が手を挙げようとしたので、その場にいた刑事たちが一斉に身構えた。しかし今田は、右手で耳を掻いただけだった。

「そこにあるのか？」

「ああ。順番に捨てようと思ってさ」

数人の刑事たちがばらばらと走り出した。遺体の残りのパーツの確認。この事件はすぐにまとまる、と一之瀬は確信した。しかし次の瞬間には、軽い吐き気がこみ上げてくる。今田の自宅の業務用冷蔵庫の中では、遺体の一部が冷えきっている……。

「相手は誰なんだ？」一之瀬は唾を呑んで吐き気をこらえ、質問を続けた。「名前は？」

「ああ？」

「あんたが殺した人の名前だ」

「阪田玲菜（さかたれいな）だけど」

「どういう人だ？」

「ああ、ウザい奴でさ……」

「そういう意味じゃない！」一之瀬は言葉をぴしりと叩きつけた。ふざけているのか、理解力が低いだけなのか、まだ判断できない。「住所や年齢だ」

「家はうちの近く……年は二十九」

「仕事は？」

「別に。ぶらぶらしてるだけ」

「家族は」

「ガキが一人いる」

「あんたの子どもか?」

「まさか」今田が嘲笑った。「結婚してねえよ」

「じゃあ、誰の子どもだ?」

「前の男の、じゃねえの? 三歳ぐらいだけど」

「その子はどうしたんだ?」一之瀬は思わず詰め寄った。母親が殺されて三歳児一人——もう一つの死が迫っているかもしれない。

「今? バアサンのところにいるんじゃないかな」今田がまた耳を掻いた。

一之瀬はゆっくりと息を吐き出した。最悪の事態は避けられた……しかし、人間関係がまだ分からない。

「あんたの恋人なんだな?」

「だった、だ」今田が訂正する。

「どうして殺したんだ?」

「ウザいから。俺、子どもが大嫌いだから」

一之瀬は口をつぐんだ。こんな簡単な話なのか? 痴情のもつれ? 今田が芝生の上に唾を吐く。少し茶色がかって見えたのは、まだ口内で出血しているからかもしれない。

「結婚の話でも出ていた?」

「向こうはね。勝手に言ってろって感じだったけど」

「それで邪魔になって殺したのか？」

「そうだよ」今田があっさり認める。「冗談じゃねえよな。こっちは遊びのつもりだったのに、しつこくつきまといやがってさ。あれ、ストーカーだぜ？　仕事から帰って来たら、いきなり家の中で待ってたりして。合鍵なんか渡してないんだから、勝手に鍵をコピーしたんだろうな。そういうの、犯罪じゃないのかよ」今田が一気にまくしたて、また唾を吐いた。

「だからって、殺していいことにはならない」

「何とでも言えよ。そういう状況になれば、あんたにも分かるから」

一之瀬は唇を噛んだ。結婚が難しいのは、よく分かっているつもりだった。そんなに簡単に踏み切れるものではない。しかも今田のように、男女間で意識の差があれば……事件に発展するのは時間の問題だっただろう。

「一之瀬」

声をかけられ、振り返る。捜査一課長の水越が険しい表情で立っていた。一課長自ら飛んで来たか……一之瀬は思わず直立不動の姿勢を取り、素早くうなずいた。

「それぐらいにしておけ。後は署で調べる」

水越の言葉が合図になったように、若杉が今田を引っ立てて行った。一之瀬は思わず溜息を漏らし、運河の方に向かって歩き始めた。晴れた昼間なら、非常に快適な場所だろう。

背後には駐車場。そこから鬱蒼とした木立が横に広がり、今一之瀬が立っている芝の空間と駐車場を隔てている。ぶらぶらと運河の方へ歩いて行った。足元で、芝がさくさくと音を立てる。一之瀬は背の低い柵に張り巡らされたロープを跨ぎ越し、手すりに凭れて運河に視線を投げた。すぐ近くに、ボートがずらりと並んでいる。人気はないが、何となく見られている気がしてならない。こんな場所で死体を遺棄しようとした今田の心情がまったく理解できなかった。

「単純な事件だったようだな」いつの間にか横に並んでいた水越が、ぼそりと言った。

「あ、はい……たぶんそうです」

「女に結婚を迫られたけど、本人にはまったくその気がなかった。そのうちストーカーまがいのことをされ、ブチ切れて殺してしまった。死体の始末に困ってバラバラにして、時間差で遺棄した——そんなところだろう」

「はい」

「嫌な事件だな」

「そう思います」

二人はしばらく無言で、運河に視線を向けていた。三月最後の夜……湿気をはらんだ風はまだ冷たく、コートなしではきつい。思わず震えがきて、一之瀬は上体を抱き締めた。

「こういう事件は、日常茶飯事だ」水越がぽつりと言った。「ただ、この件はそんなに簡単に片づくわけじゃない」

「でも、本人が認めているんですよ？」

「事件を正確にトレースして再現するのは大変だ、ということだ。それにあの男……今田と言ったか？」

「はい」

「そんなに馬鹿じゃないと思うぞ」

「そうですか？」一之瀬の印象は正反対だった。怒りに駆られて女を殺し、バラバラにする——感情任せ、力任せの犯罪にしか思えない。

「奴は、最初に胴体を捨てた後、他のパーツは家に保存したままなんだよな」

「そうです」

「時間差で他の場所に捨てようとしていたんじゃないか？」

「おそらくは」

「発覚を遅れさせようとする意図はあったわけだ。それに、最初の事件を意識していたかもしれないな」

「そうですか？」一之瀬は首を傾げた。

「立て続けにバラバラ殺人が起きれば、警察だって混乱するだろうが。実際、二件目の事件については、捜査は全く進んでいなかった」

確かに……指揮官である課長に向かって「確かに」とは言えず、心の中でうなずくだけだったが、それは一之瀬も認めざるを得なかった。

「これは反省点だな。最初に特捜を一緒にせず、分けるべきだったかもしれない。今田は、そこまで計算していたのかもしれないぞ」

「そうですか？」

「奴には逮捕歴がある。成人したての頃だが、傷害で……つまり、警察の動きや考え方については、素人じゃないということだよ」

「計画的だったんですか？」

「可能性はある……いずれにせよ、叩けば何とかなるだろう。お前は目の前のことにだけ集中しろ」

「今田の捜査の方に回るんですか？」

「それを決めるのは俺じゃない。現場の細かい話は、小野沢と岩下に任せている。手を抜くなよ」

「了解です」

一之瀬が緊張した口調で答えると、水越が素早くうなずいた。一瞬、表情が緩くなる。

「それにしても、若杉というのも不思議な男だな」

「ただの体力馬鹿ですよ」

「俺もそう思ってた」水越はほとんど笑い出しそうだった。「ただし、捜査一課には、あ
あいう体力自慢の人間も必要なんだ。他の刑事がへばっている時に、突っ走ってリードす
る人間がな」
「それは……あいつにぴったりの役目です」
「いや、それ以上だった。あいつは持ってる男だ」
「そうですか？」一之瀬は首を傾げざるを得なかった。「同期としては、本当にただの体
力馬鹿としか見てませんよ？　だいたい、運を一手に握っている人間なんか、いないと思
います」喋っているうちに苛々して、思わず反論してしまった。
「ところが、この業界には間違いなく、そういう人間がいるんだ。ただ、偶発的だから、
あてにはできないけどな」
「自分は……偶発的じゃなくて、いつでも結果を出します」
「結構だ。志は高い方がいい」言い残し、水越が去って行った。
何という青臭い台詞を吐いてしまったのか。課長の背中を見送りながら、一之瀬は冷た
い海風を体に浴びていた。
江東署に戻って十時過ぎ。現場の検証は鑑識に任されていたし、今田の自宅の家宅捜索
にも十分な人数を投入している。要するに一之瀬は「余った」。何となく嫌な気分を抱え

ながら特捜本部に入ると、これまでにないほど沸き立っているのがすぐに分かった。それはそうだろう、もつれていたと思われていた二つの事件の筋が一気に解けたのだから。おそらくこれから特捜本部は、二つに分けられるだろう。自分はどちらに割り振られるのか……岩下と小野沢が、額をくっつけんばかりにして何か相談していた。その脇には、一之瀬も見覚えのある広報課の職員。おそらくこれから、深夜の記者会見が始まるのだろう。

何となく、輪の外という感じ……今、その中心にいるのは若杉だ。何人かの刑事に囲まれ、身振り手振りを交えて熱弁をふるっている。遺体発見、今田逮捕の時の様子を語っているようで、その顔は得意げに輝いていた。まったく、運がいいだけで、これほど盛り上がれるとは。実力とはまったく関係ないじゃないかと一之瀬は不満を抱いた。

とはいえ、不貞腐れて帰るわけにはいかない。今夜は徹夜を覚悟だ。仕事は山積みで、命じられるままに動き回るしかないだろう。

しかし、特捜本部の大部屋にはいづらい。一之瀬は、すっかり自分の居場所のようになってしまった隣の小部屋に籠った。ブラインドを閉めようとして窓に近づき、ふと見下ろすと、駐車場が一杯になっているのに気づいた。テレビの中継車や、社旗を翻した黒塗りの車……逮捕の一報を聞きつけたのだろう、マスコミの連中が集まって来ているのだ。

「大人しくしていてくれよ」聞こえるはずもないのに、一之瀬はつぶやいてしまった。

口にガムを放りこみ、椅子に座る。きついミント味が口から鼻へ通り抜けたが、気分は一向に上向かない。馬鹿馬鹿しいと思ったが、これは若杉に対する嫉妬なのだと認めざるを得なかった。あいつが「持っている」かどうかは知らないが、自分は「持っていない」らしい。こういう運のあるなしが、いずれ刑事としての差につながってしまうのではないか……本部の刑事として走り始めたばかりだが、初めてと言っていい本格的な特捜事件で、まだろくな成果を上げていないのだ。むしろヘマの方が記憶に残っている。一々落ちこんだりしている暇はないのだが、気持ちをコントロールするのは難しい。

いきなりドアが開いた。春山かと思ったら宮村である。げっそりした表情で、乱暴に椅子に座ると両足を投げ出した。煙草を取り出し、何の躊躇いもなく火を点ける。

「禁煙ですよ」

「どこもかしこも禁煙だから、面倒臭いんだよ。見逃せ」

携帯灰皿を取り出し、忙しなく灰を落とす。一之瀬は窓辺に歩み寄り、ブラインドを閉めたまま、窓を細く開けた。部屋に臭いが残らないようにしないと。

「今回は、若杉に全部持っていかれたな」

「偶然ですよ、偶然」むっとして一之瀬は否定した。

「そりゃそうだけど、運も実力のうちっていうんだぜ」

そう言われると、黙らざるを得ない。何も宮村も、こっちの傷口に塩を塗るようなことをしなくてもいいのに。

「しかし、疲れたな……何が何だか分からない」

「こんなの、表彰の対象になるんですか？」

「犯人を逮捕したんだから、当然だろう。しかし、疲れたな……何が何だか分からない」

「宮さんでも、そういうことあるんですか？」

「将棋の駒には、先を読んでる余裕なんかないんだ。上が言うまま、行ったり来たり」煙草を持ったまま、右手を右から左に向けて振った。「しかし今回の件は、上もよく事情が分かってないんだから、疲れるだけだぜ」

「実際、お疲れですよね」

「もうそろそろ一週間か……」宮村が左腕を上げて時計を見た。「でも第二の事件は、バラバラ殺人事件としてはスピード解決と言っていい」

「でも、最初の事件が全然……」

「こういう時が危ないんだよ」宮村の顔が急に険しくなった。「警察官っていうのは、音がした方に動くよう、叩きこまれてる」

「ええ」実際一之瀬も、所轄時代に散々言われていた。何か異変を察知したら、取り敢えずそちらへ向かえ。考えるのは後でいい。

「全員が同じ方向を向いている時に、別のところでとんでもないことが起きてたりするんだよな」

「まさか……また新しい事件ですか？」そうなったら、対応するのは別の係だ。もちろん全体の指揮を執る捜査一課長は、どこへでも出かけていかねばならないだろうが。

「いや、最初の事件のことだ。実はちょっと心配なんだ」

「何がですか？」

「中江と工藤に対する監視を解除したんだよ」

「解除って」一之瀬は思わず窓辺を離れ、宮村に近づいた。「容疑が晴れたわけじゃないでしょう」

「しょうがないだろう……人手が足りないんだから。俺だって、中江の自宅の監視から呼び戻されたんだぜ？　でも、戻ってみたら仕事がないっていうのはどういうことかね。慌てただけ、損だよ」

「ああ……取り敢えず人を集めようっていうことですかね」

「いざという時に使える人員を手元に置いておくのは、基本だからな。ただ、今現在、中江と工藤は野放しになってる。今更何か起きるとは思えないけど、嫌な予感がするんだよな……」

二人が直に会うとか。監視の目が厳しければ、二人だけで会って相談もできない。もちろん電話やメールでも相談はできるのだが、本当に追いこまれていると思ったら、直接相手に会って話したいと思うだろう。

「ちょっと行って来ましょうか？」

「勝手に動くなよ」

「いや、許可は取りますよ」

「岩下さんには相談できる雰囲気じゃないぞ。あの人は今、警視庁で一番忙しいんだから」

だったら勝手に動いてしまうべきかもしれない。自分一人で何ができるとも思えないが、少なくとも監視の目があれば何かあった時にすぐ動ける……だが、その目論見はすぐに打ち砕かれた。

意外な命令——会見への出席である。もちろん一之瀬が説明するわけではないが、会見に紛れこんで、その場の雰囲気を経験しておけ、ということである。岩下からその命令を受けて、一之瀬は混乱した。

「俺も前に、会見に出たことがあるよ」宮村が小声で打ち明ける。

「何でそんなこと、しなくちゃいけないんですか」

「何事も経験だよ。捜査一課から広報課に出ることもあるからな」

「俺は広報課に行く気なんかないですよ」憤然として、一之瀬は反論した。「こっちへ来たばかりじゃないですか」

「だから、何でも経験だって」宮村がうんざりしたように言った。「そんなにカリカリするなよ。こっちだって疲れてるんだからさ」

「……すみません」

「誰かに話しかけられても、何も言うなよ。隅の方で、目立たないように座ってろ。それと、テレビカメラが部屋の一番後ろにずらりと並んでるから、映りこまないように。顔が割れると、後でいろいろ面倒だからな」

そんなに制約があるのに、どうして会見に出なければいけないのか。上層部の方針に疑問を感じながらも、一之瀬は会議室に向かった。

既に会議室は一杯だった。一之瀬にすれば、テレビでよく見る光景……折り畳み式の長テーブルに一課長と江東署長がついている。署長は制服姿だ。宮村が言ったように、部屋の後方にはテレビカメラがずらりと並んでいる。前方には、新聞社のカメラマンが陣取っていたが、こちらはテレビカメラの邪魔にならないように気を遣っているのか、両翼に別れてしゃがんでいる。中の温度は高く、一之瀬は額に汗が滲んでくるのを感じた。椅子に空きは……ない。仕方なく、一之瀬はドアに近い場所に陣取り、壁に背中を預けて立った。すぐ近くにテレビカメラがあるのだが、その存在を何とか無視しようとする。そっぽを向いていると、急に視線を感じた。記者たちの集団の中から、吉崎が振り向いてこちらを見ている。にやりと嫌らしく笑い、すぐに前を向いてしまった。何となく気分が悪い。

広報課員が仕切り、すぐに会見が始まった。ストロボの瞬き。室温が上がっているのは、テレビカメラのライトのせいかもしれない。一之瀬はハンカチを取り出し、額の汗を拭った。

「江東区内におけるバラバラ殺人事件について、容疑者の身柄を確保したのでお知らせします」

水越の口調は丁寧だった。一之瀬たちから見ると、結構ざっくばらんな人なのだが、記者たちが相手だと、態度を変えるようだ。

「容疑者、今田涼介、三十歳。生年月日は……」今田について淡々と説明する。次いで、逮捕の状況。「バラバラ事件の遺体捜索を行っていた特捜本部の捜査員が、夢の島公園において不審人物を発見、職務質問したところ、いきなり逃げ出そうとしたので身柄を確保した。容疑者はスポーツバッグを持っており、中から女性の頭部が発見された」

会見場に、一気にざわついた空気が広がる。「頭部」が記者たちの想像力を刺激したのは間違いない。しかし水越は表情も口調も変えず、淡々と説明を続ける。この辺、さすがにプロという感じだ。

説明が一通り終わると、質疑応答になる。矢継ぎ早に質問が飛んだが、水越は軽くこなしていった。要は「逮捕したばかりなので詳細はこれから」である。言えることがほとんどないわけだ。

水越の手際の良さに感心しているうちに、マナーモードにしておいたスマートフォンがスーツのポケットで震えているのに気づくのが遅れた。慌てて取り出すと、永谷の文字が浮かんでいる。通話ボタンを押してすぐに会見場を飛び出す。無礼に思われるかもしれないと思ったが、一之瀬の動向に気を配っている人間など一人もいなかった。

廊下に出た瞬間、「はい」と一言だけ答え、そのまま突っ走って会議室から離れた。ドアは開け放しなので、会話の内容を誰かに聞かれたら困る。

「一之瀬か？」

「永谷、お前、今どこにいるんだ」頭がかっと熱くなり、思わず声を張り上げてしまう。

「一つだけ、頼みがあるんだけど」永谷の声は低く、真剣だった。

「頼みはいいけど……こっちにも聴きたいことがある」

「それはまた別の機会にしてくれないかな。こっちの頼みが優先だ」

「勝手なこと、言うなよ」

話しながら歩いていて、いつの間にか廊下の端の非常階段のところまで来てしまっていた。階段を二段ほど下りたところで、一呼吸して、永谷に言葉をぶつける。非難にならないよう、怒らせないように気をつけながら……。

「お前とずっと、連絡を取ろうと思ってたんだ。何回も電話したんだぜ？　山形にいたんじゃなかったのかよ」

「ああ、急用で離れたんだ」

「大事な出張なのに？」

「会社の仕事より大事なこともあるよ」

「今、どこにいるんだ？」

「東京」

「それで、俺に頼みっていうのは……」

「ちょっとややこしい話なんだ。お前じゃないと……警察じゃないとできない話」

「まさか、何か事件に巻きこまれてるんじゃないだろうな」原田若菜を巡る事件の中で、永谷の立ち位置は微妙である。

「いや」

「だったら——何か手助けが必要なのか？」

「助けというか、手伝って欲しい」

「何なんだよ、もったいぶらないで言えよ」遠回りな永谷の言葉に、一之瀬は苛立ってきた。

「工藤を知ってるよな？　工藤恒明」

「ちょっと待て」どこまで明かしていい？　もちろん永谷が工藤を知っていてもおかしくはないのだが……永谷からすれば、工藤も中江も同じＩＴ研の先輩である。

「工藤をここまで連れて来て欲しいんだ」

「どういうことなんだ？　まず事情を説明してくれよ」

「そういう余裕はない」

「……お前、何やってるんだ」嫌な予感が走り、一之瀬は声を低くした。「だいたい今、どこにいるんだ？　東京？」

「ああ」

「まさか――目黒じゃないだろうな」

「目黒……そうだな。鷹番、だ」

一之瀬は電話をつないだまま、階段を駆け下りた。事態は急速に変化してしまった。どうして永谷が鷹番に――中江の家にいるのだ？


〈26〉

クソ、冗談じゃない。永谷は何をしてるんだ……覆面パトカーのアクセルを必死で踏みながら、一之瀬は考えを巡らした。最初に心配になったのは、自分が彼に対して中江や工藤の存在を明かしていなかったかどうかである。これは、永谷の復讐（ふくしゅう）ではないか？　自分がそのヒントを与えてしまったのではないか？

いや、二人の名前を明かすようなことはなかったはずだと自分を納得させる。だいたい、永谷に会った時には、二人の名前はまだ捜査線上に浮上してさえいなかったはずである。

しかし、あり得ない。

「あり得ないですよね」自分の心中を読んだようにぽつりと言ったのは、助手席に座る春山だった。

「何が」苛立ちがそのまま声に出てしまう。

「永谷さん、こんなことをしそうなタイプには見えなかったですよ」

こんなこと——人質を取って立て籠る。それは一之瀬も同感だった。しかし現実に起きてしまっているのだから、仕方がない。何かの冗談であってくれ、と祈った。中江の家の前に着いたら、二人が煙草をふかしながら談笑しているとか——「マジだと思ったか？」と永谷がふざけても、一発ぶん殴るだけで許してやる。

冗談ではなかった。

現場に一番乗りした一之瀬たちが見たのは、ガレージの中程に陣取る永谷の姿だった。シャッターは、ブラインドのように細い鉄棒が横に連なっているタイプで、わずかに隙間(すきま)がある。覆面パトカーで通り過ぎる時に、素早く中の様子を確認した。永谷は、中江のマセラティの横に立っている。そして足元には——中江。両手を後ろで縛られ、正座させられている。猿轡もかまされており、乏しい灯りの下でも顔面が蒼白になっているのが見えた。その理由は——拳銃だ。右手に握った銃で、永谷は確実に中江の頭を狙っている。

声をかけていいものかどうか……こういう時は、特殊班が中心になって犯人を説得するのが基本で、強行班の一之瀬たちは口を出さないのが鉄則だ。しかし、事態は急を要する。叱責されるのは覚悟で、一之瀬は車を飛び出した。

シャッター越しに、永谷と対面した。

「やあ」永谷がごく軽い調子で、銃を持っていない左手を上げた。

「そいつは本物なのか？」

「もちろん」

「まずい——違法なのは分かってるよな」

「ああ」

「どこから持って来たんだ？」

「それは言えない。今、言う必要もないだろう」

「分かった。取り敢えず、拳銃だけでも放さないか？　暴発でもしたら、大変なことになる」

「心配しないでいい。こんなところで撃つ気はないから」

「俺は心配性なんだ」

「申し訳ないけど、工藤を連れて来てくれれば、すぐに終わるよ。二人揃えて、話を聴きたいことがあるんだ」

永谷の声は冷静なままだった。どうしてこんなに落ち着いていられるのか、と一之瀬は戸惑った。中江を監禁し、銃を突きつけている――永谷自身も、究極の状態にあるはずだ。緊張と興奮で、怒鳴り散らしてもおかしくはない。しかし永谷は、仕事――それも手軽に片づけられるような仕事――の話をするような調子である。

「工藤が来たらどうするんだ」

「こいつら二人揃えて話を聴きたい。一人ずつじゃ、時間がかかってしょうがない」

「そのために警察を利用するのか?」

「申し訳ないけど、そういうことだ」永谷がすっと頭を下げる。「こういう下らないことは言いたくないけど、こいつを殺されたくなかったら、工藤をここへ連れて来てくれないかな」

「そんなこと、俺一人の判断じゃ決められない」

「そうだろうな……分かってるよ」拳銃を持ったまま、永谷が肩をすくめる。「お互い、勤め人だ。そういう事情は理解できる」

「時間は?」

「できるだけ早く。早くしないと、こいつがプレッシャーで気絶するかもしれない」永谷がしゃがみこみ、中江の腕を背後で掴んだ。強引に立たせようとしたが、中江は何かダメージを受けているのかあるいは抵抗しているのか、立ち上がれない。すぐにその場に崩れ落ちたので、永谷がシャツの襟首を掴んで、強引に姿勢を立て直させた。一之瀬に視線を向けると「ダメージは大きいみたいだな」とぽつりと言う。

「怪我させたのか？」

「多少は」

「撃ったのか？」

「それはない」永谷は首を横に振る。「住宅街の中で、そんなことはしたくないから」

「分かってるなら、取り敢えず拳銃は放そうよ」一之瀬はまた説得にかかった。拳銃さえなければ、何とか突破口が掴めるのではないか――。

「それはできない」永谷が拒否した。その目が、すっと遠くを向く。ちょうど他の覆面パトカーも到着したところだった。永谷を刺激しないためだろう、パトランプもサイレンもないが、細い路地に何台もの車が押しかけてくれば、気づかないわけもない。もっとも、永谷のこれ以上の暴走を心配する必要もないだろう。極めて落ち着いていて、すぐに何か事を起こしそうな気配ではない。

制服警官が二人、すっ飛んできた。その場の守りを固めるように、ガレージの両側に陣取る。それを見た永谷の表情が、わずかに強張った。

「頼むから、大袈裟にしないでくれ」

「悪いけど、こういう風にしないとまずいんだ」一之瀬は微妙な違和感を覚えていた。こんな風に、やけに礼儀正しくゆったりと話し合うとは……。

他の刑事たちも一斉に駆けつけて来る。一之瀬はスーツの袖を引っ張られ、たたらを踏みそうになった。慌てて後ずさりして振り返ると、岩下が怖い顔で立っている。とうとう、係長まで現場に出て来ざるを得なくなったのか……小野沢の姿も見える。特捜本部の守りはどうなっているのだろう、と一之瀬は心配になった。

「具合はどうだ」岩下がさらに遠ざかりながら低い声で訊ねる。永谷に聞かれたくないようだった。

「今のところ、大丈夫です。すぐに発砲するような様子ではありません」

「よし」岩下がすっと息を吸う。胸が膨らみ、目が大きく見開かれた。「特殊班の臨場を要請した。連中が来たら、お前が詳しく状況を説明しろ。永谷本人に関するデータが欲しい」

「俺に説得させてもらうわけにはいきませんか？　そもそも電話は俺宛にかかってきたんです。向こうも、俺を窓口にしたいと思っています」

「そうかもしれないが、それぞれの仕事がある」

縦割りっていうやつか……急に心配になってきた。こういう官僚主義的なやり方が失敗を呼ぶ可能性がある。

「要求は？」

「さっきも言った通り、工藤をここへ呼べ、ということです。工藤と中江を二人揃えて話を聴きたい、と」

「ふざけた話だ」岩下が吐き捨てる。

「いや……それほどふざけた話じゃないかもしれません」一之瀬の頭の中には、先ほどから小さな光が見えていた。永谷の行動には意味があり、自分には理解できる……。

「どういうことだ」

「永谷と原田若菜さんは、実際につき合っていたんだと思います。だからこそ永谷は、犯人と目される人間から直接話を聴きたがっている」

「話を聴くのは警察の仕事だ」岩下が憮然とした表情で言った。「だいたい、工藤と中江が犯人だということが、どうして永谷に分かったんだ？　俺たちだって、二人を犯人と断定したわけじゃない」

「それは……」一之瀬は言葉に詰まった。

「それとも奴は、自分で二人に自供させるつもりか？　それは筋違いだ。それに、二人のことをどうして知ったかが問題だぞ。もしかしたら、情報漏れかもしれない」

岩下が、一之瀬の顔を真っすぐ見つめた。視線が突き刺さり、ちりちりと炎に炙られるような痛みさえ感じるほどだった。

「俺じゃないですよ」思わず言い訳するように言ってしまった。

「お前とは言っていない。しかし、接触した人間は限られている」

「それは——身柄を確保してから、本人に直接聴いた方がいいでしょう。特殊班が来るまで、ちょっと周囲を偵察して来ていいですか？」

「遠くへは行くな——すぐに連絡が取れるようにしておけよ」

「もちろんです」

一之瀬は現場を離れ、家の裏手に回ろうとした。しかし、家の裏手はまた別の家である。鷹番付近は目黒区内でも有数の高級住宅地なのだが、それでもあくまで東京二十三区内だ。家同士はくっつくように建っていて、「裏口」の概念がない。中江の家の背後、そして左右の家の名前を手帳に控える。いざという時は、これらの家を「踏み台」にして家に突入するしかないだろう。そう考えると、実際に周囲がどうなっているのか確かめないと、気が済まなくなった。

背後の家の表札は「福田（ふくだ）」だった。一之瀬は遠慮がちにインタフォンを鳴らし、反応を待つ。すぐさま、不安気な男性の声で「はい」と返事があった。

「警察です」一之瀬は声を低くしてインタフォンに話しかけた。「開けてもらえますか」

すぐにドアが開き、上品な雰囲気の初老の男性が姿を現した。

「福田さんですね？　警視庁捜査一課の一之瀬と言います……ちょっと中に入れてもらっていいですか？」

バッジを示し、相手の返事を待たずに玄関に入った。非常時だということを察したのか、福田も文句は言わない。一之瀬はそっとドアを閉め、外の緊迫した雰囲気から遮断されてほっと一息ついた。

「お騒がせして申し訳ありません」一之瀬はまず頭を下げた。

「何があったんですか？」福田が薄手のカーディガンの前を合わせる。まだ風呂に入っていないのか、髪には整髪料がついたままである。

「裏の、中江さんの家で立て籠り事件が発生しています。避難指示が出るかもしれませんが、その前に、裏から中江さんの家の様子を確認させていただきたいんです」

「立て籠りって……」福田の眉間に皺が寄る。「何なんですか？　誰が……」

「犯人が誰かは分かっています。今は刺激したくないんですが、とにかく状況を確認したいので。裏の家を見られますか？」

「見るとしたら二階です。一階にはブロック塀がありますから、直接は見られませんよ」

福田が目の辺りで手を水平に動かした。塀は、それぐらいの高さがあるということか。

「二階に上げてもらえますか？」

「どうぞ」

福田は躊躇しなかった。丁寧に出してくれたスリッパは断り、彼の背中を追って階段を上がる。

「いいタイミングでしたよ」前を見たまま福田が言った。

「どういうことですか？」

「女房が、娘と旅行中でしてね。今、私一人なんです。女房も娘も怖がりだから、家にいたら大変でした」

深々と溜息……いつも些細なことですぐに大騒ぎになり、うんざりさせられているのかもしれない。

「避難するとしたら、どうしたらいいですか？」二階に上がったところで福田が訊ねる。

「身の周りの物を持って、家を出ていただくだけで大丈夫です。避難場所は改めてお伝えします」時間はかからないはずだ、と言いかけて一之瀬は言葉を吞みこんだ。そんなことは保証できない。

「隣の家を見るなら、ここから……ちょっと待って下さい、窓を開けますから」

廊下の端にある、縦に細長い窓を押し開ける。一之瀬は一礼して、その窓に身を寄せた。中江の家の二階部分がはっきりと見えている。距離にして三メートルほど。身を乗り出して下を確認すると、確かに両家の間をブロック塀が隔てている。かなりの高さがあるのも間違いなく、下からブロック塀を越えて侵入するにはそれなりに時間がかかりそうだ。その場の様子をスマートフォンで撮影してから、「もう少しよく見えるところはないですか」と訊ねる。

「だったら、こちらに」

福田が、廊下の右側にあるドアを開けた。「狭いですけど、どうぞ入って下さい」と、ドアを持ったまま言った。

「失礼します」手探りで部屋の灯りのスウィッチを探り当てたが、灯りは点けなかった。この部屋が明るくなっても、家の正面にいる永谷が気づくとは思えないが、何が刺激になるか分からない。

書斎だった。広さは三畳かそれぐらい。部屋の左側一面は天井まである本棚で、びっしりと本で埋まっていた。正面が窓に向いたデスクで、座り心地の良さそうな革張りの椅子とセットになっている。右側にしつらえられた棚には、オーディオセットと大量のレコードコレクション。スピーカーはドアの上の天井部分にあった。座り心地のいい椅子に腰かけたまま、ゆったりと音楽を楽しめるわけだ。音楽好きにとっては天国みたいな環境だな、と羨(うらや)ましく思う。ただしちらりとレコードコレクションを見ると、ジャズが大半のようだったので、気持ちがすっと醒めてしまった。一之瀬のようなロック専門のギタリストにとって、ジャズのギタリストは一段上の存在である。テクニック、理論ともレベルが違う。

「そこの窓を開けてみて下さい」

福田に指示されるまま、デスクに身を乗り出すようにして窓を開ける。ひんやりした夜風が吹きこみ、頬を撫でていった。

「ベランダですね」

「ええ」

近い。二階の一部に張り出したベランダは、二メートルほど先に見えている。一度外へ出れば、ブロック塀を踏み台にしてベランダに手をかけられそうだ。体力自慢の若杉なら、懸垂の要領で一気にベランダに入れるだろう。体重の軽い春山でもいけそうだ。

「ここから外へ出ることになったら、許可してもらえますか？」

「デスクを乗り越えて？　いや、それはちょっと……」福田が渋い表情を浮かべる。

「十分気をつけますので、お願いします。もちろん、そんなことはしないで済むかもしれませんが——そうだ、念のために携帯の番号を教えてもらえますか？　避難された後で、連絡を取る必要が出てくるかもしれません」

気が進まない様子の福田にまた頭を下げ、何とか携帯の番号を入手する。突入経路を何とか確保……一之瀬は中江についてもう少し話を聴くことにした。書斎の窓を閉め、灯りを点けた状態で。そうなるとレコードコレクションがさらにはっきり見える。ぱっと目に入ったのは、ジョー・パスの『ヴァーチュオーゾ』。ジャズギター界の凄腕ギタリスト。自らのアルバムに『ヴァーチュオーゾ（巨匠）』と名づけて、誰からも文句が出ない人でった。

ある。一之瀬も参考までに聞いたことがあるが、自分とは縁遠い世界だと分かっただけだった。

「裏の中江さんですが、おつき合いはありますか？」

「いや、ほとんど見たこともないですけど……若い人ですよね？」

「まだ二十代です。それで、あの家に住むのは凄いですよね。賃貸なんですか？」

「いや、売りに出されてましたよ。前は家電メーカーの社長さんが住んでいたんですけど、引退されて家を売りに出して引っ越したんです」

「なるほど」

「それでしばらく空き家になっていたんですけど、半年ぐらい前だったかな？　若い人が引っ越してきて」

「それが中江さんですか……」

「ちょっとどうかな、と思ったんですけどね」福田が顔をしかめる。

「と言いますと？」

「車が……あれ、結構うるさいんですよ。早朝とか夜中とかに出て行く時、排気音がね」

「ああ……でしょうね」あのマセラティはＶ８エンジンだろう。実際の排気音を聞いたことはないし、どんなチューニングが施されているかは分からないが、住宅地でアクセルを踏みこむ度に爆音が響き渡るのは、容易に想像できる。

「一応、引っ越しの時には挨拶に来たんですけど、何してる人なんですか？　あんなに若くて、あれだけの家に住むっていうのは」

「社長です」

「IT系か何か？」

「ええ」

「なるほどねえ」福田が苦笑した。「やっぱりああいう仕事は一攫千金だし、若い人向けなんでしょうね」

本当に儲かっているとは思えないのだが、一之瀬はうなずいて先を促した。

「まさか、中江さんが人質か何かに？」急に、福田の顔色が蒼くなった。

「そのようです」一之瀬は曖昧に答えて、家を辞去することにした。根掘り葉掘り聞かれてはたまらない。

「そりゃ大変だ」

あまりにも他人事のように聞こえた台詞に、一之瀬は思わず福田の顔を見た。福田自身も、自分の言葉の冷たさに気づいたようで、はっと目を見開く。

「いや、ご近所づき合いがあまりないと、どうしてもね……若い人は、そういうの、嫌いでしょう」と言い訳するように言った。

「まあ、そうですね」

「無事だといいんですが」

あまり無事な様子ではないが、一之瀬はうなずいた。家を出るつもりだったが、もう少し情報が欲しい……。

「車ですけど、そんなに頻繁に夜中に出入りしていたんですか？」

「結構ありましたよ。ちょっと迷惑でね……人の出入りも多かったみたいで」

「友だちとか？」

「仕事関係でしょうかね。中国語が堪能だったみたいですよ」

初耳だが……おかしくはない。Qから得た情報ともつながる話だ。

「中国人が出入りしていたんですか？」

「何度か見たことはありますけど、詳しいことは知りませんよ」福田が慌てて首を横に振った。

「それほど頻繁ではなかったんでしょうか」

「ちょっと分かりません」福田が首を傾げる。

それでもこれは、貴重な情報だ。一之瀬は礼を言って、慌てて家を飛び出した。

〈27〉

一之瀬が戻ると、現場の封鎖は既に完了していた。細い路地の左右には制服警官がずらりと配され、車を迂回させている。深夜なのにまだ人通りは多く、野次馬も集まっていた。捜査一課長の水越も顔を出しており、一之瀬が見た時には、指揮車のマイクロバスに入って行くところだった。

数人の刑事が、ガレージのシャッター越しに永谷と対峙していた。全員スーツを着ているが、上体が不自然に膨らんでいることから、防弾チョッキを着用していることが分かる。少し前に出ている一人が、直接の交渉役ということだろう。距離が近いので、直接話し合っている——いや、一方的に話しかけていた。風に乗って、切れ切れに言葉が聞こえてくる。

「要求は検討している」「もう少し待て」「取り敢えず拳銃は放さないか?」——しかし永谷は、説得役の話をまったく聞いていないようだった。座らせた中江に拳銃を突きつけたまま、じっと見下ろしている。何とタフなことか、と一之瀬は驚いた。永谷が中江を襲って拉致してからは、二時間以上は経っているだろう。要求は依然として受け入れられず、時間がじりじり過ぎているだけなのに、まだ平然としている。いったいいつまで、この状態を続けられるのだろう。

「永谷って、あんな人でしたっけ？」

いきなり声をかけられ、驚いて振り向く。春山が暗い顔をして立っていた。

「いや……あの時の印象では、こんな感じじゃなかったな」

「一之瀬さん、古い知り合いなんでしょう？　昔はどうだったんですか」

「そこまでよく知らない」

知っていれば、こういうことを予期できたかもしれない。いや、永谷本人の人間性を知らなくても、人間関係をもっと詳しく解きほぐせていたら……後悔することばかりだ。中江を何とか無事に救出しないと、事件の全容解明はおぼつかない。

スマートフォンが鳴った。慌てて通話ボタンを押しながら、人垣をかき分けて前に出て、永谷の姿を視界に収める。

「困るな、何で一之瀬が相手してくれないんだ。お前に頼んだんだぞ」永谷はしかめっ面で、携帯を耳に押し当てていた。

「警察には、それぞれ役目があるんだ」

「それは分かるけど、俺はお前と話がしたいんだ。今話している人は、全然融通が利かないんだよ」永谷が困ったように言った。

「それは許してくれ。そういう仕事なんだから」

「おい、誰に電話してるんだ！」交渉役の刑事が怒鳴る。交渉中にふざけている、とでも思っているのかもしれない。

「ほら、煩いだろう」本気で困ったように、永谷が言った。「俺は難しいことを言ってるわけじゃないよな？　工藤と中江、二人同時に話を聴きたいだけなんだから。警察としても、その方が都合がいいんじゃないか」

「今、工藤を探している」一之瀬は咄嗟に言った。「摑まえるのが難しい男なんだ」

「警察は、そういうのは得意だろう」

「お前……何が狙いなんだ」一之瀬は思い切って聴いてみた。

「それは、今は言えない」

「二人に話を聴いて、真相を明らかにする——その後でどうするつもりなんだ？」

「目的が達成できれば、その後はどうでもいいよ」永谷の口調に、諦めに近いニュアンスが混じる。しかしその一瞬後には、声に芯が通った。「とにかく、交渉役はお前に頼む。知り合いの方が、こっちも気が楽なんだ」

「俺一人じゃ決められないよ」

「決めるように、頑張ってくれ。このままの状態だったら、俺は何も喋らないぞ」

た。

「……信じてるから」

電話を切って、茫然（ぼうぜん）とした。人質を取って立て籠っている人間に「信じてる」と言われても……スマートフォンの画面が汗で濡れているのに気づき、一之瀬はスーツの袖で拭った。

春山が心配そうに近寄ろうとしたが、それよりも、険しい表情を浮かべた特殊班の刑事が近づいて来る方が早かった。

「一之瀬か？」

「一之瀬です」

「ちょっと来てくれ」

言われるまま、現場指揮車のマイクロバスに向かう。

「一之瀬さん……」

春山が心配そうに声をかけてきたので、振り返ってうなずきかけてやった。まるで連行される犯人みたいだな、と皮肉に考える。

指揮車の中は人で一杯だった。この手の車に乗るのは初めてだが、車というより小さな会議室なのだと知って驚く。右側の壁面はほとんど通信機器で覆われている。運転席と助手席以外のシートは取っ払われ、代わりに長テーブル、その両サイドにはベンチが置いてあった。

幹部勢揃いだった。一課長の水越をはじめ、特殊班の石丸係長、その上司である村下管理官もいる。顔を知らない人間は、所轄の連中だろうか。座るスペースもない。

一之瀬をここまで引っ張って来た刑事が、幹部連中のところへ行って何事か耳打ちする。水越の表情はそれほど変わらなかったが、特殊班の直接の指揮官である石丸の顔つきは、見る間に険しくなった。

「一之瀬」

水越が手招きして呼びつける。一之瀬は背中を丸め、頭を天井にぶつけないように気をつけながら長テーブルに近づいた。

「ひどい夜だな、一之瀬」

「……はい」何を言い出すのだ、と訝った。

「お前、永谷に事情聴取していたのか」

「山形の出張先まで追いかけました」

「知り合いだったそうだな」

「大学の同期です……顔を知っている程度ですが」言い訳めいているなと思いながら一之瀬は言った。

「それで奴は、お前に電話してきたわけか」

「そうだと思います」

「与しやすしと思ったんじゃないのか」むっとした口調で石丸が言った。

「……そうかもしれません」永谷の真意が読めないので、一之瀬は素直に認めた。ついでに、石丸を懐柔しようという狙いもあった。カリカリしている相手に対しては、とにかく全面同意しておくのが一番いい。

「やってみるか」水越が切り出した。

「課長……」石丸が呻くように言った。

「この際、仕方がない。人命がかかった緊急事態だ。やれるな、一之瀬？」

「永谷の要求はどうするんですか」

「工藤をここへ呼ぶことはできない」水越が断言した。「どんな人間だろうが、生命の危険に晒すわけにはいかない」

「しかし、要求に応えない限り、永谷は出てこないと思います。むしろ、背後から確保を狙う方が……」

「そんなことはとっくに検討している」石丸が吐き捨てた。「説得と確保と、両面作戦だ。お前に交渉役をやらせるのは、永谷の注意を引いておくためだ。時間稼ぎして、あとはこっちの指示に従え」

そういうことか……要するに自分は「囮」だ。だがそれでも、この場を無事に抑えるこだ。

とができれば構わない。刑事はやはり歯車であり、与えられた使命を果たすのが本筋なのだ。

「分かりました」一之瀬は水越に向かってうなずきかけた。石丸は敢えて無視する。「すぐに始めますか？」

「少し待て……工藤の件を検討する」

「呼ぶんですか？」何故急に方針が変わったのだろう。

「呼んでも人質にはさせない。シャッター越しに対面させるだけだ。あのシャッターの奥から、銃で外を狙うのは難しいだろう」

水越が、テーブルに置いた写真を指さした。確かに……鉄の棒が横に連なったシャッターは、見通しが悪い。

「いいんですか？」一之瀬は念押しした。

「どうせなら、話を聴いてみるのも手かもしれない。これで一気に、バラバラ殺人も解決する可能性がある」

「それが永谷の狙いなんですか？いったい、何のためにそんなことを——」

「お前には読めないのか」水越が驚いたように言った。「これだけずっと事件にかかわってきて、まだ筋が分からない？」

「ええ」むっとしながら一之瀬は答えた。若菜に関係している可能性はあるが……。「細かい材料が、ばらばらに漂っているだけみたいに見えます」

「それをくっつけて考えるのが刑事の仕事だ」

「平の刑事は、単なる歯車かと思いますが」

「出世しないで、いつまでも平の刑事でいたければ、そんな風に呑気に考えていてもいい。ただし、先はないと思えよ。結果を出さない人間は、捜査一課にはいらない」

早くも馘宣告か？　異動して来てわずか半年で？　一之瀬は思わず唾を呑んだ。

「課長、本当にこいつで大丈夫なんですか？」石丸が追い打ちをかけてきた。「囮役といっても、上手くやってもらわないと困る」

「やりながら、どういう事件なのかを必死に考えるんだな」

「……課長には分かってるんですか？」

「それぐらいの推理の組み立てができないと、二十五年後に捜査一課長になれないぞ」

皮肉っぽい台詞を浴びた後、一之瀬は指揮車を出た。永谷の行動――そして事件の真相を本当に読めるのか？　あるいは本当に単純な真相で、それに気づかない自分が馬鹿なだけなのか？

夜の闇は深い。自分の間抜けさ具合も、底が見えないほど深いと思った。

暑い。防弾チョッキがこんなに暑くなるとは思ってもいなかった。早くも汗が流れ始めている。かといって、背広の前を開けたままにしておくわけにはいかない。防弾チョッキが目立てば、永谷を刺激してしまうかもしれないのだ。しかも念のためにと渡された銃の重みが、体全体を下に引っ張っているようだった。

出番を待つ間、一之瀬は刑事たちの輪から少し離れて考えた。工藤をここへ連れて来れば、局面は絶対に変わる。しかし今のところ、本人を摑まえられない。それこそ、居所は中江が知っているかもしれないが、猿轡を外させれば大騒ぎになるだろう。微妙に手詰まりな状況に、一之瀬は胃がしくしくと痛むのを意識した。無意識のうちに、強いミント味のタブレットを一粒口に放りこむ。この刺激でまた胃が痛くなるかもしれない、と気づいた。

自分には情報がある。しかし確証はない――裏を取ったわけではないが、この情報は永谷を刺激するはずだ。ただ、交渉の中でこの情報を出したら、岩下たちは激怒するかもしれない。はっきりしない情報ということで、報告していないのだ。後で「どうして隠していた」と叱責されるかもしれないが、それは覚悟しておこう。とにかく無事に中江を救い出すのが先決だ。

中江を救う意味があるかどうかは分からなかったが。

突然銃声が響き、一之瀬は首をすくませた。まさか……間に合わなかったのか？　遠くから聞こえてくる女性の悲鳴は、野次馬のものだろうか。中江の家の前に詰めている刑事たちが、一斉に前に動き出す。危ない——下手に刺激したら、永谷がどんな動きをするか、予想もできないのだ。

「やめろ！」「銃を下ろせ！」と声が響く。一之瀬は刑事たちの輪をかき分けて前に出た。中江が突っ伏している。まさか、永谷が殺してしまったのか……しかし、中江はぴくぴくと動いていた。猿轡をされているのでくぐもってはいるが、呻き声も聞こえる。見ると、左肩から出血している。だが……かすっただけだと一之瀬は判断した。電話して、永谷に「落ち着け」と忠告しておくか……しかし今や彼との間には、数メートルの間隔しかない。電話ではなく、直接声をかけるべきだろう。

永谷が、中江の襟首を摑んで無理矢理姿勢を立て直させた。グレーのジャケットの右肩が黒く染まっているのは見えたが、出血量は大したことはなさそうだ。致命傷にはなるまい。

一之瀬はなおも前に進んだ。交渉役をやっていた特殊班の刑事が振り向き、凄まじい形相で睨みつけてくる。一之瀬は勇気を奮い起こして彼の腕を摑み、背後の人の輪の中に紛れこんだ。

「何があったんですか」

「いきなり撃ったんだ。こっちは何も言っていなかったんだぞ」早くも言い訳するような口調だった。

「本当にいきなりですか？」

「奴はおかしいぞ。一見冷静に見えるが、実際に何を考えているかは分からない」

「工藤と話したいだけだと思います」

「何のために？」

「事件の真相を明らかにするために」

「そんなことは警察の仕事だ」

「分かっています……交代します」

「何でお前にやらせるのかね」刑事が皮肉っぽく言った。「これは、素人にできることじゃない」

「俺は永谷と知り合いですから。それだけです」

「知り合いというだけでどこまでやれるか、お手並み拝見だな」

一之瀬はうなずき、最前線に出た。そこで突然、息が苦しくなるほどの恐怖に襲われる。この現場に一番乗りした時にも、こうやってシャッター越しに永谷と対峙した。あの時と状況は同じなのに、何故か空気がまったく変わってしまっているのに気づく。引き金を引いたことで、永谷は一線を越え、その場の雰囲気を一変させてしまったのだろうか。

「永谷」

「やっと来たか」永谷が皮肉っぽく顔を歪めるのが見えた。

「すまん。いろいろ面倒なことがあるんだ……何で撃ったんだ？」

「手が滑っただけだよ」永谷がさらりと言った。本当かどうかは分からない。シャッターの横棒のせいで、表情がほとんど隠れているのだ。

「工藤のことは、もうちょっと待ってくれ」

「そうやって時間稼ぎするつもりか？　裏から突入する気かもしれないけど、上手くいかないぞ」

それは一之瀬も実感していた。裏の家から中江の家の二階にまで行くのは簡単だが、侵入するとなると話は別だ。窓をこじ開けたりしているうちに時間がかかり、永谷が気づいてしまう可能性もある。

「そんなことは考えていない」

「そうか」

「とにかく、ちょっと話をしようよ」

「時間の無駄だ」

「どうして」

「あと一時間だけ待つ。いつまでもこのままだと、夜が明けちまうから」

「こっちはそれでも大丈夫だけど」

永谷はかすかに笑ったように見えた。まだ余裕がある……発砲は、単なる脅し(おど)だったのだと一之瀬は判断した。しかし少しでも手元が狂ったら、中江は今頃、血の海に突っ伏して死んでいたかもしれない。そう考えると、中江の怪我の具合が気になる。

「傷を確認させてくれ」

「大丈夫だ」

「とは言っても、撃たれたんだから……ちゃんとケアしておかないと。誰か、そっちに一人入らせてくれないか？」

「必要ない」言って、永谷が中江のジャケットに手をかける。銃が切り裂いたところに指をかけると、思い切り引っ張って大きく破いた。中江がまた、くぐもった悲鳴を上げる。シャツも血塗(ちまみ)れだったが、傷口は見える……皮膚と筋肉を少し抉(えぐ)ったような傷で、出血は既に止まっているようだ。「この程度の傷で、手当てはいらないだろう」

「相当痛むはずだ」

「それぐらいは我慢してもらわないと」永谷が肩をすくめる。「こいつは、罰を受けないといけないんだ」

「それを決めるのはお前じゃないぞ。法治国家では、私刑(リンチ)は許されないんだ」

「お前は警察官だから、そう言うんだろう。でも、被害者の気持ちが分からないのか？」

「つまりお前は、被害者なんだな？　いや、今は被害者遺族と呼ぶべきか？　原田若菜さんの恋人として」

永谷が黙りこむ。当たりだ。水越も、この線は読んでいたのだろう。永谷が唇をきつく引き結び、銃を握る手に力が入るのが見えた。これは相当気をつけないと……冷静なように見えて、永谷は精神的に相当追いこまれている。不用意な一言が、次の一撃を呼んでしまうかもしれない。慎重に……しかしきちんと永谷の言葉を引き出すような喋り方を意識しないと。自分には荷が重い、と一瞬思った。しかしここで諦め、尻尾を巻いて逃げ出したら、全てがお終いだ。

この状況も、自分の将来も。

「何か、欲しい物はないか？　水とか、食べ物とか」

「必要ない。用意してある」

永谷の視線が、足元に置かれたダッフルバッグに注がれた。濃緑色のバッグは、御徒町辺りのミリタリーショップで、三千円ぐらいで売っていそうな代物である。しかし容量はたっぷりしていて、こういう場——作戦行動中にはいかにも相応しい感じだ。永谷は、いったいいつからこの作戦を考えていたのだろう。拳銃など、簡単には手に入らないはずだ。以前から、闇社会の人間とつながっていたのだろうか。

「中江にも水を飲ませてやってくれないか？　怪我している時は、水分補給した方がいいんだ」

「断る」永谷の口調が硬くなった。「言っただろう？　こいつには罰が必要なんだ。助けたければ、すぐに工藤を連れて来てくれ」

話が振り出しに戻ってしまった。永谷はどうしても引く気はないらしい。本当に、工藤を連れて来るしかないようだ。

一之瀬は言葉を切り、永谷の様子をじっくりと観察した。腰まである黒いミリタリージャケットにジーンズという、動きやすい格好。足元はニューバランスのスニーカーだった。まるで学生時代に戻ったような服装には、少しだけ違和感がある。卒業してから数年。顔も体形も変わり、学生っぽい格好は似合わなくなっている。今やスーツが制服で、一番長い時間身につけている服なのは、自分と同じだろう。

ふいに、片耳に突っこんだイヤフォンから、石丸の不機嫌な声が流れ出した。

『一之瀬、聞こえてるか』

一之瀬は無線のマイクを口元に持っていって、「聞こえています」と短く答えた。

『よし、黙って聞け。工藤の身柄を確保した。今、こちらに向かっている。ただし、永谷の前にそのまま連れて行く訳にはいかない。奴は銃を持っているからな。とにかく、奴に銃を手放させろ。そうすれば工藤に会わせる――条件を突きつけるんだ』

「あと何分かかりますか?」

『――二十分』

通話は途切れた。二十分以内に何とかしなければならないが、自信はまったくなかった。

しかし取り敢えず、この条件で永谷の気を引くことはできるだろう。一之瀬はさらに一歩前に出た。シャッターとの距離は一メートルほど、永谷までは四メートルだ。シャッターがあって直接撃たれることはないだろうと思っても、また汗が流れ落ちてくる。

「工藤が摑まった」

「そうか」永谷が肩を上下させる。緊張を解(ほぐ)そうとするような動きだったが、表情は険しいままだった。

「あと二十分ぐらいでここへ来る」

「話はさせてもらえるんだろうな」

「それは構わない。俺も話は聴きたい。でも、一つだけ条件がある。銃を放してくれ」

「それはできない」永谷の表情が一層強張った。

「警察としては、リスクは避けたいんだ。だいたい、お前の目的は何なんだ？　この人たちを傷つけることじゃないだろう。罰を与えるなんていう話はやめてくれ。話を聴きたいだけだよな？」

「ああ。お前らもそうだろう？」

「もちろん。でも、銃が目の前にあったら話はできないぞ。落ち着いて話をするためにも、銃は放してもらわないと困る」

「――分かった」

「助かる」一之瀬は、胸に固まっていた重いしこりが、腹の方に落ちていくように感じた。

「二十分だな?」永谷が念押しした。

「道路の混み具合にもよるだろうけど」

「この時間だから、そんなに混んでないだろう」永谷の声から、わずかに緊張感が抜ける。

「お前、そこでずっと張ってなくていいんだぞ。工藤が来るまでは何も喋らないから」

「そうもいかない。これが仕事だから」

「お前も、すっかり警察官って感じだな……学生時代には、そういうイメージはまったくなかったけど」

「慣れるんだよ」

「そうか」

飛び交う言葉が次第に短くなっていく。この場を一時離れるべきではないか、と一之瀬は考えた。工藤が着いた後でどうするか、打ち合わせしておく必要がある。本当に永谷と話をさせるのか、あるいは騙して逮捕に持っていくのか。こういうことには入念な打ち合わせが必要なはずだが、その場でいきなり状況が変わり、全てが破棄される可能性もある。

呼び出されない限り、打ち合わせはなしにしようと一之瀬は思った。その代わりに、与えられた二十分でできるだけ永谷を説得する——二十分という時間が、あっという間に過ぎてしまうであろうことは容易に想像できた。

〈28〉

『工藤が到着した。永谷の拳銃を何とかしろ。それと、家の中に刑事が五人入っている。時間稼ぎをして、確保のタイミングを作れ』

「了解」石丸の指示に小声で短く返事して、一之瀬は唾を呑んだ。さらに一歩前に進み、永谷に近づく。今や手を伸ばせば、シャッターに触れられる位置になった。

「工藤が来た」敢えてゆっくりとした口調で告げる。

「よし」永谷の表情が引き締まる。

「約束通り、拳銃を放して欲しい」

「工藤がここに来たら放す」

「なあ……」一之瀬は乾いた唇を舐め、言葉を継いだ。「申し訳ないけど、それじゃこっちは安心できないんだ。先に銃を放してくれたら、すぐにここへ連れて来るから」

「同時だ」永谷が一歩引いた。「工藤がここへ来たら、俺は手が届かないところへ拳銃を投げる。それでどうだ？」

「……分かった」ここは永谷の言葉を信じるしかない。「ただし、工藤はシャッターの内側には入れない」

「それでいい。二人も面倒は見きれないし、ただ話を聴きたいだけだから」

「じゃあ、これで条件は成立だな」

「ああ。とにかく早く工藤を連れて来てくれ」

中江がもぞもぞと動いた。痛みのせいもあるだろうし、この状況が気にくわないのだろう。警察官たちの前で自分たちの悪行が表沙汰になる——そう考えたら、落ち着かなくなるのは当然だ。

ほどなく、後ろの方がざわつき始めた。一之瀬はちらりと振り返り、工藤が二人の刑事に挟まれてこちらに近づいて来るのを認めた。まるで犯人護送である。工藤の顔は引き攣り、足取りは重かった。

「来たぞ」永谷に声をかける。一之瀬は、自分の声が震えるのを意識した。

「分かってる」永谷の声は冷静だった。

「銃を放してくれ」

「もう少し待て」

銃を右手に持ったまま、永谷が中江の猿轡を外した。途端に中江が喚き始める。

「クソ、助けてくれ！　怪我が——」

　中江は最後まで台詞を言えなかった。永谷が銃を頭に突きつける。中江の首がわずかに傾（かし）ぎ、悲鳴が長く尾を引いた。

「静かにしろ」永谷が命じる。「静かに話をするんだ。そうしないと、撃つ」

「永谷！」一之瀬は思わず叫び、シャッターに手をかけた。

「下がってくれ、一之瀬」永谷が静かに言った。「誰も傷つけるつもりはない。とにかく静かに——冷静に話を聴きたいだけなんだ」

「分かった」一之瀬は二歩下がった。手を伸ばしても、シャッターには手が届かない位置。

「とにかく、銃を置いてくれ」

「そうだな」永谷がちらりと外に視線を向ける。工藤がシャッターの横——門扉に到着した。二人の刑事はそのまま、工藤の両脇を抱えている。まるで晒し者だ。

「悪いけど、この人はこのままだ」一之瀬は告げた。「逃げられたら困るから」

「当然だな。ちゃんと抑えておいてくれ」

「おい！　何なんだよ！　警察がこんなことしていいのか！」工藤が喚き、体を揺すった。しかし工藤よりもはるかに体格のいい刑事二人が抑えつけているので、逃れようがない。

　永谷が拳銃をそっと地面に置いた。右足で蹴ると、マセラティの下に潜りこんでしまう。これで銃の心配はしなくていい——一之瀬は一安心して、息を吐いた。中江と工藤の安全は確保されたと言っていいだろう。

「これで条件は整ったな？」できるだけ冷静に、と意識しながら永谷に話しかける。

「ああ」永谷が肩を上下させた。

「それで、お前が聴きたいことは何なんだ？」

「一つだけだ」

永谷が、座りこんだままの中江に厳しい視線を向けた。そのまま顔を上げ、工藤を睨みつける。

「お前たちのうち、どっちが若菜を殺したんだ？」

永谷は、どこからこの情報を手に入れたのだろう――一之瀬が最初に疑問に思ったのはこれだった。警察も確信していたわけではないが、二人が捜査線上に上がっていたのは、警察しか知らないことである。情報漏れか……本当に、自分が不用意に何か話していなかったかと、一之瀬はにわかに心配になった。

「どうなんだ」永谷の声は冷たく、硬かった。「どっちが殺した？　それとも二人でやったのか？」

「ふざけるな！　こんなの、ないだろう！」工藤がまた声を張り上げ、暴れる。

「お前か？」

永谷が鋭い視線を向けると、工藤が口をつぐむ。永谷の声には、その場の全員を黙らせるだけの力があった。

「永谷、どうしてこの二人が原田さんを殺したと思うんだ？」一之瀬は我に返って言葉を挟んだ。

「証拠がある」

「警察も知らないことなのか？」

「その話は、今はしない」

「警察としては、どうしても知りたい情報なんだ。逮捕するのは俺たちなんだから」

「お前らがもっと早く、こいつらに辿り着いていれば、な」永谷が皮肉っぽく言った。

「それなら、こんなことにはならなかったんじゃないか」

「警察としては一生懸命やったんだ」ひどい言い訳だと思いながら一之瀬は言った。「申し訳ないとは思うけど……」

「俺が手間を省いてやるよ」永谷が、中江のジャケットの襟首を摑み、後ろに強引に引っ張った。既に肩のところが割けているせいか、またびりびりと破れる音が響く。

「お前か？」中江は無言だった。

「それともお前か？」永谷が工藤を睨む。

「俺は――」声を上げかけた工藤が、すぐに口をつぐんでしまう。大勢の警察官の前で真相を打ち明けることに、恐怖を感じたのかもしれない。

「それとも、お前たちが一緒にやったのか？　彼女を巻きこんで、邪魔になったから殺したのか？」

巻きこむ？　何の話だ？　一之瀬は頭が混乱するのを感じた。確かに、中江と工藤の二人と若菜に何らかの関係があったのは間違いないが、警察はまだそこまで摑んでいない。

「ちょっと待ってくれ」一之瀬は思わず一歩前に出た。「何の話だ？　三人で組んで、何かやっていたのか？」

「お前、本当に知らないのか」永谷が、一之瀬に疑わし気な視線を向けた。

「いや……」そこで急に、Qの言葉が脳裏に浮かぶ。水越一課長の台詞、「お前には読めないのか」も。考えろ、必死に考えろ。一課長はとうに筋を読んでいるのだ。自分と水越の差は、経験だけのはずである。推理力にさほどの違いがあるわけがない。

糸が一本につながった。今ここで言うべきではないかもしれないが、後で工藤や中江を追及する材料には使えるだろう。

「どうなんだ？」永谷が粘り強い口調で言った。「どうせお前らはここでお終いなんだ。正直に喋っておいたらどうなんだ？」

まるでベテランの刑事が、一気に落としにかかる時のような台詞と雰囲気だ。一之瀬は半歩だけ踏み出し、永谷の声に意識を集中した。やりたい放題にやらせていては、警察として問題だ……しかしこのまま進めば、永谷は二人に喋らせてしまうかもしれない。一言も聞き逃したくなかった。もちろん、近くにいる誰かがビデオを回し、録音もしているはずだが、完全に声を拾い切れるかどうかは分からない。あくまで自分の耳が頼りだ。

「こういう場所では喋れないのか」永谷は二人を挑発した。「覚悟を決められないのか？　人を殺すことに比べたら、ずっと楽だろう」

「俺は知らない！」中江が突然声を張り上げた。「俺はやってない」

「お前はどうだ」

永谷が工藤に水を向ける。工藤は押し黙ったまま、唇を嚙み締めている。

「言わないっていうのは、認めるわけか？」

「違う、違う……そうじゃない」工藤が消え入りそうな声で否定した。

「違うって、何が違うんだ」永谷の声に皮肉が混じる。

「俺はやってない！」

「きちんと説明できるのか？　先週の月曜の夜どこにいたか……それよりも、今まで三人で何をやっていたか、話せるか？」

二人とも黙りこむ。一之瀬は少しだけ助け舟を出すことにした。

「二人とも否認しているけど、先週の月曜の夜に、原田さんと一緒にいたのは間違いない。お前が彼女を家に送り届けてから、三十分後だ」

「三十分……」永谷の言葉が宙に消える。「三十分か……もう少しだけ一緒にいれば……」

「あるいは彼女の家に泊まっていれば」一之瀬は言い添えた。

「俺の責任だ！」永谷が叫ぶ。妙に静かな夜の住宅街で、その咆哮（ほうこう）は鋭く響いた。「俺が一緒にいれば、こんなことにはならなかった！」

「彼女とはつき合っていたんだな？」

「大事な人だったんだ……もう少し、彼女の話をちゃんと聞いていれば……」

「何の話を？」

「こいつらのビジネスだよ」

「その件については、後にしよう。問題は、この二人がどうして彼女を殺したかだ」

「俺には分かってる」永谷が低い声で言った。

「どうして」

「彼女から相談を受けていたから」

「永谷、その件、ちゃんと聴かせてくれないか」一之瀬はさらに一歩前に出て、シャッターに手をかけた。永谷は特に反応しない。「ここじゃなくて、別の場所で」

「そのうち、な」

永谷の口調が微妙に変わったことに一之瀬は気づいた。それまでの淡々とした調子と同じようだが、諦めが感じられる。覚悟の向こう側――全てが明らかになった後で、死ぬつもりではないかと思った。それほど強く、若菜のことを思っていたのか……。

「俺がちゃんとやる。だから、こういうのはもうやめにしよう」

「お前のことは信用してる。昔からの知り合いだからな」

知り合いと言っても、顔見知りのレベルでしかないのだが……今回も、事情聴取は行ったものの、それほど濃い関係ができたとは思えない。しかしそれ故に、一之瀬は永谷の絶望を実感していた。わずかでもつながりがある自分にすがらざるを得ないほど、追いこまれている——この状況に、警察官としてか、あるいは永谷の知り合いとして対処すべきか、一之瀬は未だに決心がつかなかった。

「どうなんだ？　どっちが若菜を殺したんだ？」永谷が再び、強い口調で問いかける。「どっちが若菜を殺してバラバラにしたんだ？　どうしてそんなことができたんだ？　お前たち、人間じゃない！」

沈黙。見ると、工藤の顔は汗で濡れている。中江はうつむいたままだった。顔を上げると喋ってしまうとでも思っているのかもしれない。

「二人とも、そういう事実があるならちゃんと喋った方がいい」一之瀬は二人に声をかけた。「現在のこういう状況は、きちんと考慮するから」

二人は今や、「犯罪被害者」なのだ——少なくとも中江は。拉致・監禁されて傷つけられた。工藤はあくまで任意同行に応じた格好だが、実際には強引に連れて来られたわけだし……警察としても綱渡りだと一之瀬は冷や汗をかく思いだった。考えてみれば、こういう人質監禁事件で、犯人側の要求に警察が応えたケースなど、ほとんどないのではないか。これは後で大問題になる――そう考えると、目の前が真っ暗になるようだった。

「永谷、もう十分だろう……後は警察が引き継ぐから、やめにしよう」

「お前のことは信用してるけど、警察は信用できない」

「いや、信用してくれ」一之瀬はシャッターに平手を当てた。体重がかかり、がしゃん、と耳障りな音が響く。永谷との距離が縮まった。シャッターの存在も、ほとんど関係ない感じである。「俺がきちんとやる。俺のことは信用してくれるんだろう?」

「ああ。でも、俺は自分で直接聴きたいんだ」

「分かったよ、分かった!」圧力に耐えられなくなったのか、中江が突然叫んだ。「二人でやったんだよ。俺たちが二人で若菜を殺した! 認める」

「どうしてバラバラにする必要があったんだ」永谷が沈黙したままだったので――予測はしていても実際に聞くと衝撃を受けているようだった――一之瀬はすかさず訊ねた。「殺しただけじゃ、駄目だったのか」

「それは……俺たちも命が惜しかったから」

「どういうことだ?」

「何もなくて、人を殺したりするかよ……とにかく、殺すつもりで殺したんじゃない」

「そんな理屈が通用すると思うのか?」我に返った永谷が低い声で脅した。「どういう事情があっても、お前たちが殺したのは間違いない！」厳しい視線を工藤に向ける。「あんたはどうなんだ？　認めるのか？」

「俺は……」

「工藤、もういい！　喋れ！」中江が叫ぶ。

それでも工藤は決心がつかないようで、力なくうなだれていた。

「分かった。もういい」永谷が静かな声で言った。「よく分かった」

「永谷、分かってくれたなら……」一之瀬は言葉を挟んだ。

「ああ。終わりにしよう。こいつらが犯人だと分かったんだから」

一之瀬はゆっくりと息を吐いた。大きく溜息をつきたい気分だったが、そんなことをしたら、永谷にどんな刺激を与えるか、分かったものではない。ここは静かに、引き際を作るべきだ。いずれにせよ、背後——家の中に迫っている刑事たちが襲いかかるような事態にならなくてよかった。永谷は冷静になったように見えるが、それでも本音は読めない。

『門扉を開けさせろ』イヤフォンに石丸の指示が届く。『まず、人質を外に出すんだ』

了解の返事をしないまま、一之瀬は永谷に語りかけた。

「シャッターか門扉を開けて、そこからまず、中江を外に出してくれ。お前の身の安全は絶対に保証する」

「分かった」

永谷が中江を立たせる。長時間正座させられていた中江は、脚の感覚を完全になくしてしまったようで、足元がおぼつかない。永谷に背中を押されて一歩踏み出したものの、膝から崩れ落ちてしまう。膝頭(ひざがしら)がコンクリートにぶつかり、ごつんと鈍い音を立てると同時に中江の悲鳴が上がった。

「ゆっくりやろう」一之瀬は言った。

「足が痺(しび)れたぐらいで情けない話だ。若菜はもっと苦しんだんだ」永谷の顔が歪む。「だからこいつらは、もっと苦しむ必要があると思わないか」永谷の目が光ったのは、涙のせいだろうか……。

「これから十分苦しむことになるよ。一生、罪を背負って生きていくことになるんだ」

「それだけじゃ足りないだろうな」

「どういう意味だ？」

永谷が黙りこむ。一之瀬はそこに不気味な気配を感じ取ったが、今はとにかく、人質を解放させるのが先決だ。

永谷が、工藤に厳しい視線を突き刺す。工藤が身震いして、体を硬くした。一之瀬が目配せすると、工藤を連れている二人の刑事が、すぐに後ろに下がる。それを見た永谷が、一瞬だけ、露骨にがっかりした表情を浮かべた。何なんだ？　永谷は何を期待していた？　やはり自分で罰を与えたかったのだろうか。

永谷が、もう一度中江を立たせる。中江はゆっくりと一歩を踏み出そうとしたが、なかなか上手くいかない。いったいどれぐらい正座させられていたのか……永谷は一度中江から離れ、コンクリートの上に置いたままになっていた自分のダッフルバッグを拾い上げた。

「門扉は中から開けられるな？」

「もちろん」一之瀬の問いに、永谷が軽い調子で答える。

その時、永谷の背後で玄関のドアが音もなく開いた。突入のタイミングを計っていた刑事だろう、顔を出してこちらを確認する。イヤフォンを耳にきつく押しこんだ瞬間、一之瀬の耳にも石丸の指示が飛びこんできた。

『最後まで気を抜くな。秋吉と三沢で中江を保護。確実に外へ出したところで、鈴木と井沢が後ろから永谷を制圧』

聞いたことのない名前ばかりだが、いずれも特殊班の刑事だろう。自分の仕事はここで終わりか……いや、中江を無事に保護するまでは、永谷に語りかけなければならない。できるだけ緊張を解し、変な気を起こさせないようにしないと。

「お前、大丈夫か？　疲れてないか？」

「疲れてるさ」永谷が寂しそうな笑みを浮かべる。「それももう、終わりだけど」

「鍵、開けられるか」

「ちょっと待ってくれ」永谷は中江の脇に手を回して支えていたのだが、それでは自由に動けないだろう。「今、一度座らせる……それから開けるから」

永谷が脇にどくと、中江がその場にへたりこんだ。どうやら精根尽き果てた様子である。

永谷は門扉に手をかけて鍵を回した。かちり、という音がした瞬間、門扉が外に向かって大きく開かれる。中江が必死の形相で前に出ようとしたが、まだ足の感覚が戻らないのか、這いずりながらになってしまう。

永谷がダッフルバッグに手を突っこんだ。水でも飲むつもりか……と一之瀬は何げなく見ていたのだが、バッグから引き抜いた彼の右手に光るものを見て、一瞬で顔から血の気が引いた。

「永谷、やめろ！」

叫びながら、一之瀬は反射的に銃を引き抜いた。ずしりと重い、硬い感触。二人の刑事が慌てて駆け寄ろうとしたが、一之瀬の方が門扉には近い。一之瀬はダッシュして、永谷の正面に立ち、銃を構えた。

「永谷！」

叫ぶ。声がかすれる。永谷の耳には一之瀬の声が入っていないようで、右手を振りかざした。中江は何が起きているのか気づいていない様子で、外へ向かって這い出そうとしていた。

ダッシュしても間に合わない——間に合う位置に人がいない——一之瀬は安全装置を外

し、引き金に手をかけた。

「永谷、やめろ！」

もう一度叫んだが、永谷は止まらない。頭上に翳したナイフを両手で握り締め、一気に体重をかけて振り下ろす――一之瀬は引き金を引いた。銃声が轟き、永谷の右肩に銃弾が食いこむ――しかし一瞬遅かった。ナイフの刃が、深々と中江の肩に食いこんでいる。一方の永谷は、重いパンチで殴りつけられたように後ろ向きに倒れた。

怒声。声が渦巻き、狭い空間を埋め尽くしたようだった。一之瀬はまだ銃を構えたまま、その場に呆然と立ち尽くしていた。家から出てきた刑事たちが、永谷の上にのしかかる。その数三人、四人……ラグビーの密集のような感じになってしまった。あれでは永谷は息すらできないだろう。銃弾を食らった身で、さらに圧力をかけられたら――「やめろ！」一之瀬は叫んだが、動きは止まらない。家の外にいた刑事たちが、中江を急いで引っ張り出す。ナイフは左肩に突き刺さっていたが、引きずり出されるうちに抜けてしまった。ということは、それほど傷は深くない。

呼吸が荒くなってきた。撃ってしまった……多くの警官は、現場で銃を撃つことなく、定年に至る。しかし自分は撃ってしまった。犯人とはいえ――緊急事態とはいえ――知り合いを撃った。躊躇いすらなかったと思う。

自分は人間である前に、警察官なのか？

ふいに腕が重くなる。気づくと宮村が横に立ち、銃に被せるように手を乗せていた。

「銃、放せるか？」

一之瀬は、両手から力を抜こうとした。しかし、接着剤でくっついたかのように、銃から手が離れない。宮村が慎重に安全装置をかけ、それから一之瀬の指を一本ずつ引きはがした。手が震える——しかしとうとう、拳銃は一之瀬の手から離れた。

「心配するな」宮村がかすれた声で言う。

「しかし——」

「これは緊急事態だ。お前が撃たなければ、もっとひどいことになっていた」

「宮さん——」

「今は余計なことを考えるな」宮村の顔には険しい表情が浮かんでいる。「とにかく、この現場を収めないと」

言われて、現場がどれだけ混乱しているかが改めて分かった。刑事たちはあちこちで固まり、怒声を上げている。悲鳴が響いた——野次馬のものだろう。

『現場！　落ち着け！』

無線から流れ出す石丸の声で、一之瀬はようやく我に返った。門扉を潜り抜け、永谷のもとに歩み寄ろうとする。しかし、特殊班の刑事たちに怒鳴りつけられた。

「外へ出てろ！　素人は近づくな！」

素人扱いかよ……一瞬頭に血が昇ったが、先ほどの行動がプロのレベルに達していたかどうか、自信はなかった。一之瀬は強引に刑事たちの間に割って入り、倒れている永谷のもとに跪いた。

「永谷！　おい、永谷！」

返事はない。顔面は蒼白で、黒いジャケットの右肩辺りが濡れているのが分かった。垂れた血が、コンクリートを黒く染めている。仰向けに倒れているので、胸が上下しているのは分かる。生きてはいる――今生きていれば、何とかなるはずだ。現代の緊急医療を信じるしかない。

永谷が薄目を開ける。大丈夫だ、と一之瀬はひとまず安堵の息を吐いた。

「大丈夫か？」

「大丈夫じゃない」震える声で永谷が言った。

「大丈夫だ。怪我は深くない」

「遠慮しなくてもよかったのに」

「遠慮はしてない」自分にはそれほどの腕はない。いかに距離が近かったとはいえ、あの状態で確実に急所を撃ち抜く自信はなかった。ただ無我夢中で、脊髄反射で引き金を引いただけだ。

「中江は？」

「重傷だ」

「死んでないのか？」

「今のところは」中江の叫び声はいつまでも止まらない。今も、一之瀬の耳に飛びこんでくる。

「どうして殺させてくれなかったんだ？」

「それはできない。絶対にできない」反射的に一之瀬は言った。

「できないのか……」永谷が溜息をついた。次の瞬間、苦し気に体を丸めようとする。

「どいて下さい！」声を張り上げながら、救急隊員がやって来た。恐らく、万が一の事態に備えて近くで待機していたのだろう。

一之瀬は立ち上がり、救急隊員が入れるだけのスペースを作った。処置の様子を見守りながら、自分の無力さを呪う。この行動は正しかったのか？　判断できない。担架に乗せられて搬送されていく永谷の姿を見送るしかなかった。

「一之瀬」

声をかけられ、はっと顔を上げる。目の前に、捜査一課長の水越の顔があった。

「よくやった」

「失敗です。犯人を負傷させたんですよ」一之瀬は小声で反論した。

「最小限の被害で済んだ。これでいいんだ」

「だけど、事件が……」

「誰も死んでいない。これでいいんだ」水越が繰り返した。「これは緊急避難だ。問題にはならない」

「しかし――」

「問題にしたいのか？」水越が一之瀬を睨みつける。「捜査一課全体の責任になるんだぞ」

一之瀬は唇を噛んだ。要するにこの人は、組織の面子や責任を第一に考えているのか……。

「凹んでる場合じゃないぞ。この事件の捜査は始まったばかりだ」

「……はい」これには同意せざるを得ない。これからやってくる衝撃にたじろいで、立ち止まっている暇はないだろう。日々、同じスピードで進む――そうしないと、自分は成長できない。

「推理はまとまったか？」

「……何となく、ですが」

「だったら、それを工藤にぶつけてみるか。今話が聴ける、唯一の人間だ」

「俺がですか？」人を撃った直後に？　一課長は何を考えているのだろうと一之瀬は訝った。

「この事件は、お前のものになったんだ。工藤を落としてみろ。お前の推理をぶつけるん

「どうして俺にやらせるんですか」事件が自分のものになった、というのはどういうことだろう。

「こういう時があるんだよ。あまりにも深くかかわり過ぎて、他の人間には任せられなくなることが。今のお前は、まさにそういう状態だ。別に、お前に特別期待しているわけじゃないからな」

きつい一言——いつもの水越のペースだ。もしかしたら、このベテラン捜査官も、何とか日常をキープしようとしているのでは、と一之瀬は思った。

〈29〉

取り調べは翌日早朝からになった。一之瀬としては、一刻も早く工藤と対峙したかったが、さすがに容疑者に徹夜させるわけにはいかない。

わずか二時間ほどの仮眠の後で取調室に入ったが、目は冴えている。アドレナリンが噴出し、普段よりも気合いが充実しているほどだった。後でどっと疲れがくるだろうが、倒れるのはもう少し先まで我慢だ。

一方の工藤は、疲れきっていた。目は真っ赤で、何度も欠伸を噛み殺している。容疑者ではあるが、逮捕されたわけではない——短い夜を、留置場ではなく、監視つきで江東署の宿直室で過ごしたのだ。眠れたはずもないだろう。

一之瀬はまず水を勧めた。工藤がミネラルウォーターのボトルに手を伸ばしかけたが、引っこめる。

「飲んでいいんだけど」

「何か、引っかけようとしてるんじゃないのか？」工藤が疑わし気に言った。

「薬なんか盛ってない」

「どうだかな」工藤が鼻で笑う。「警察は、いろんな手を使うんじゃないか」

「あのな、あんた、下手クソな警察小説の読み過ぎだ。あるいは検証がいい加減な刑事ドラマの見過ぎ」

取り調べに同席している宮村が立ち上がり、くどくどと文句を言った。工藤が振り向きもせず、笑い声を漏らす。

「そんなの、興味ないんでね」

「とにかく、その水には何も入ってない。栓も開いていないから、自分で確かめてみたらどうだ？」

宮村に言われ、結局工藤はボトルを摑んだ。勢いよく栓をひねり取り、ボトルを真上に向ける勢いで一気に半分ほどを飲む。顎に零れた水を手の甲で拭い、真っ赤な目で一之瀬を睨みつけた。

どこからいくか……やわやわと周辺から攻めることにした。中江が容疑を認めたのに対し、工藤は結局何も言わなかった。喋らない限り、自分には罪は降りかからないだろうと思っているのかもしれないが、そういうわけにはいかない。

「中江は一命をとりとめた」

「へえ」関心なさそうだった――いや、本当は気にしている。貧乏揺すりをし始めたのだ。

「無事だったんだよ。何とも思わないのか？　友だちだろう」

「どうだかね」

「あんたと中江の関係は？」

「知らないな」

「否定しても無駄だ」一之瀬は身を乗り出した。「もう分かっている。大学の同期で一緒にIT研にいて、中江と共に会社を興した。卒業後もずっと連絡を取り合っていた」

「黙秘する」硬い表情で工藤が宣言する。

「どうして？　喋ると都合が悪いから？」

「黙秘する」一段と声を低くして繰り返した。

「黙秘を続けるのは勝手だけど、あんたの家からバラバラにされた遺体が発見されてる」

工藤の頬がぴくりと動いた。腕組みをしていたのだが、肩に力が入り、上体全体が強張った感じになる。細い体にぴたりと合ったシャツを着ているので、筋肉全体の動きが手に取るように見えた。

「あんた、家でなかなか摑まらなかったよな。気持ちは分かるよ。バラバラにした遺体と一緒に家にいる気にはなれなかったんだろう？」

段ボール箱に詰めこまれた大量のドライアイス。そしてその中身……さすがに冷蔵庫を使うのは気が引けたのだろう。腐敗を遅らせるために、頻繁にドライアイスを入れ替えていたと見られている。その様子を想像すると、吐き気がこみ上げてきた。

「あれは何なんだ？　説明できるか？」

「黙秘する——」

「いい加減にしろ！」一之瀬は工藤の言葉を叩き切った。「そんなやり方は通用しない。あの証拠だけでも、十分起訴まで持っていけるんだ。弁解もしないでいいのか？　弁解しなければ、警察は事実だけで捜査を進める。あんたには何も言い分がないのか？」

工藤が唇を嚙み締める。ボトルに手を伸ばし、それをお守りにするように両手できつく握り締めた。

「二人でやったんだろう？　どっちが主導権を握ったんだ」

「そんなこと、言えないな」

「あんたなのか？」

「俺じゃない！」工藤が思い切り叫ぶ。

「じゃあ、中江か？」

沈黙。一之瀬は一拍間を置いて、「誰かに指示されたんだな？」と切り出した。

工藤の喉仏が上下する。ここで切り札だ。一之瀬は思い切って周浩然の名前を挙げた。

途端に、工藤の顔が蒼褪める。

「知ってるな？」

沈黙。さらにきつく唇を噛み締める。一之瀬は、工藤の唇が破れて血が噴き出る様を想像した。

「ちょっと落ち着いて……」一之瀬はあえて柔らかい口調で言った。今の攻撃は、一之瀬が予想していたよりも強烈な効果を発揮したようである。

「どこまで知ってるんだ？」唐突に工藤が訊ねる。

「今のところ、百パーセントじゃない。想像も混じってる……でも、取り敢えず聞いてもらう」

一之瀬は話し続けた。これまで捜査で得た情報、斉木の話、Qの話――様々な要素を想像で補い、何とか筋の通った話を続ける。

「外れてるところはあると思う。分からないことも多い」

一之瀬は話し終え、一息ついた。工藤の顔は蒼褪めたままで、とても話せそうな感じではない。

「筋は合ってるだろうか」

「……ああ」

「どうやって殺した？　あんたたちは、彼女を家からおびき出して車に乗せたんだろう？」

「そうだ……大事な相談があるって言って」

「どこで殺した？」

「俺の家だ」

「どうやって？」

「首を絞めて……」工藤が唾を呑む。顔面は蒼白だった。

「問題は、あんたがどうして原田若菜さんを殺したかだ」

「好きでやったわけじゃない」

「周浩然に命令されたんだな？」

「ああ」

「逆らえなかったのか？」

「今まで積み上げてきたものがある。もう、五年ぐらいになるんだ。それが崩れたら、俺たちは殺される」

「自分たちを守るために、彼女を殺したのか?」一之瀬は目を細めた。

「断れるわけがないだろう?」急に、工藤が懇願するように言った。「自分が殺されないためには、殺すしかなかったんだ。しょうがないだろう」

「しょうがなくない」一之瀬はぴしりと否定した。「どうしてすぐに警察に駆けこまなかったんだ? そうすれば、誰も死なないで済んだ」

「そうしたら、今までやってきたことが……」

「確かに、逮捕されたかもしれない。でも、命とどっちが大事なんだ?」

工藤がまた唇を嚙む。一之瀬は、鼻からゆっくりと息を吸った。鼓動は激しく、普通に呼吸するのも難しい。ダメージを受けているのは俺の方だ、と思った。

「逃げ出せばよかったんだ」

「そうできたら、逃げ出してたに決まってるだろう? 俺たちはもう……絡め取られていたから」

「判断ミスだな。人を殺して、バラバラにして……その事実を一生背負っていくんだぞ。有罪判決が出て服役するだけの話じゃない。気持ちの問題だ。人を殺した感覚は一生消えない」

工藤の喉仏が上下した。こめかみを汗が流れ、何度も瞬きする。少し脅し過ぎたかもしれないと思ったが、もうひと押し——一気に全てを自供させるためには、まだ続けるしかない。

「午前中に、できるだけ話を進めたい。あんたも一気に喋った方が楽だろう」

工藤がうなずく。すっかり元気をなくしていたが、覚悟だけはあるようだ。最初の強い気持ちはへし折れ、実質的には「仏」になっているようである。

「急いでいるのは、あんたたちに指示した人間を早く捕まえたいからだ」

「ああ……分かった」

「周はどこにいるんだ？」

「いや。居場所を知っているわけじゃない。分かるのは、日本で使っている携帯の番号だけだ」

「連絡は常に携帯で？」

「ああ……俺は。中江は何度も直接会ってるけど」

「携帯の番号を教えてくれ。何とか見つけ出す」

何百回連絡を取り合ったのか、すっかり暗記してしまっていたらしい電話番号を、工藤がすらすらと告げる。一之瀬はそれをメモに落とし、宮村に手渡した。

「ちょっと出て来る」

宮村がすぐに取調室を出て行ったので、一之瀬は「一時休憩します」と告げた。自分も水を飲み、どれだけ喉が渇いていたかを改めて意識する。

「儲かってたのか？」

「どうかな」工藤が顎を撫でる。「俺らの取り分なんか、たかが知れてたと思うよ」

「中江はそうでもなかったようだけど。あの家、車……安いものじゃない」

「あいつは借金まみれだよ。しかも会社名義で銀行から金を引き出している。公私混同だ。見栄であんなことをしていても、長続きしないだろうな」

長続きどころか、これで終わりだ。しかし一之瀬は素早くうなずき、先を促した。

「彼女は？」

「結構、溜めこんでたんじゃないかな」

自宅にあった現金二百万円、それに口座にも五百万円。

「どうして」

「田舎に引きこもりたいってよく言ってたから。その準備をしていたはずだ」

「長崎か……」作家になりたいという彼女の希望を思い出した。東京で金を溜めるだけ溜めて、それを原資に、純粋な物書き生活に入ろうと本気で夢見ていたのではないだろうか。

「そう、長崎だ」

「恋人がいたのに？　永谷との関係は、あんたも知ってたんだろう？　というより、永谷本人を知ってたよな」

「後輩だからね」後輩という言葉に、少しだけ皮肉が混じった。

「彼の存在が引き金になったんだろうな」

「たぶん、な。だけど、いきなりあんなことをするとは思わなかった」

「永谷にすれば、先輩のあんたたちがいきなり原田さんを殺すとは想像もしてなかったと思う」

「……そうだな」

重い沈黙が満ちる。それに耐えかねたように、工藤の肩が沈み始めた。

「辛いと思うけど、死んだ人の方がよほど辛かったんだ……永谷も」

だからと言って、永谷の犯罪が許されるわけではない。しかしこれは、警察の――自分のミスでもあるのだ。もっと早く全容を摑んでいたら、永谷の暴走を防げたかもしれない。中江と工藤をいち早く逮捕していれば、一番安全な場所――留置場にぶちこめたのに。

この事件の捜査では、後悔することばかりだ。捜査一課での実質的なデビュー戦は失敗だった――一之瀬は敗北を認めざるを得なかった。

夕方、工藤の取り調べを終了する。今にも倒れてしまいそうだ……一之瀬は、署の一階にある自動販売機でスポーツドリンクを買い、裏の駐車場へ向かった。喫煙者たちの憩いの場……煙草を吸うわけではなかったが、少し外の空気を肺に入れて、気分をすっきりさせたかった。

しかし外へ出た瞬間、後悔した。煙草を吸わない若杉と宮村が談笑している——若杉とは話したくなかった。

「ああ、お疲れ」宮村が気さくな調子で手を挙げる。「取り調べ、終わったか?」

「何とか」一之瀬はかすれる声で答えて、スポーツドリンクを一気に喉に流しこんだ。冷たさで急に目が覚め、背中に一本筋が通ったような気がする。あとは栄養ドリンクでも補給すれば、夜もまだ頑張れるだろう。

「しかしお前は、いつもしんどい仕事ばかりだな」若杉が言った。いつもの挑発するような口調ではなく、心底同情しているようだった。

「しょうがないよ。巡り合わせだろう」

「ある意味、お前も持ってるわけだ」若杉が皮肉っぽく言った。

「こんな運だったら、持ちたくもないよ」一つ事件が解決する度に、一つ体に傷が刻まれる——所轄時代から感じていたことだ。自分だけに特有なのか、あるいはどんな刑事も同じなのかは分からないが。

愚痴を零し続けようかと思ったが、ふいに気配が変わったのに気づく。若杉の表情が強張り、宮村は怪訝そうな顔つきになっている。振り向くと、斉木が立っていた。煙草を右手で弄びながら、困ったようにこちらを見ている。

「喫煙場所はここですか?」誰にともなく訊ねたが、周辺に漂う煙草の臭い、それに大きな吸い殻入れがあるのだから、間違えようもない。

斉木が煙草に火を点け、三段しかない階段をゆっくりと降りる。吸い殻入れのペンキ缶からは少し離れ、左手で右肘(みぎひじ)を支えたままゆったりと煙草を吸った。余裕のあるその態度が、何となく気に食わない。

「無事に終わったみたいじゃないか」斉木が突然、一之瀬に声をかけた。

「まだ終わってない。主犯格は手配中だ」

「それは厳しいかもしれないな。日本を出てしまえば、追跡は難しい」

「簡単に言うな」いちいち神経に障る喋り方である。「肝心の主犯を捕まえないと、事件の真相は分からないんだ」

「そりゃそうだけど、いつもそんなに上手くいくとは限らないだろう」斉木が肩をすくめる。

「最初から諦めてたら、何もできない」

「えらく前向きだねえ」

斉木が、まだ長い煙草をペンキ缶に放り投げた。居心地の悪さに、長居は無用と決めたのだろう。一之瀬は、踵を返した斉木の腕を掴んだ。

「ちょっと待てよ」

「何で」斉木が腕を振るって縛めから逃れた。

「話が……いや、文句がある」

「文句？　お前に文句を言われる筋合いはないぜ」

「事件がここまで拡大したのは、お前たちの責任だ」

「はあ？」斉木が目を見開く。

「ちょろちょろ情報を流して……自分たちで仕上げたい事件だったかもしれないけど、殺しの捜査をしている俺たちに対して、重要な情報を出し惜しみした。それで永谷が暴走して、人が死にかけたんだぞ」

「死んでないじゃないか」

「紙一重の差だ」一之瀬は親指と人差し指の間を一ミリほど空けて見せた。「死んでいてもおかしくなかった」

「お前……自分で犯人を殺しかけたから、精神的にダメージを受けてるんじゃないか」

「そうだよ」一之瀬は認めた。中江の命が危ないと思う間もなく引き金を引いた時の、妙に軽い感触——こんなに簡単に人を殺せるのだと考えると、震えがきた。銃はやはり恐ろしい凶器である。実際に誰かを射殺しても、「殺した」という実感が得られないかもしれない。

「少しリハビリしたらどうだ」

「必要ない」

「おかしくなるぞ？　お前、そんなにタフじゃないはずだ」

「それ、いつの時代の俺の話だ？」

一之瀬は、斉木の腕をもう一度摑んだ。今度は肘のあたり――指を食いこませ、確実に痛みが伝わるように。もっとも斉木は、痛みに対する耐性が強いのか、平気な顔をしている。

「とにかく、お前がきちんと喋っていたら、もっと早く事件を解決できたんだ。外事二課は外事二課でいろいろ考えてたんだろうけど、お前らの狙いなんか、殺しの捜査とは比較にならない」

「何言ってるんだ」斉木が鼻で笑う。「そもそも比較するのはおかしいよ。国家的な事情はすべてに優先するんだから」

「人の命よりも国家の方が大事だっていうのか？」

「議論するまでもないだろう」

「ふざけるな！」

一之瀬は斉木の胸ぐらを摑み、体重をかけて庁舎の壁に押しつけた。斉木が顔を引き攣らせたが、まだ余裕がある感じがする。

「最初から素直にこっちに頼ってくれれば、誰も死なずに済んだんだ。原田若菜は、お前らが殺したようなもんだぞ」

「一之瀬……」

宮村が低い声で忠告したが、それで冷静さが戻るわけでもない。一之瀬は一度斉木の胸ぐらから手を離し、斉木の顔に安堵の表情が浮かんだところで、右のフックを顔面に叩きこんだ。一之瀬の拳にも痛みが走ったが、ショックは当然斉木の方が大きい。壁に背中を当てたまま崩れ落ちるのを、再度胸ぐらを摑んで立たせようとした——そこで後ろから羽交い締めにされる。

「やめろって」耳元で若杉の声。

「離せ！」

「いいからやめろ。こういうの、お前らしくないぞ」

「らしいとからしくないとか、関係ない！」

いきがってみたものの、若杉の体格と力には勝てない。一之瀬は引きずられて、ずるずると後退せざるを得なかった。斉木が血の垂れた口元を拳で拭いながら、ようやく立ち上がる。

「お前、自分が何をしたか分かってるのか？」睨みつけながら、恨み言を口にする。

「お前こそ、分かってるのか？」一之瀬は言い返したが、自分に分がないことは分かっている。殺人はどんな犯罪よりも悪質だと言うなら、暴力だって認められるものではない。

「ペナルティなしで終わると思うなよ」斉木が捨て台詞を吐く。

「上司に泣きつくのか？　お前にできるのはそれぐらいだろうな」

「一之瀬、もうその辺にしておけって」宮村が二人の間に割って入った。斉木にも厳しい視線を向ける。「あんたも、変に人を挑発しない方がいい」

「そっちが敏感過ぎるんでしょう？　こっちは普通に接してるだけなんだけど」斉木が吐き捨てる。

「認識の相違だな……とにかく、さっさと離れた方がいい。ここは、あんたにとってアウェーなんだから。わざわざ敵の網に引っかかるなよ。用心が足りな過ぎるぜ」

斉木が一之瀬を睨みつけ、やけにゆったりした足取りで庁舎に入って行った。だいたいこいつは、どうして江東署に来たのだろう。情報収集のつもりかもしれないが、だったら岩下辺りにきちんと頭を下げて、礼を尽くすべきなのだ。外事二課の刑事が全部こういう感じではあるまいが……一之瀬は肩に力を入れて、ようやく若杉の縛めから逃れた。逆らったせいで、関節がぎしぎしと痛む。ちょっと筋を違えたかもしれない。まったく、馬鹿力が……。

振り返ると、若杉がニヤニヤしていた。

「何だよ」

「お前、手が早過ぎるんだよ」

「これでも我慢したんだぜ」

「もうちょっとタイミングが遅ければ、俺がぶっとばしてやったのに」

「そうなったら、斉木は本当に大怪我して、えらいことになってただろうな」

「しかし……斉木も、あんな奴だったかな」若杉が首をかしげる。

「外事に行って変わったんじゃないか？」

「そうかもしれない」若杉が両手を叩き合わせた。「で？　謝る準備はできたか？　まさか、他の部の刑事をぶん殴っておいて、無事に済むとは思ってないよな？」


無事に済むわけがなかった。呼び出し、叱責、監察の厳しい事情聴取——そういうことを予想していたのだが、当たったのは「呼び出し」だけだった。しかも一之瀬を呼び出したのは、本部の幹部ではなく江東署長である。「敷地内で暴力沙汰に及んだ」という理由で、警務課長も同席の上で事情を聴かれた。きつい一日の終わりがこれかよ、とうんざりする。


しかし、事情聴取は十分ほどで終わってしまった。呆気ないない「終了」の宣言に思わず驚きの表情を浮かべると、署長がにやりと笑う。

「昔は、殴り合いなんてしょっちゅうだった。一々気にしていたら、きりがなかったそうだね」

「時代が違うと思いますが」

「気持ちはそんなに変わらないだろう」

「よく分かりません」

「そういうのは、先輩たちと酒でも呑んだ時に話すんだな」署長はほとんど笑い出しそうだった。

「……分かりました」署長と言い合いをしても仕方がない。一之瀬は一礼して立ち上がり、署長室を出た。考えてみれば、署長室のソファに座りながらの事情聴取というのも奇妙な話であった。

外へ出ると、一課長の水越と岩下が待ち構えていた。一之瀬は反射的に頭を下げ、「すみません」と謝ってしまった。

「これから、署長にお詫びしなけりゃいけない」水越が憮然とした表情で言った。「まったくお前は、余計な仕事を増やしてくれるな」

「すみません」繰り返すしかない。

「お前には一つ、教えておくことがある」

「何でしょうか」思わず腰が引けてしまう。

「やるなら、相手が喋れないほど徹底してやれ。顎を骨折させるぐらいのつもりで殴らないと」

一之瀬は唖然として口をぽかんと開けた。水越がニヤリと笑い、一之瀬の肩を小突く。硬い拳の一撃は、確かに相手の顎ぐらい簡単に砕いてしまいそうだった。

「面倒かけやがって……」言い残して、水越が署長室に入る。

一之瀬は息を吐いて、肩の力を抜いた。残った岩下が、極めて事務的な口調で話し始める。

「永谷と話ができるぞ」

「本当ですか？」

「事情聴取には耐えられないが、雑談ぐらいなら大丈夫だ。病院からお墨つきは得ている。話したくないか？」

「もちろん……でも、いいんですか？」

「お前が、会えるならな」

「そうですね……精神的にはきついと思いますけど」

「知り合いを撃ったんだから、当然だな」

「でも、会うべきでしょうね」

「ああ。正規の事情聴取である必要はない。それは別の人間が担当する。お前は地ならしと……あとは謝罪だろうな」

「ええ」

「面会時間は、夜の八時までじゃないかな」岩下が左腕を持ち上げて腕時計を確認する。

「分かりました」

一礼して駆け出す。果たして永谷はどんな顔で俺を迎えるのか——考えると怖い。しかし、逃げることはできない。

〈30〉

「きついな、これ」一之瀬が顔を見せると、永谷はいきなり泣き言を言った。

「すまん」一之瀬は反射的に頭を下げてしまった。「ああするしかなかったんだ」

「それは分かるけど……」

よく見ると、目が半分閉じかけている。口調もはっきりしない。どうも、薬の影響が残っているようだ。一之瀬は椅子を引いて座り、スポーツドリンクのペットボトルを二本、サイドテーブルに置いた。

「差し入れだ」

「ありがたいけど、しばらく飲めそうにない」

永谷が瞬きする。何とか必死に目を見開いたが、ひどく充血していて辛そうだ。本当に話ができるだろうか、と不安になってくる。

「今回の事件は、根が深かった」

「ああ……俺は表面的なことを知っているだけだと思う」永谷が悔しそうに言った。

「表面というか、若菜さんから聞いた話を、だろう？」

永谷が、寝たままうなずく。そういう動きは傷に響くようで、辛そうに顔を歪めた。

「無理に動くなよ」

「これでも楽にしてるつもりなんだけどな」

うなずき、話の持っていき方を考える。永谷は黙秘したり嘘をついたりする気配はないから、ランダムに聴いていけばいい、と判断する。流れるままに、だ。

「原田さんと中江、工藤の三人は、中江と工藤が興した会社を軸に関係を深めた。元々原田さんは、あの会社で働いていたしね」

「ああ」

「それだけならよくある話だ。でも問題は、中江たちがまずいビジネスに手を染めたことだ。ポイントは、中国人の留学生、周浩然」

「そうだ……そいつは捕まったか？」

「いや、まだだ。日本に来ていて、出国した気配はないんだけど……全力で探すよ。とにかくこの周浩然という男は、日本でIT関係の勉強をして、中国へ戻って一度就職した後に、自分で会社を興した。留学時代に知り合った中江とずっと連絡を取り合っていたんだけど、そのうち中江たちに、裏の商売を持ちかけるようになった——企業情報のハッキングだ。こういう時、普通に売れるのは顧客名簿だけど、それ以外にもいろいろな情報があるようだな。俺たちが役に立たないと思っている情報でも、金になると判断する人間がいるんだろう」

「そうだな。情報は金になる——今はそういう時代だ」

うなずき、一之瀬は続けた。喉の渇きが気になるが、見舞いに持ってきたスポーツドリンクに手を出すわけにもいかない。唾を呑み、何とか喉に湿り気を与えて、声をきちんと出すよう意識する。

「ハッキングは、様々な手口で行われていたようだ。ただし基本はいつも同じ——原田さんが、フリーライターという立場を利用して企業に近づき、情報を収集する。技術力のある中江と工藤が、実際のハッキングを行う。入手した情報をネタにして、会社を脅すことが多かったようだ。要するに恐喝だな」

「彼女がどうしてそんなことを始めたのか、俺には理解できないよ」永谷が吐息を漏らす。

「お前は実際、原田さんとつき合っていたんだよな」

「ああ。彼女は俺に隠していたんだけど、耐え切れなくなったんだろうな。だから最近、相談を受けていた。こんなこと、いつまでも続けられるわけがない……やめたいんだけど、その方法が分からないって」

要するに若菜は、「足抜け」の方法を探っていたのだ。そう考えるようになったきっかけは、それこそ永谷の存在かもしれない。

「かなり深刻な相談だったんだ」

「彼女にすれば、引っ張られてずるずるとやっていたことだから。常に罪悪感を抱いていた。やめるタイミングをずっと考えていたんだよ」

「裏の仕事をやめて、田舎に引っこむ……お前はそれでよかったのか？」

「先のことは、後で考えればいいと思ったから」

「工藤が全面自供したよ」

一之瀬が打ち明けると、永谷の眉間に皺が寄る。

「確かに原田さんは二人に引っ張られて、一種のスパイのようなことをしていた。だからこそ、中江たちは、彼女が裏切るんじゃないかと心配して、ずっと監視していたんだ。お前に相談していたことも、察していたようだ」

「まさか」

「二人はその件を、周浩然に相談した。周浩然がどういう男かはまだ分からないけど、相当なワルなんだろうな……すぐに、原田さんを始末するように命令した」小さな穴でも穴は穴だ——周浩然はそう言ったそうだ。

「そんなことが……」永谷が、白くなるまで唇を噛んだ。

「危険な要素は早く排除しろ、という命令だった。タイムリミットも設定された。やらなければお前たちを殺すと言われて、二人は抵抗できなかったんだ。周浩然には、かなり大きな裏の組織がついているらしい」その辺の情報は、外事二課が握っている。捜査一課の上層部が情報提供を正式に求めているそうだが、向こうがどこまで真面目に対応するか……当てにはできないだろう、と一之瀬は半ば諦めていた。

「それで人殺しまでするのか？」

「恐怖を感じれば、そういうことはある……実はお前も、危なかったんだ」

「俺が？　どうして」永谷が目を見開く。

「原田さんがお前にいろいろ相談していることは分かっていたわけだから——お前も、裏の事情を知る人間ということになる。お前はちゃんと逃げてくれて、何とか無事だったわけだけど」

「意識して逃げたわけじゃない」永谷が唇を舐める。「単なる出張だ」

「分かってる。でも出張を途中で切り上げて、復讐のために中江たちを追いかけていたんだよな？」

「ああ」

追われる者が狩る者になった——それが昨夜の事件の顚末である。実に綱渡りというか、いつどこで状況がひっくり返ってもおかしくはなかった。

「無茶したな」

「分かってる」

「最初、俺はお前の言うことを真に受けたんだ。山形で会った時に……原田さんとは交際しているわけじゃなくて、友だち以上恋人未満の関係だと思いこんだ。実際お前は、そんなにショックを受けた様子じゃなかったから。どうしてあんなに、平然としていたんだ？」

「ショックが大き過ぎて、すぐには現実だと信じられなかったんだよ。後からじわじわきた……実際、心配してはいたんだ。出張をキャンセルするわけにもいかなかったし、だけど彼女と連絡は取れなくなっていたし……でも事情が分かった後は、二人に復讐することしか考えられなくなった」

「だけどどうして、警察を巻きこんだんだ？　こんなことは言いたくないけど、昨夜は上手くやったじゃないか。中江を殺せば、復讐は半分は成功したことになったのに。工藤のことなんか、無視しておけばよかったんだ」刑事の台詞じゃないな、と思いながら、一之瀬はまくしたてた。

「一気に決着をつけたかったから。それに、お前にも事情を知って欲しかったんだ」

「お前が無茶しなくても、俺たちはいずれは事件の全貌を探り出していたよ」

「警察のやり方より、俺のやり方の方が早かったんじゃないか?」

それは、確かに……ただし褒めるわけにはいかない。永谷がやったことは、あくまで犯罪なのだから。

「もちろん俺も、罪に問われるだろうな」

「ああ。拉致、監禁、殺人未遂……はっきりしたことは言えないけど、実刑判決が出るケースだ」

「だろうな。覚悟はしてる。でも……出所したら、若菜に会いにいかないと。彼女、長崎に戻ったのか?」

「ああ。ご家族が遺体を引き取った」あれを遺体と言えれば、だが。それにまだ、いくつかのパーツの探索が残っている。中江たちの供述を引き出すのはこれからだ……遺族の精神的ショックを考えると、言葉が出なくなってしまう。

「だったら俺には、人生の目標ができたわけだ」永谷が薄く笑った。

「だけど……それでいいのか?」

「こんなことになってしまってから、とっくに覚悟はできてたよ」

「そんなに大事な人だったのか?」

「ああ。悔しいのはあの夜、彼女を一人で家に残してしまったことだ。一緒にいればよかった」

「そうしたら、お前も襲われて死んでいたかもしれないぞ」

「いや、何とかできたはずだ。あの時酔った振りをしたのは、嫌な予感がしたからかもしれない。何かある、だけどそれに俺を巻きこみたくなかったとか……実際中江たちは、上手いことを言って、彼女を家から誘い出したんだろう?」

「大事な相談がある――そう言ったそうだ。夜中に打ち合わせをしたり、動いたりすることはよくあったそうだから、彼女も警戒心が薄れてついていったのかもしれない。お前に相談していることなんか、中江たちは知らないと思っていただろうし」

「だから俺がいれば……彼女を止めていた。本当に、それだけは――悔やんでも悔やみ切れない」永谷の頬を涙が伝う。「今は体が動かせないけど、自由に動けたら、壁に頭をぶつけたい気分だ。いや、どうせならお前に殺してもらった方がよかった」

「それほど大事な人だったんだよな」そこまで一人の人を想うことができるのか……同い年の男の思わぬ情熱に触れ、一之瀬はたじろいだ。

「ああ」

「だったら、お前は絶対に死ぬなよ。大事な人を弔ってやらないと。それがお前の義務じゃないのか?」

「……そうだな」永谷が静かに認める。

「そういう人がいるのは、羨ましいと思う」

「お前にもいるだろう？　昔からつき合ってる彼女」

「ああ……いるけど、お前みたいに強い想いがあるかどうかは分からない」好きという感情と、相手のために誰かを殺してもいいという黒い想いは、別物だと思いたかった。

「彼女のこと、大事にしろよ」

「そうする」ふと思いついて訊ねる。「彼女がしていたカレッジリング。あれに何の意味があるんだろう。普段からしていたのか？」

「ああ、時々」

「あんな大きな指輪、邪魔になるだけじゃないか」

「彼女にとっては、無垢な時代の象徴だったのかもしれない。まだ悪事に手を染めていなかった大学時代の記憶……彼女はまだ、その頃に戻れると思ってたんだ。実際、時々指輪をはめてそれを見ながら、あの頃に戻りたいって言っていた」

叶わぬ夢だった……若菜がもう少しはっきり永谷に相談していたら、と思う。そうすれば、こんな悲劇は生まれなかったかもしれない。

「しかし、お前、本当に変わったよな」永谷の顔に笑みが浮かぶ。「学生時代、ギターを弾いてた頃は、こんな厳しい人間じゃなかったはずだ」

「変わらざるを得ないんだ」

「昨夜、お前、迷わず撃ったんじゃないか？」

「自分でも分からない」一之瀬は首を横に振った。「躊躇はしなかったと思う。でも、躊躇しなかった自分は好きになれない。だってお前は、知り合いなんだぜ？　知り合いを撃つようなこと、誰だってしたくないだろう。躊躇うのが普通だよ」

「お前は、骨の髄まで刑事になったんだろうな。知り合いだとかそういう事情は関係なくて、撃たなくちゃいけない状況だから撃った。違うか？」

「たぶん、そうだ」

「俺には何とも言えないけど、どの世界にもプロはいるよな。お前も、そういうプロの一人になったっていうことだ」

まさか。あれこれ悩む自分がプロだとは思えない。プロは個人的な感情を入れず、ひたすら職務に徹するもので――しかし引き金を引いた時に、まったく躊躇いがなかったのは事実である。

自分はプロに――プロの刑事になりつつあるのだろうか。

人間としての基本的な優しさや思いやりを失いながら。

病院を出て、四月の夜風に身をさらす。新年度が始まると、何となく全てがリセットされたように感じるものだが、今の一之瀬は、昨年度以来――数日前からだが――の疲れを引きずっている。

駅へ向かう道を、だらだらと歩き出す。喉が渇いて腹が減り、体はぼろぼろ……眠気が全身を覆い、一歩を踏み出すのも難儀するほどだった。しかも一人きり。宮村でも、春山でも——最悪若杉でもいいから横にいて欲しいと願った。無駄話、あるいは口喧嘩でもいいから会話があれば……。

一つ溜息をついて立ち止まる。十メートル先に、コンビニエンスストアを見つける。せめて水分と糖分を補給しよう。ペットボトルのコーヒーを買い、そのまま雑誌売り場をうろついて、少しだけ時間を潰す。何となく、前へ進みたくない……特捜本部のある江東署へ帰るのがひどく面倒だった。現在地の最寄駅は、都営大江戸線の西新宿五丁目。門前仲町で東西線に乗り換えて、江東署まで三十分強だろう。東京を西から東へ横断するにしては、時間がかからない。だが、三十分以上地下鉄に乗ると考えただけでうんざりする。

スマートフォンが鳴った。「そろそろ戻って来い」と岩下に急かされるのかと思ったが、予想もしていなかった深雪だった。一之瀬は急いで店を出て、電話を耳に押し当てた。

「ごめん、今、大丈夫？」

「ああ」ぼんやりと答えながら、全然大丈夫じゃないと思った。知り合いを撃ち、重大な犯行の自供を得て、重い事実を背負いこみ……面倒な話をする気分ではない。しかし、ずっと深雪に連絡を取っていなかったと思い出した。

「元気ないみたい――ニュースはチェックしてたけど、また何かあった？」

「あの関係だよ。ほとんど寝てないんだ」

「大丈夫？」

「まあ、眠いよね」それ以外の苦しみを押し潰した。言えば彼女も苦しめることになるかもしれない……辛さは共有すべきかもしれないが、彼女に背負わせてはいけないと思った。

「あなた、最近隠し事するようになったわよね」

「まさか」

「無口になる時があるでしょう？ そういう時って、だいたい一人で何か抱えこんでる」

「ああ……そうかもしれない」彼女が事件の話を聞くのを嫌がるせいもある。

「私に何ができるわけじゃないけど、言うぐらい言ってくれればいいのに。言えば、それだけで解決するかもしれないわよ」

「それじゃ申し訳ない」

「それぐらいの覚悟はあるけど」

一之瀬は思わず、ペットボトルを強く握り締めた。そうか、覚悟がないのはこっちだったのか……いろいろなことを言い訳にして、きちんと結婚を申しこもうとしなかった。彼女も仕事があるから、それに時間と精力を奪われ、結婚のことまで真面目に考えられないだろうと勝手に判断していた。

しかし、そんなことはなかった。両家の食事会を言い出したのは、彼女である。その時点で、きちんと「オーケー」を言うべきだった。

「食事会のことなんだけど」

「うん」

「君の方で、予定、立ててくれるかな？　何とか合わせるから」

「大丈夫なの？　まだ忙しいでしょう？」

「何とかするよ。だから、皆の都合を聞いて調整してもらえるかな」

「週末の方がいい？」

「そう、だね」特捜本部の捜査はまだ続くが、最重要な局面は既に終わっていると言っていい。周浩然が捕まるかどうかは、時の運ということもあるだろう。「できたら、来週の土日。その頃なら、もうだいたい落ち着いていると思う」

「分かった。あなたのお母さんにも、私が聞いておいた方がいい？」

「うちの母親は、俺より君の方がお気に入りだからね」

「そうね」

深雪がさらりと言ったので、一之瀬はつい苦笑してしまった。しかしすぐに、意識して表情を引き締める。

「その時、皆の前で言いたいことがあるんだ」

「分かった」

「分かったって……まだ何も説明してないよ」

「私は、あなたのことなら分かるから。じゃあ……その時にね」

「ああ」

電話を切り、夜空を見上げる——高層ビル街が、永遠に消えないような光で夜空を染めている。

東京だ。自分が——自分と深雪が、これからも生きていく街。

この作品はフィクションで、実在する個人、
団体等とは一切関係ありません。
本書は書き下ろしです。

中公文庫

特捜本部（とくそうほんぶ）
——刑事の挑戦（けいじのちょうせん）・一之瀬拓真（いちのせたくま）

2016年6月25日　初版発行

著　者　堂場瞬一（どうばしゅんいち）

発行者　大橋善光

発行所　中央公論新社
〒100-8152　東京都千代田区大手町1-7-1
電話　販売 03-5299-1730　編集 03-5299-1890
URL http://www.chuko.co.jp/

DTP　ハンズ・ミケ
印　刷　三晃印刷
製　本　小泉製本

Published by CHUOKORON-SHINSHA, INC.
Printed in Japan　ISBN978-4-12-206262-7 C1193

中公文庫既刊より

各書目の下段の数字はＩＳＢＮコードです。978－4－12が省略してあります。

と-25-32
ルーキー　刑事の挑戦・一之瀬拓真　堂場瞬一
千代田署刑事課に配属された新人・一之瀬。起きる事件は盗難ばかりというビジネス街で、初日から若い男性が被害者の殺人事件に直面する。書き下ろし。
205916-0

と-25-33
見えざる貌　刑事の挑戦・一之瀬拓真　堂場瞬一
千代田署刑事課そろそろ二年目、一之瀬拓真。管内で女性ランナー襲撃事件が発生し、捜査に加わるが、なぜか女性タレントのジョギングを警護することに⁉
206004-3

と-25-35
誘爆　刑事の挑戦・一之瀬拓真　堂場瞬一
オフィス街で爆破事件発生。事情聴取を行った一之瀬は、企業脅迫だと直感する。昇進前の功名心から担当を名乗り出るが……。〈巻末エッセイ〉若竹七海
206112-5

と-25-15
蝕罪　警視庁失踪課・高城賢吾　堂場瞬一
警視庁に新設された失踪事案を専門に取り扱う部署・失踪課。実態はお荷物署員を集めた窓際部署だった。そこにアル中の刑事が配属される。〈解説〉香山二三郎
205116-4

と-25-31
沈黙の檻　堂場瞬一
沈黙を貫く、殺人犯かもしれない男。彼を護り、信じる刑事。時効事案を挟み対峙する二人の傍で、新たな殺人が発生し――。哀切なる警察小説。〈解説〉稲泉連
205825-5

と-25-34
共鳴　堂場瞬一
元刑事が事件調査の「相棒」に指名したのは、ひきこもりの孫だった。反発から始まった二人の関係は調査を通して変わっていく。〈解説〉久田恵
206062-3

と-25-36
ラスト・コード　堂場瞬一
父親を惨殺された十四歳の美咲は、刑事の筒井と移動中、何者かに襲撃される。犯人の目的は何か？　熱血刑事と天才少女の逃避行が始まった！〈解説〉杉江松恋
206188-0